U0749036

周骥良　著

百年周家

天津出版传媒集团

天津人民出版社

图书在版编目(CIP)数据

百年周家 / 周骥良著. —— 天津：天津人民出版社，
2018.11

ISBN 978-7-201-14138-1

Ⅰ.①百… Ⅱ.①周… Ⅲ.①纪实文学–中国–当代
Ⅳ.①I25

中国版本图书馆 CIP 数据核字(2018)第 218842 号

百年周家
BAINIANZHOUJIA

出　　版　天津人民出版社
出 版 人　黄　沛
地　　址　天津市和平区西康路 35 号康岳大厦
邮政编码　300051
邮购电话　(022)23332469
网　　址　http://www.tjrmcbs.com
电子信箱　tjrmcbs@126.com

责任编辑　伍绍东
装帧设计　汤　磊

印　　刷　高教社(天津)印务有限公司
经　　销　新华书店
开　　本　880 毫米×1230 毫米　1/32
印　　张　10.625
插　　页　16
字　　数　260 千字
版次印次　2018 年 11 月第 1 版　2018 年 11 月第 1 次印刷
定　　价　48.00 元

周馥（1837—1921），字玉山，号兰溪，安徽至德（今东至）人。
李鸿章主要幕僚，后期洋务运动实际操盘手

（照片提供者：周启光、周启文）

周馥一家全家福。民国七年（1918年）正月，于天津英租界米多士路（今和平区泰安道13号）周学辉住宅

1903 年时任山东巡抚的
周馥在济南

周馥在青岛（约 1902 年），
时任山东巡抚

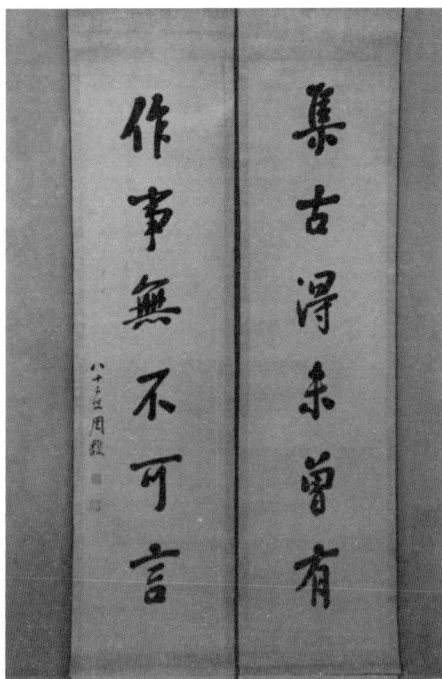

周馥手书

《周慎公全集》（本页照片提供者：周启光）

光绪十四年七月芦台至天津铁路铺轨完工，天津至唐山铁路接通。九月五日，津唐铁路通车典礼，直隶总督李鸿章、直隶安察使周馥等登车试乘。地点旺道庄

1903年时任山东巡抚的周馥在济南

周学熙（1866—1947），字缉之，号止庵，安徽至德（今东至）人，中国近代著名实业家

（照片提供者：周启乾）

周学熙全家福
（照片提供者：周启莳）

周学辉全家福
（照片提供者：周启光）

约 1965 年周学辉在天津市和平区泰安道 13 号寓宅前

周学辉（1882—1971），号晦园，周馥幼子。约 1965 年摄于寓宅前
（本页照片提供者：周启光、周启文）

晚年周叔弢（本页照片提供：周群）

◄ 周叔弢摄于 1948 年前后

► 晚年周叔弢

周志俊年轻时

周志俊约 1978 年在济南（本页照片提供者：周小鹃）

▶
周仲铮的木板画，她所著自传
体小说《小舟》中的插图

▶
童年的周仲铮，大约摄于 1909 年
（本页照片提供者：周启光）

◀ 1951—1953 年周仲铮在汉堡国立艺术
大学学习绘画期间在外写生

▶

1980 年 9 月末周仲铮、克本
夫妇访问母校南开大学（本
页照片提供者：周启光）

周一良和夫人结婚照

周一良和夫人在英国移民船"五月花"到达的口岸普利茅斯

晚年周一良（本页照片提供者：周启乾）

周煦良和周珏良

由左及右：周熙良、周叔弢、孙师白、周志俊、周叔迦
1957 年两会召开时，休会去潭柘亭游玩时所拍。照片中人都是两
会代表（两小孩除外）

（本页照片提供者：周启迪）

▲ 中学期间的周珏良
（照片提供者：周群）

► 1947—1949 年周珏良在芝
加哥大学进修期间
（照片提供者：周群）

周艮良年轻时
（照片提供者：周启芹）

周绍良
（照片提供者：周启光）

▲
穆旦、周与良在美国
（本页照片提供者：周启光）

◀
周与良与丈夫穆旦
1952 年 2 月底周与良获芝加
哥大学植物学系哲学博士学位

周之良 1960 年摄于北京
（照片提供者：周之良）

周景良 1948 年在清华哲学系读书期间
（照片提供者：周群）

周骏良和夫人孙琏芳 1951 年摄于香港
（照片提供者：周启文）

约 1945 年，周岱良毕业于北京医科大学

周岱良

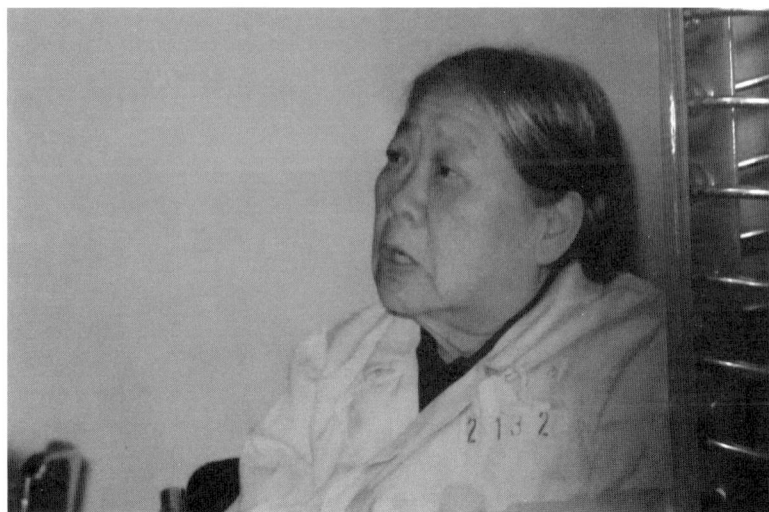

周岱良
（本页照片提供者：周启莳）

周桇良于 1955 年在哈尔滨拍摄

周容良 1957 年在上大学期间

周容良 1997 年 5 月在日本讲学期间

（本页照片提供者：周小鹃）

幼年时期的周骐良和他的兄弟们

左起：周骏良、周骐良、周騄良、周聿良、周骅良

少年时期的周骐良和他的兄弟姐妹

右起：周骏良、周骐良、周騄良、周聿良、周骅良、周宁良、周騤良、
周骆良、周之良

（本页照片提供者：周启光、周启文）

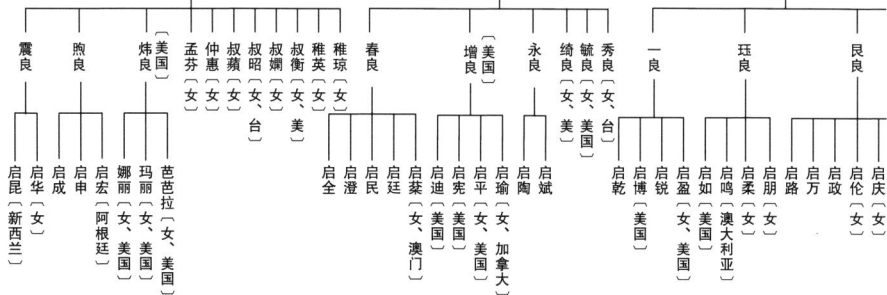

周馥（玉山）

学海（澂之）

达（美权）　　　　　逺（仲衡）　　　　　遇（叔弢）

震良　煦良　炜良　美国　孟芬〔女〕　仲惠〔女〕　叔蘋〔女〕　叔昭〔女、台〕　叔嫻〔女〕　叔衡〔女、美〕　稚英〔女〕　稚琼〔女〕　春良　增良　美国　永良　绮良〔女〕　毓良〔女、美国〕　秀良〔女、美、台〕　一良　珏良　艮良

启昆〔新西兰〕　启华〔女〕　启成　启申　启宏　娜丽〔女、阿根廷〕　玛丽〔女、美国〕　芭芭拉〔女、美国〕　启全　启澄　启民　启廷　启棻〔女、澳门〕　启迪　启宪〔美国〕　启平〔女、美国〕　启瑜〔女、加拿大〕　启陶　启斌　启乾　启博　启锐〔美国〕　启盈〔女、美国〕　启如〔美国〕　启鸣〔澳大利亚〕　启柔〔女〕　启朋　启路　启万　启政　启伦〔女〕　启庆〔女〕

- 24 -

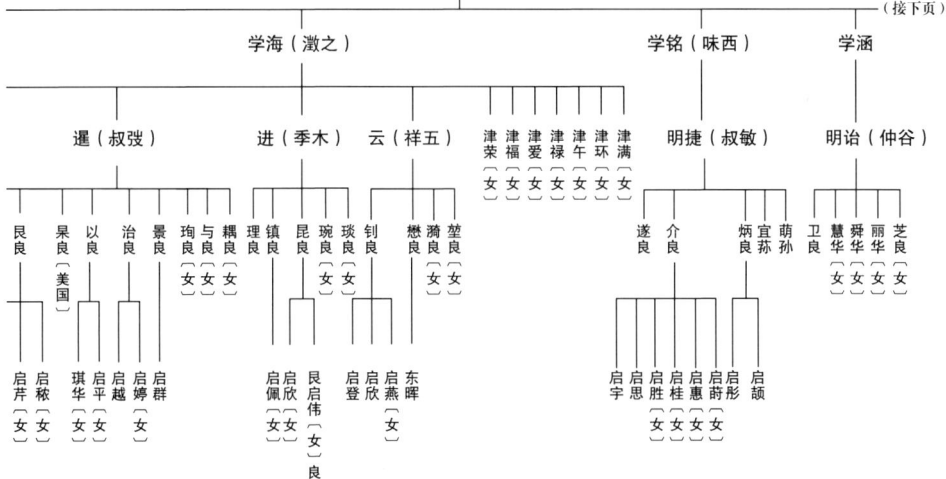

周馥（玉山）

（接下页）

学海（瀓之）　　　　　学铭（味西）　　学涵

遭（叔弢）　　　进（季木）　　云（祥五）　　津荣（女）津福（女）津爱（女）津禄（女）津午（女）津环（女）津满（女）　　明捷（叔敏）　　明诒（仲谷）

艮良　杲良（美国）　以良　治良　景良　珣良（女）与良　耦良（女）　　理良　镇良　昆良　琬良（女）琰良　钊良　懋良　漪良（女）堃良（女）　　遂良　介良　炳良　宜荪　萌孙　卫良　慧华（女）舜华（女）丽华（女）芝华（女）

启芹（女）启秾（女）琪华（女）启平（女）启越　启婷（女）启群　　启佩（女）启欣　艮良　启伟（女）良　启登　启欣　启燕（女）东晖　　启宇　启思　启胜（女）启桂（女）启惠（女）启莳彤　启颉

- 25 -

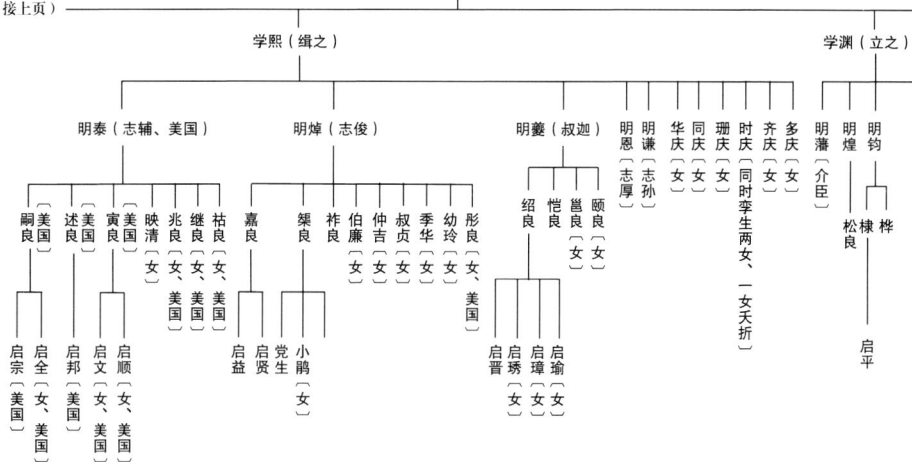

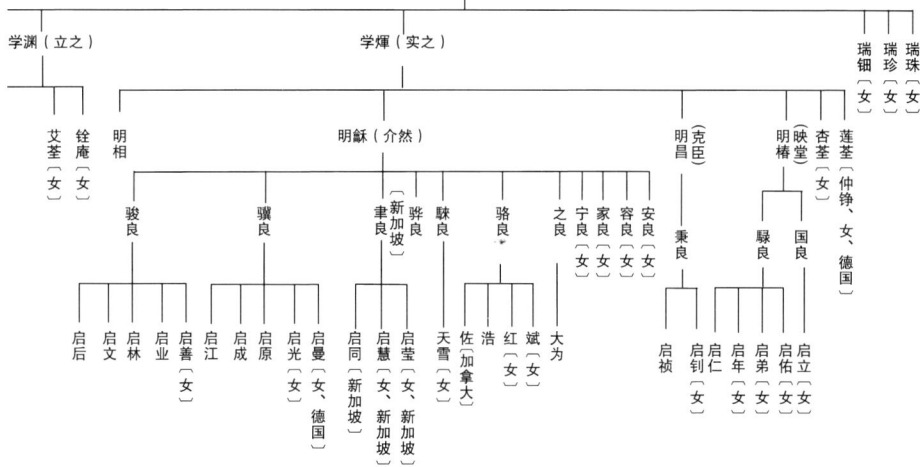

周馥（玉山）

学渊（立之）　　　　　学煇（实之）　　　　　瑞钿〔女〕　瑞珍〔女〕　瑞珠〔女〕

艾荃〔女〕　铨庵〔女〕　明相　　明稣（介然）　　　　明昌（克臣）　　明椿（映堂）　杏荃〔女〕　莲荃〔仲铮、女、德国〕

骏良　　骥良　　　聿良〔新加坡〕　骅良　驖良　骆良　之良　宁良〔女〕　家良〔女〕　容良〔女〕　安良〔女〕　秉良　　騄良　国良

启后　启文　启林　启业　启善〔女〕　启江　启成　启原　启光〔女〕　启曼〔女、德国〕　启同〔新加坡〕　启慧〔女、新加坡〕　启莹〔女、新加坡〕　天雪〔女〕　佐〔加拿大〕　浩　红〔女〕　斌〔女〕　大为　启祯　启钊〔女〕　启仁〔女〕　启年〔女〕　启弟〔女〕　启佑〔女〕　启立〔女〕

前排左起：周骥良的侄子周启文、侄子周启后、母亲王香岩、侄子周启业、
　　　　　父亲周介然、四妹周安良、侄子周启林、侄女周启善
中排左起：三妹周容良、二妹周家良
后排左起：大哥周骏良、大嫂孙琏芳、大妹周宁良、九弟周之良、周骥良、
　　　　　七弟周騄良、八弟周骆良

（照片提供者：周启光、周启文）

周骥良 2015 年摄于天津西青郊野公园

（照片提供者：周启光）

目　录

前 言

　　当清王朝面临列强瓜分、难以自保之际,迎难而上的李鸿章有句断言,"三千年来未有之大变局"!如何应对这个大变局?他在妥协与忍让之中,也有挣扎与思变之策。这就是他倾全力以赴的洋务运动。这个运动在历史发展中是应该大写的,以我粗浅之见,洋务运动有三大阶段。第一阶段,源自恭亲王奕訢。他临危受命,在英法联军攻入北京、火烧圆明园之后,不得不签订北京条约。在丧权辱国的痛苦中,他提出了夷务运动,仿制洋枪洋炮。一时间,南南北北军火工厂林立。当中,最大的厂是天津机器局。但垂帘听政的西太后,最忌恭亲王,欲取而代之,抓了一个上殿居然佩剑,罢了他的所有官职。夷务运动就此止步不前;第二阶段,李鸿章接任直隶总督兼北洋大臣,改夷务运动为洋务运动,眼界大开。除军火工业外,在铁路、煤矿、轮船、电信、电力、邮政等方面都在开拓,创造了几个亚洲第一。曾祖周馥以一介书生跟随李鸿章,成为他的主要谋士。所有项目他都是参与者,有些项目他更是执行者。洋务运动风风火火,创造了好几个亚洲第一。痛心的是,义和团事起,八国联军入侵京津,洋务运动的大项目毁于一旦;第三阶段,是战乱平息,李鸿章已辞世。伯祖父周学熙后来人挑起洋务运动重担。他从铸造制钱、改组官银号起家,打破洋务运动统由官办的铁的规律,改为官商合办,吸纳大量官僚资本,又进一步发展为纯商营,形成工业集团。一时风起云涌,形成民族企业。在已沦为半封建半殖民地的中国社会中,形成一股力量。南南北北都有工业集团出现,但洋务运动的名辞已被代替,只能留在历史当中了。

有人评说周家起自洋务运动,有两代人做出了努力。这个评价当之无愧。但周氏家族的贡献却不止于洋务运动,涉及重大事件的方方面面。以我的经历而言,有来访问甲午战争情况的,有来访问李鸿章与翁同龢的矛盾的,有问周家与袁世凯家关系的,有问北洋工业集团派系之争的,有问你们周家和孔子后代沾亲、孔德成是怎样一个人,有问曹禺与周家的关系,有问周家和佛学如何结缘,有问周氏家族中如何出了这么多文化人。我不是合格的答题人,但合格的人都已远行,只有就所知所见,尽力作答了。

来访者有的在电视中录成节目,我虽然没有见到,但有人见到了,告我这个节目很好,你这是提供了多少鲜为人知的历史背后的历史,写下来吧。我很受鼓舞,但我并未动笔,还是等外来人动笔吧。

等来了一位来自美国的叶女士。说起来有世谊。她和美国的一位汉学家结为连理,该汉学家在选研究课题时,她提出写组成工业集团的周家,这位汉学家很有兴趣。叶女士回到祖国,和我有一次长谈,我将仅有的一些资料都给了她。她笑说满载而归。估计这汉学家碰上难题,在趁乱掠夺开平煤矿中,美国工程师胡佛起了极不光彩的作用,她肯写吗?当然不肯,所以再无消息。

又等来了一位大学讲师王女士。她讲授的就是中国近代史。一家出版社准备出《中国近代史家族丛书》,拟定十家,周家名列其中,她应邀来写周氏家族的。有备而来,计划很大,不仅必写第一代和第二代,还要写第三代,如果可能的话,还要挂上第四代的一些文化名人。说得爽快,你们周家教授之多,有人就讲,可以办一座大学了,理科工科文科俱全,外加你这独一份的作家,还可以办个写作班呢。我当然很快列出了提纲,做了序列的发言。遗憾的是,第一序列还没说尽讲完,《中国近代史家族丛书》已经沦为空谈了!主编遇上了什么阻力,出版社迎来了什么难题,人家不能说,我也不能问,只有遗憾而已。

活到这般年纪,离火化场仅仅一步之遥了,为什么把遗憾带走呢?还是接受朋友鼓舞,自己写自家史。

由于所知有限,只重点写了祖孙三代,六位先人:确实,这六位先人在不同的时代、不同的处境做出了不同的贡献。贡献都够得上巨大,并为周家铸定了家风:爱国、实干、敢干。力之所及,也兼于其他有贡献的族人,只能几笔带过,有的甚至连几笔带过都没做到。知我谅我吧。好在周氏家族文化研究会已经成立,专题研究,深入研究自有后来人。本书只是提供了一堆史料而已。最要说明的一点是,有些文字资料我未采用,我尊重的是我的耳闻与目睹。这里有更多的内幕与珍闻,我不能和稀泥,也不能光讲恕道,知我谅我吧。就我们良字辈说,在海外发展的不少,最突出的应是那位航天工程博士了,因为力所不及,也就一律不写了。还是知我谅我吧。

谢谢翻读这本书的读者,借用歌德的一句名言"历史给我们最好的东西就是它所激起的热情"。祝愿这个热情还能燃烧出更多的家史与家风,为文化自强增加生力军。

曾祖周馥

曾祖周馥

　　周姓是古族，始于封建诸侯，也是大族，《百家姓》名列第五，最新的姓氏人口数调查位居第十，最早也最多在江苏、浙江、安徽一带生活。从根源上讲，古代名将周瑜、近代文豪鲁迅都能与我们联系在一起。

　　我们这支始于唐代周访。周访非常有名，既是诗人，又是官员。历任荆州刺史与徽州刺史，因反对武则天称帝被缉拿，逃到现在的东至县，两移住地，最终落户纸坑山，地名不雅，但山峦环抱，竹林满山，自是诗人心目中的世外桃源，从此，代代相传。此后周家也还出过诗人，但多数人只粗通文字，不能写诗了，但还能吟诗，这就传承了文风。曾祖还不识字时，就已经能背诵多首唐诗了。村里人都很喜欢他，说他将来也能写诗。

勤奋好学

　　曾祖能像始祖周访那样，既能写诗，又能做官吗？高祖对他的长子不敢这样想，只是希望他能读书还能教书，做能代写家书还能评理的乡村塾师，成为村里最受尊敬的人。高祖好管村里争争吵吵的事，但他不是塾师，说话分量不够重，于是决心培养曾祖成为塾师，托人向著名塾师王介如游说，收曾祖入学。学费很高，他付不出，东贷西借才凑齐。

　　曾祖从村塾进入王介如学堂，已是十岁的少年了，天天都是后半夜即起,走起起伏伏的山路,到王家学习。同学约有八九人之多。很快,他就以字写得好出名,稍后,又以诗文写得好出众,成了王介如的得意弟子。介如先生知他家境贫寒,于是学费减半,遇到雨天还留他吃住。从十六岁起,他就代王介如先生应接外活,代写家书,代写祭文,代写诉状。王介如有时略加修改,有时居然不做改动。作为一名文人,曾祖已经成才了。

逃到安庆

说不清楚是哪一年了,他拜别恩师王介如,去应童子试。应该说,这是十拿九稳的考试,万没想到,正在考试中,忽然有人跑来大喊大叫:长毛来了,快逃命啊!长毛指的什么人?指的是以洪秀全为首的对社会不公充满仇恨、对清王朝的镇压蓄意报复的农民,建立了太平天国,组成了太平军。他们见到不顺眼的人就杀,对梳着长辫、穿着长袍、准备考秀才的学子,更是绝对不会手软,吓得考官和考生四散奔逃。

曾祖逃回家乡,家乡也乱哄哄的。清军来了必抓壮丁,太平军来了必杀斯文的年轻人。还是到城市避难吧。高祖临时为他更名周复,不再用原名周玉山,以示他将来还能平平安安回到故乡,还能平平安安办个村塾,还能平平安安做个老百姓。这已是最大的期望了。

　　曾祖逃到异乡,做过课童的塾师,做过营官的文书。最后落脚安庆,在衙门口摆了个写字摊,代写家书,代写楹联,代写祭文,还代写诉状。他年纪轻轻的也能代人家打官司吗?还真有人信得过他。这天,来了一位老妇人,是房产纠纷。曾祖问了问情况,就把状纸写好。据说,状纸也就几行字,特别简练。当时坐镇安庆的是曾国藩的弟弟曾国荃,他看了状纸一怔,急问老妇人:"你不识字,这个状纸是谁写的?官司不用问,你已经胜诉了。"老妇人说:"就是那个在衙门口摆写字摊的小后生。"曾国荃忙派人召曾祖进来,问了他的家世,问了他的学习过程,便觉着他是个人才,思路敏捷,对答如流,决定推荐到曾国藩那里,做幕府的备用人才。

多亏了伙食清单

　　曾国藩的成功,网罗人才是重要的一着。他的幕府人才济济,什么能人都有,小后生到了那里,可就不显山不露水了。无事可做,只是一天三顿饭吃得好好的。这天,一位厨师找到他,请他代写一份伙食清单。这份清单是写给谁的,厨师没有说,曾祖也没有问,只是厨师怎么说,他就怎么写,写得认真。

　　伙食清单是写给李鸿章的。李鸿章当时已很显赫,是以翰林身份,从京城来到曾国藩幕府,协助平定太平天国的。"一心觅封侯"的这位人物,自然早有网罗人才的想法。面对伙食清单,他两眼大睁:这字体工整而又敦厚,不是一般人写得出的。于是急问厨师这份伙食清单是谁代写的,厨师说是新来的小后生写的,李鸿章就让他把这小后生赶快找来。

曾祖见到李鸿章自然是毕恭毕敬。李鸿章在以字相人的基础上又看了曾祖的面相,格外满意。这是他用得着的老实人。于是亲亲切切地照直说来:"你这人实在,你这人认真,代厨师写一张伙食清单都不马虎,难得难得。"这是曾祖一生中听到的第一句评语,这个评语影响了他一生,铸就了他为人处世的特点。

从此,曾祖就留在了李鸿章身边,为这位京城来的人物帮办文书。能帮办文书,对曾祖来说,已是喜出望外了。但急于组织自己团队的李鸿章却另有打算,他要有比实在和认真更高一层的有思路有谋略的助手,曾祖够不够这种资格?闲下来的时候,有次他问曾祖:"你读过《易经》吗?"曾祖说读过。李鸿章又问:"你是怎么读的,占卜算卦吗?"曾祖兴奋地侃侃而谈了,说:《易经》的真谛是哲学,不是江湖术士用来占卜算卦的依据,主要是三易:一曰周易,万事万物都是变化的;二曰简易,所有事物的变化都是可以分析的,可以掌握的;三曰不易,也就是万事万物的变化定义是不会变的。六十四卦就是六十四变,变化实在太多了,仁者见仁,智者见智,难解难分了。李鸿章又一次两眼大睁。

这个小后生可不是只会抄抄写写的人物，他有应变的识见！年纪轻轻，难得的人才。曾祖对《易经》的识见来自恩师王介如。王介如一生不搞占卜算卦，曾祖一生也不搞占卜算卦，只研究六十四卦。

在封建王朝年代，治国理政的大人物必须掌握两个基本观点：一是绝对忠君，尊崇皇权至高无上；二是善用《易经》的思维。把《易经》和变化一同思考的人并不多，这就形成了顽固不化和保守落后。李鸿章面对封建王朝迎来三千年未有之大变局，他掌握了这个"变"字，因此在清王朝依靠曾、左、李三大汉臣应变的年代，李鸿章变夷务运动为洋务运动，不仅造枪造炮，还涉及其他方面，在现代化方面进步最大。这是他迎接三千年未有之大变局的思想基础。曾祖和他想在一起，干在一起，这就成了李鸿章从自立门户起始终离不开的左右手的基础。

淮军出世

太平军乘胜准备攻打上海。上海的众多洋人发慌了，清王朝更是一片心焦，急令曾国藩派兵驰援。但安徽这里一片战火，无兵可派，何况守住安徽也同样重要。

就在这紧要关头，出身世家子弟，父亲是高官、哥哥是高官、本人也身披状元光环的李鸿章挺身而出了。他可以带领他所掌控的团练，也就是乡里的民兵驰援。这些团练，鸟枪比洋枪多,红缨子枪又比鸟枪多。既无军装,也无军饷,全靠沿途吃大户进军。敢闯敢干的李鸿章却就此自立门户,定名淮军。清王朝不但认可,还封李鸿章为江苏巡抚。成了高官的李鸿章告别曾府,向恩师要了四名助手,曾祖就是其中之一。所以曾祖也是淮军前后四十年当中的元老。

太平军本来有充足的时间进攻上海。但他们有恐洋症,惧怕洋枪洋炮,结果坐失战机。淮军从背后来袭。太平军也不考虑这是一支拿着什么武器,又只有十三营、仅仅六千五百人的队伍,就急急忙忙退走了。淮军进入上海。李鸿章声名大振,他闯出来了。

仁者爱人

淮军进入上海,这才正式成为一支队伍。六千五百人全部穿上了军装,拿上了洋枪,还有了几尊大炮。胆大的李鸿章决定变被动为主动,向太平天国的首都进军。

在随军前进中,曾祖的任务也越来越多越来越重。先是护印,江苏巡抚的大印与李鸿章私章全在手中,是为李鸿章把关的;再是奏折上,如果认为有什么不妥,他可以和李鸿章商量。一个胆大,一个谨慎,正好相互配合。但是,随着进军的战果,他又有了个新的任务:处理来不及砍杀的俘虏。那时没有收容与释放政策。不论大小,一律砍头。曾祖看得真切,这些俘虏统统是老老实实种地的农民啊!都应该人头落地吗?他想了又想,终于做出了他在仕途中的第一个决定,除了为首之人砍头以外,其余的人全部削发梳辫,放他们回家了。

这个震动太大了。在俘虏的欢喜声中,引来一片责难与抗议。清军将领向李鸿章告状,"我们在前面杀人抓人,他周某却在后面放虎归山,这仗还怎么打!"李鸿章两眼大睁,谨慎的周复怎么会这样独断专行?他从前方赶回来问个究竟,曾祖早有准备,说:"孔孟之道,主要的就是'仁者爱人',这些被骗来的农民能跟着祸首一起人头落地吗?这不是大失民心吗?失了民心还能保住王朝吗?"

李鸿章听着有理,立刻下了手令,说周复做得有理,他不是放虎归山,而是放羊归田,以后抓住俘虏统统按周复的办法做。朝廷如果有异议,责备下来,与放行的周复无关,与执行的将领无关,统统由他李鸿章承担。这样一来,李鸿章进军太平天国首都,两手并重,势如破竹了。一手是洋枪洋炮的火力压住了太平军;一手靠执行放羊归田的俘虏政策分化了太平军。这是敢想敢干的李鸿章始料不及的,也是心慈手软的曾祖想不到的。这是他建言献策的第一策,没想到起了这样大的作用。

对于我们这些后代人来说,影响也极大。父亲讲老爷爷的故事讲得最多的就是这件事。说:"你老爷爷在那杀人如麻的乱世,敢作敢当救活了多少人!善有善报,他救了人,人也救了他。"后来他奉调参加八国联军议和之时,从四川沿江而下,奔往上海,必须在安庆下船,另买船票,夜间行船。曾祖在一座寺庙休息,方丈留他住上一夜,明早再乘船下行,说:"你身负重任,如果染上江风夜寒,岂不误了大事,你病不起啊!"曾祖接受劝告,留宿寺中了。结果夜航之船被江风掀翻,无一生还。曾祖作为唯一躲过灾难的人,后来在江边修了一座宝塔,纪念遇难的死者,并起到镇江的作用。据说宝塔经风沐雨,至今仍留守江边。

周复改名周馥

李鸿章进入南京,又官升一级。他的部下也要封官。在保举名单中,周复误写成了周馥,李鸿章急和曾祖商量,说:"你看,我忙成这样,还因一字之误改写整个奏折吗?何况'馥'字胜过'复'字,香车宝马,示意前程远大。何况在这内忧外患交织的年代,你不跟着我做官应变,难道还回乡做个课童的塾师吗?"曾祖当然愿意在乱世中有所作为,但周复之名是高祖在逃难中起的名字,要改名字必须告诉父亲,怎么能因误写而更名。据说,高祖看信之后非常高兴,说名字改得好,要他做个好父母官,真心实意地为老百姓做几件好事。从这话推断,李鸿章保举的也只是个七品芝麻官。曾祖就此留在南京,去基层工作取得锤炼,离开了李鸿章。

李鸿章的两江总督没能坐稳,就又带兵进击与太平军联手作战的捻军去了。"捻"是一团一伙的民间俗称,起自北方,后延伸到南方。地区不同,有了南捻与北捻之分。他们更具农民起义的本色,不挂洋教的迷彩,没有神只有人,首领的封号是"大汉盟主",自留长发,自成体系,自立规矩,自有战略。北捻还和回民支队联合在一起。关于太平天国的论述和作品都不少,直到当前,洪秀全还是人们津津乐道的人物,对于捻军却知之甚少,对"大汉盟主"更是无人提及。其实,这个人作为农民起义领袖是值得研究的,可惜我无能为力,只能在这里为李鸿章留下这样一笔。李鸿章先是带兵灭了南捻,然后又强渡黄河,灭了北捻,成了清王朝的大功臣。

走马换将大洗牌

大功臣李鸿章迅速地越过曾国藩,开启淮军一代的事件是"天津教案",逼得清王朝不得不走马换将大洗牌。

"天津教案"俗称"望海楼教案"。望海楼是天津海河边的一座法国天主教会的教堂,又高又大,在华北各地教堂中首屈一指,也是当时天津标志性建筑。其实,立在教堂最高处也望不到海,离海还很远很远。只是海河的水流被潮水顶托时激起咆哮的浪花,称得起是海河一景。但望海楼前的浪花迅速变成灾难的波浪。教堂附设育婴堂,育婴堂里经常死孩子。这年盛夏之夜,一下子就埋了二十多具孩子的尸体!惊人的消息在天津卫飘来荡去。洋和尚从来不把中国人当人看,这事绝对不假,但没抓住真凭实据,只能忍着忍着,盯着盯着。

还真盯到了拐卖儿童的人贩子。他在县衙招认经常为望海楼送孩子,还供出育婴堂常死孩子的事,县知事押着他到望海楼对证,神甫拒不开门。跟来的群众吼成一片,形成对峙的局面。法国领事馆的领事急忙去见三口通商大臣,要他派兵镇压。这位大臣说,他有权通商,无权派兵,只能劝解疏导。法国领事居然摔了款待他的茶杯,还亮出了手枪,瞪着洋眼而去,恰和县知事迎了正面。县知事正是为了要求三口通商大臣调停这事而来,法国领事认为县知事根本不该去教堂对证,必须教训教训县知事,举枪就打。县知事身边的随从应声倒地!县知事没有吓退,提出抗议。但跟来的群众却在怒吼声中一拥而上,又是拳打,又是脚踢。法国领事脾气再大,也禁不住拳打,他的洋随从洋身体再壮,也禁不住脚踢,便双双呜呼哀哉了!怒火熊熊的群众一不做二不休,又潮水般涌回望海楼教堂,砸开大门,救出许多奄奄一息的儿童,然后一把火烧了教堂!事情闹大了……

弱国无外交。十六名义士甘愿承担责任,被斩首处决!知府和知县双双被流放!直隶总督曾国藩调任两江总督。实际上老佛爷是为了讨好洋人,连曾国藩也调职了!

接任直隶总督的李鸿章在平息"天津教案"之后，连上两道奏折：一是集中权力，三口通商大臣撤销，通商也不仅限于天津、营口、烟台三地，另立北洋大臣，由直隶总督兼任，从此，内政、外交、经济三权集于一身；二是组建一个自己的团队，名曰"举十贤"，也就是要求调十名他得心应手的官员到天津来。曾祖名列十贤之一。

不能不报知遇之恩

曾国藩从天津来到南京后，发现南京市面平平静静，已无太平天国战乱时的半点景象，当年的小后生还是真干事的。他对曾祖说："你干得不错，留下来吧，我保举你官升一级，做个知府。"曾祖不留，说："如果不是那张伙食清单被李鸿章发现，我这个连秀才都不是的穷书生哪有今天？不能不报知遇之恩。何况直隶总督是最难做的官，宛如在大风大浪中行舟，我能不和他同舟共济吗？"那是讲"忠义"二字、士为知己者死的年代，曾国藩也就放行了。

义字当头，这是曾祖一生为人处世的准则，也是从高祖那里传下来的家风。我曾和研究曾祖周馥并准备为他写传的学者说过这件事，现在也落在纸上。我的高祖有好友王某，他的儿子取名玉成。高祖得子，就说："我的儿子和你的儿子排在一起叫周玉山吧。"两人友谊之深，这是最好的说明。王某不久病重，临终之前重托高祖，代他经营香油作坊,务必保住这份产业,代他抚养儿子,再助其子成家并继业。高祖连声承诺,就做了多年香油作坊的掌柜,直至王玉成长大成人,并为他主持婚礼,然后将香油作坊多年经营的账册交给这位新郎,自己则另谋生路去了。这事看似平淡,但却对曾祖、对我们后来几代人都有影响,形成重言重诺的家风。

意外的任务

曾祖来到天津后,大大出乎他的意料,天津城内正被大水围困,城门都被沙袋堵住,人心惶惶,百业俱废。李鸿章对曾祖说:"你来得正好,监工堵住海河决口吧。"曾祖干实事始于南京,参与修过市政工程,但没有堵河水溃堤的经历。但灾情火急,天津城万万不能被淹没,只能硬着头皮上。好在他的身份不低,是代直隶总督前来监工堵口的。到了堵口工地,听了堵口施工方案,他觉得民间自有能人,立即拍板照办。唯一的要求是尽快堵住决口。他下令地方官员,河口没有堵住,谁也不准离开,连他本人也在内。就凭这句誓言,他从早晨站到黄昏,又从黄昏站到深夜,腿都站直了,但他就是不坐搬来的椅子。奇迹出现了,不到一天一夜的功夫,河口被堵住了。

李鸿章很高兴,对曾祖说:"就凭那伙食清单,我就相信你能治水。"曾祖初来乍到,算是一炮打响,干出了成绩。

小站长出稻米

虽然出了成绩，但务实认真的曾祖并不满足。他在思索，大水再来怎么办？等溃堤堵口吗？那损失多大！最好是大水沿河而下，不冲击九河下梢的天津城。他走走转转之后，对陌生的天津熟悉起来，于是作为幕僚向李鸿章提出到任后的第一个建议：从上游起，挖一道减河，水大时直接入海，天津城就不会再犯水患了。李鸿章十分欣赏这个建议，这是保住天津的根本之策。接着却紧着摆手，不可不可！这犯了官场的潜规则，知府刚刚上了加固河堤的方案，他直隶总督也批了可行的字句。现在忽然又改修减河，知府的面子不好看，他总督出尔反尔也不好看。好在大水围攻天津多年才有一次，暂且压住，容后再议吧。

官场还是以和为贵吧，容后再议就不议吧。但曾祖抱有天津不犯水患的想法却不变，那就另寻变通之路吧。很快就"穷则变，变则通"了。他到了小站，见到了淮军十三营自立门户的老将周盛公与周盛传兄弟，问："你们想不想念安徽老家？"兄弟俩都说："怎么不想！那里山清水秀，又能吃上稻米，这里一片碱地，只能啃硬面饽饽。"于是，曾祖提出从上游运河挖一条小河到小站，然后将水分散各地，变旱地为水田，种上稻米，而且在有限的饷银之外，还可以多几个吃肉的钱。就看你们愿不愿挖这条小河，也帮天津城泄水了。

当兵的能打仗,自然也能挖河。也就几个月的光景,小站稻米来到人间。万没想到,小站稻米特别可口,成了大米中的名牌,盛名至今不衰。周盛公与周盛传的盛名也至今不衰,津南一带无人不知,无人不赞他们的贡献。只是出主意的曾祖被湮没,无人提及了。童年时,听塾师讲老爷爷的这段故事,心里十分不平,塾师就说:"作为幕僚从来都是这样,宛如在桥水下的基石。你老爷爷做了多少肩负重任但不为人所知的事啊!这也是家风吧?"

西太后召见

当小站稻作为贡米上了西太后的饭桌后,她喜出望外,怎么天津也长出了稻米!这是谁的点子?曾祖之名就此钻进女权术家的耳朵里。不过,七品芝麻官不够资格,不能召见。

但干实事的曾祖在永定河岸面对几处决口,迅速堵住几处,没使洪水泛滥成灾,又立大功。李鸿章保举曾祖出任永定道,成了知府一级的官员。西太后吃着贡米,想着永定河水乖乖地顺流而下,决定召见曾祖。知府一级官员能入大内,也是并不多见的事。但何时入见,还要等内务府安排;内务府何时安排,要等敲门砖送来。敲门砖用银一千两,李鸿章赞助五百两,周盛公与周盛传两兄弟送上五百两,外加李鸿章一封亲笔信,这才做出安排,得以入见。

西太后的召见像是在唱戏。先是相面看人,一副书生的样子,果然李鸿章看人看得准。既然李鸿章用着得心应手,她当然也就用着放心。接着扔出一套戏词似的言语:"我听说你一直跟着李鸿章效力,报知遇之恩,很好很好!听说曾国藩留你在南京做太平官,保举你做知府,你还是以义气为重,到北方来,协助李鸿章做难做的事,很好很好!听说你办事认真,每次堵决口,都是亲临险地,不堵住决口不走,很好很好!听说你为了天津不泡在水里,居然出了这么个点子,挖了河还种了水稻,从此北方也能产大米了,很好很好!你喝茶吧。"茶可不能真喝,那是让觐见的人告退的代名词,曾祖自然明白,赶紧谢恩告退。

大修减河

虽然召见曾祖是西太后唱的一出戏,但这出戏确实提高了曾祖的身份,说话硬气了,说控河种稻为天津添了光彩,却根本不能解决水淹天津的危险,还是要修泄洪的减河,不然的话,西太后误以为控河种稻就可以解决水淹天津的问题,其实是小水来了可以引入稻田,大水来了还是解决不了问题,那可就有误导视听的欺君之罪了。欺君之罪那还得了!李鸿章不顾出尔反尔与官场上的脸面问题,立即上了奏折,以直隶总督的名义,请求拨款大修减河。

减河开工了。曾祖虽然是主管,但身兼数职,已不能留守工地了,只是偶尔来看看。这天曾祖来了,工地当然异样紧张,都在格外使力挖河。可是工头却指着一名民工,让他躲到别处去。曾祖问:"为什么我一来就让他躲开?"工头回说怕他乱说,冒犯了大人。曾祖感慨,怎么层层都防乱说呢,就嘱咐把他叫来,听他乱说什么。这位民工说:"这条河挖了没有用,洪水来了照样决堤,只是淹的不是天津城,而是大片庄稼地,老百姓遭殃,不如把河堤推到远处,两侧各留一片空地,洪水来了,两侧空地也就变成大河,使咆哮的洪水流去,绝对不会溃堤了。"曾祖听了豁然开朗,决定改变计划,河床宽度深度不变,但两侧堤岸后移。这就形成了减河的特殊景观,河床、河坡、河堤并存。这在泄洪河中是少有的创新一举。

多少年后,前辈人都已远行。我这晚辈人曾到减河劳动,正值盛夏,放眼望去,一片青绿。原来两岸河坡并非荒地,年年都能种一季春庄稼,赶在秋汛之前割去,既有收成,又能泄水,这是多么好的民间智慧。当地人还当故事说:"周馥不是一言堂,听得进老百姓的话,这就是好官。"好官的传说一直流传下来。可惜献策的民工未留名姓,只能作为无名英雄挂在人们嘴边了。

洋务运动的助手与推手

对落后的清王朝沉重一击的是英法联军入侵京城,火烧圆明园。恭亲王奕訢签订丧权辱国的《北京条约》之后,痛定思痛,提出夷务运动。内容主要是仿制洋枪洋炮,一时风起云涌,许多地方都有了兵工厂。但随着恭亲王被西太后赶下台去,夷务运动也就到此为止。李鸿章出任直隶总督与北洋大臣之后,改夷务运动为洋务运动,一字之移充分体现了多方面移植西方先进技术的意义,内容大大发展,成了中国向现代化迈出的第一步。

曾祖紧跟李鸿章参与策划,既是洋务运动的助手,也是执行洋务运动的推手,所有开办的电报局、电话局、煤矿、邮局、招商局、陆军学堂、海军学堂,等等,他都倾注心血,而且作为李鸿章的左右手,帮李鸿章顶住了来自上上下下的阻力。父亲讲老爷爷的故事有这样一段有趣经历:要修铁路,王公大臣一致反对,西太后也不同意,说人坐在两条铁轨上跑来跑去,这太危险了,谁敢坐呢。李鸿章就派人在紫禁城修了一段铁路,请西太后试乘,王公大臣一致反对,皇太后试乘,如果出了危险那还得了!李鸿章就说:"由我坐上试试看。"王公大臣又一致反对,堂堂直隶总督试乘,如果出了危险,那还得了!曾祖挺身而出:"那就由我试乘吧。"实际上并没有火车头,只是用人推来推去,什么危险也没有。西太后也试乘了,终于不得不同意修铁路了。

天津机器局出奇效

天津机器局是恭亲王夷务运动留下的最大产物。国库拨出大量经费,机器设备全部来自英国,因此设在近海的天津,分西局和东局两个部分:西局1867年建成,在今海光寺,主要是铸造,另有强制修造车间;东局1868年建成,在今贾家沽道,主要是生产火药及枪弹。主其事的北洋三口通商大臣崇厚,他对军火工业完全无知,一个系列的军火工厂居然分在两处,中间还横着一条海河,这就是不计成本的一大败笔。更加荒唐的是,员工能干活的不多,不能干活的,只要能送红包,他就下条子进人。天津机器局成了国库的无底洞,年年巨亏,年年贴补。

李鸿章在上海和南京都搞过军火工业,因此曾祖也不陌生。在津城水退之后,就随着李鸿章对天津机器局进行改革,由曾祖另立厂章厂规;由李鸿章裁减冗员,从上海与南京两厂调来技师和技工。

天津机器局的东局迅速扩张,占地面积竟与天津旧城不相上下,用城墙围绕,外有断绝壕,形成一座军火工业大城。不仅在中国居第一,而且在亚洲也居第一。当时的日本的军火工业也很强大,像这样大的军火工业城还是没有的。城大当然车间也多,年年引进新的机器设备,已是冶炼、铸造、机器制造、枪炮制造、子弹制造、火药制造、水雷制造、船舰制造和修理应有尽有的巨大基地。当时朝鲜国还派人员来学习。

作为亚洲第一军火基地，天津机器局超越仿制的界限，做出了特殊贡献。在军事工业上位居高难度的潜水艇，从纸上到水下，第一艘潜水艇竟是出自天津机器局！较之西洋试制潜水艇成功，整整早了六个春秋。

这是真的？许多人听了都不相信。这可不是单凭记忆了，我还有文字依据。当时的《益闻录》有这样两段记载。1880年6月20日载称："顷闻津厂陈观察绘图贴说，募工建造，并经府道大员通牒大府，具保领款，并称如不适用，愿将开出款项照数赔偿，具结申送。现于津城后面缭以周垣，开工设造，雇佣工匠十余人，自备薪米油烛等物，并木料铁皮分头采买。不动该厂一项。"1880年9月19日载称："兹已造成，盖驶行水底机船也。式如橄榄，入水出游水面，上有水标及吸气机。可于水底暗送鱼雷，置于敌船之下。其水标缩入船一尺，船即入水一尺。中秋节入水，灵捷异常，颇为合用。"

虽然说辞十分有限，既不能游入大海，更不能作战，但作为世界上试制的第一艘潜水艇，还是体现了洋务运动的成果。这也是曾祖身兼三职：李鸿章幕府、津海关道、天津机器局承办而做出的一大业绩。

推举聂士成助守台湾

虽然洋务运动有成果，成果又不止试制潜水艇一项，但对清王朝的愚昧与腐败并未造成任何改进，更挡不住列强的入侵。

法国侵略军打响侵略越南之战。清王朝不得不迎战了。虽然清军的战斗力并不强，但有一支民间武装组织黑旗军，由刘永福统率参战。他们善于利用地形，几次打败拥有武器优势的法国侵略军。这为以弱胜强闯出一条路来。

法国侵略军在越南进攻不够得心应手，于是利用海军的优势，突袭福州的清王朝的水师。福州水师是清王朝当时最大的水师，将领云集，战舰也不少，却是面对中法越南之战，袖手旁观，好像与他们无关。法军突袭福州水师，福州水师战舰尽毁，官兵伤亡巨大，福州水师从此消失。

法军突袭扭转败局，台湾巡抚刘铭传立即做出正确判断，法军必将再次突袭台湾宝岛，再立战果。奏报清王朝火速派兵协助守岛，西太后自然把难题推到李鸿章这里：你看着办吧。大量运兵不可能，少量运兵，谁又能担任守岛重担？难了难了！曾祖立即向李鸿章推举了聂士成。这也是中法之战中，他唯一的建言献策之事。

聂士成是安徽合肥人。本来是学儒学孔孟之道，走科举入仕之途。由于太平军之乱，地方上纷纷组织团练自保，青少年纷纷立志保乡，聂士成就弃文从武。由于他有书底子，往往在战斗中做出智勇双全之举。纳入淮军系统后，迅速进入儒将的行列。当时识字的军官就不多，何况他还出口成章呢，自然和曾祖很谈得来。他们都是面对列强入侵，忧国有心、救国有志的人。聂士成自然当仁不让临危受命，面对船少舰小，只能运兵一千，连一尊大炮也上不了船。曾祖倒是早有准备，说："你熟读《孙子兵法》，必然胜利归来。而《孙子兵法》最根本的是两条：一曰以谋略取胜，二曰以出奇制胜。你当然明白。"聂士成露出了一丝笑容，说："我也想到了，只是不知刘铭传怎么看？"曾祖断言，形势逼人，他别无选择。

《孙子兵法》的这根本两条，能文能武的刘铭传自然也滚瓜烂熟。他盼来的聂士成，只有兵一千，连一尊大炮都没带来，只能出奇制胜了，非是英雄所见略同不可了。其实出奇的招数并不奇，在中国战史上运用多少回了，无非不声不响，用伏击"招待来宾"而已。也就是伏兵刚刚就绪，法国军舰已经云集岸边，大炮轰鸣了。怎么不声不响，也和福州水师同样并无防备？洋眼大睁的司令官见怪不怪，清王朝的无能，中国人的愚昧必然如此。立即下令所有海军登陆人员全部下船，在炮火掩护下登陆，不多不少，恰恰也是千人之数。这些洋兵如入无人之境，只是走到炮火射程之外，忽然枪声大作，杀声大起，展开了一场白刃战。法国海军登陆人员只有个别逃回战舰,其余的洋兵全部倒在地上,再也站立不起。这场败仗使法国的内阁集体辞职,使法国海军司令官在又急又悔中死去,使刘铭传与聂士成双双成了名将。

不得不多说一句。一部赞扬刘铭传守台湾的纪录片,居然只字不提聂士成,这不公平!聂士成归来时,带去的一千勇士,只剩几十个人了,居然也只字不提,这不公平!

不得不再多说一句。李鸿章借台湾胜利,急切议和,在《中法新约》中,撕毁与越南的宗主国关系,使越南沦为法国保护国是一大败笔,骂声至今不绝。但也另有一种议论,在军事力量与经济力量远远不如法国的情况下,绝对不能久战,只能忍辱偷安。所有议论都留在这里,继续供一代又一代后人评说吧。这是一份难忘的历史教材。

建议调回马玉昆

痛心的是,又一件难忘的历史事件紧紧逼来。朝鲜半岛形势告急了!据民间呼声,曾祖建议将朝鲜李氏王朝内迁,给予亲王待遇,使日本无法分裂清王朝与朝鲜的从属关系。西太后不敢批,李鸿章不敢说,坐失良机!曾祖只好建议调回马玉昆,以防万一,实际上已是束手无策中的一策了。

马玉昆是安徽蒙城人。蒙城是个好地方,古代思想家庄子就出生在这里，只是后继无人。马玉昆是以武功出名，和庄子完全不搭调了。他绰号"马三元"。他百步之外弯弓射箭，连中三元，箭无虚发，回回如此！又绰号"马一掌"。他在方桌上立一块砖，站在桌外一尺的距离，一掌伸去，气浪能推倒那块砖，也是回回如此。太平军揭竿之后，地方上办团练自保，马玉昆自然成了领军人物。纳入淮军之后，他成了打先锋的猛将，在攻捻军之战中，由南到北一直打到了宁夏。稍后，浩罕汗国阿古柏入侵新疆，在英帝国主义煽动下，成立"七城之国"。左宗棠率大军平乱，由于马玉昆所部距离新疆较近，他就成了先锋队伍，第一个兵出嘉峪关，第一个和叛军交战，第一个攻入"七城之国"的都城。他的战功不少。当然功劳最大的还是统帅左宗棠，把他盖过去了。马玉昆的后人为这事念念不忘。就在这里说上几句，也算留下一段鲜为人知的往事。他当时仅仅是一名副将。好在勇将自有人知，曾祖记住了他。

形势已是十分严峻了！日本参谋本部的绝密文件《征讨清国策》中最主要的一段是："欲征服世界必先征服中国；欲征服中国必先征服满蒙；欲征服满蒙必先征服朝鲜。"他们的战略底牌全清楚了，而且在行政制度上，明确军事统帅权独立于内阁之外，也就是军事统帅可以随时决定出兵作战，不必经过政客的左思右议，已经完全成战时体制了。面对这样的敌情，清王朝只有被动地等着。

甲午之战

　　朝鲜人民面对日本帝国主义的侵略、李氏王朝的昏庸无能,以知识分子为首的东学党发动了起义,提出"济世安民""尽灭权贵"与"逐灭倭夷"的口号,春风野火立即烧遍朝鲜各地。日本参谋本部认为出兵侵略朝鲜的机会到了,就假意提出与中国共同出兵,平息朝鲜的乱局。按此前的《天津会议专案》规定,如果日本出兵朝鲜,必须中国也出兵朝鲜。当时的设想是中国不出兵,也就限制了日本出兵,用软条款堵住硬侵略的野心。但岌岌可危的李氏王朝向清王朝告急,请求派兵平乱。为了维护天朝尊严,西太后决定平乱,认为条约写得明白,既然是共同出兵,最后自然是共同撤兵,白纸黑字,岂能写了不算?于是李鸿章奉旨派兵入朝。他走了两步错棋:对已是帝国主义的日本认识不足,上了无信与狡诈的骗局。对统兵入朝的领军人物论资排辈,错用叶志超,这个人在中国人打中国人,平定捻军中,心黑手辣,杀人如麻,但派他出国援朝,他却人老心老,已经没了当年的勇气,何况作为李鸿章的部下,他深知李鸿章的基本战略是"外须和戎,内须变法",所以他带兵入朝,能不动就不动,能不打就不打,接连失去战机。李鸿章如果越级提拔,用台湾宝岛之战助巡抚刘铭传大捷的聂士成,那会大不一样。事在人为!偏偏聂士成带兵入朝,仅仅是一名打前锋的战将，全听叶志超的指挥。可惜可惜！

野心勃勃的日本帝国主义，兵从海上来，来的人并不多，还迟来一步。但进入汉城（即今首尔）就不退了，公使撕下文官的面具，变成了指挥官，在汉城构筑工事，提防清军入城。清军严守约定，平乱即止，没进汉城。日本的敌对行为已是十分露骨了，但叶志超还是不防不惊不动，以主观思想来应对客观事变。事变是日本兵从海上陆续来到。兵多了，可以行动了，这就突然攻入王宫，逼李氏王朝与清王朝决裂，粉碎宗主国与属国的关系；接着把李氏王朝的大大小小，全部押出皇宫，装进日本战舰，运回日本，变大和民族了。这也算鲜为人知的历史背后的历史。当日本侵略者发动"七七事变"，全面侵略中国，在卢沟桥附近一度吃了败仗，进攻得手之后立即进行报复，一名带兵的下级军官，见了中国人就杀，扬言要为战死的同胞复仇。他其实是李氏王朝后人，已经完全同化为日本人了。但同化的结果，最后也是死在战场上，为侵略者送了自己性命。

聂士成牙山苦战

聂士成带兵平乱之后，即退出汉城，暂栖牙山，待命回国。日本攻进皇宫，掠走李氏王朝全体人员。聂士成十分清醒，断定日本必将北进，吞食整个朝鲜。立即挖了战壕，严阵以待。日本果然向牙山扑来，被清军击退。叶志超立即向李鸿章告急。李鸿章立即进京。是战是和？清王朝乱成一片。年轻气盛的光绪帝主战。家仇为重的翁同龢主战，正好借此机会打击李鸿章，让他跌下官场。善耍权术的西太后主战，她看出来了，抱大的儿皇帝越来越有自己的一套，另唱新调那还得了！让他碰个钉子也好管教。当然还另有算计，李鸿章声势太大，淮军发展到今天，远远超过曾国藩与左宗棠，虽然她事事依靠李鸿章，却又时时提防李鸿章，怕其取而代之。那就打上一仗，削弱淮军嘛。这三个人齐声主战，再加上众多王公的乌鸦嘴，不是大话，就是空谈，压住李鸿章的"避战求和"。他回来之后，立即电令叶志超，坚决顶住。叶志超立即全文照转，要聂士成坚决顶住。但怎么顶住，却没有下文。

聂士成指挥所部沉着应战，接连击退日军的多次强攻。弹尽粮绝了，只好退了下来。退到平壤城外，叶志超居然不准他进城！他的理由是，如果允许聂士成带兵入城，势必招来日军的攻城。日军连吃七个败仗，必然要在平壤复仇。还是别让他们攻城复仇吧！还是静等议和吧！还是退回中国吧！

聂士成带着残兵退到国内。他又气又恨，坚持牙山明明打的是胜仗，七战七捷，可是援军不来，只守不攻，终于胜仗变成败仗，这是谁的过错？聂士成怎么背上黑锅，成了一名败将！他还又急又慌，兵将少了，武器打残了，枪弹打光了，回到祖国，没人管又没人问。最要命的是军粮没有着落,从聂士成到士兵,每人只吃两顿饭,每餐只有一碗粥。聂士成只好下令,早不出操,夜不守营,活命要紧。

挺住顶住

这夜,静得没有一点声音的兵营,忽然喊成一片:人来了,车来了,八抬大轿也来了! 又气又恨、又急又慌的聂士成又加了个又惊又奇,这八抬大轿把谁抬来了? 哪一位大员肯到这荒凉的大地上来呢? 曾祖周馥。

聂士成见着曾祖纳头便拜,说,"周大人,你怎么还亲自押运军需啊?"曾祖当时是指挥作战的军务处的三大官员之一,是组织与供应整个战事军需的负责人,举足轻重啊! 但他还有一项不能公开的任务,这就是代李鸿章上情下达,做将领的思想工作。所以他拦住纳头便拜的聂士成,照直就说:"我不光是押运军械军粮而来,还带着重要口信呢。"这自然是李鸿章的言语,说:"牙山七次击退日军的进攻,这是胜仗! 在枪弹打光,为了保住实力,主动退下来,这也不是败仗。要你挺住顶住。"聂士成感动得两眼满是泪花。

进到屋里,两个人面对面坐下来。聂士成急问战局如何? 曾祖说战局一边倒,叶志超已是官做久了,没了当年的勇气。其实有了勇气也很难扭转局势。曾祖发出惊人之语,如今是以淮军一系之力敌日本一国之兵! 东南各省都是空喊支持，不出实力。平壤城只来了一支能打的汉兵和一支不能打的旗兵，再无援军了。这话不仅曾祖这样说，梁启超在《李鸿章传》中也这样讲："不见乎各省大吏，徒知画疆自守，视此事若专为直隶满洲之私事者然。"地方割据坏了大事。

聂士成发出了豪言壮语："就是淮军一系敌他日本一国，我也要尽力而为，打他小鬼子一个落花流水。"曾祖就兴奋起来："果然你聂士成是个顶梁柱式的人物。我不虚此行了。凡事全在不可为而为之。"聂士成急问："怎么知其不可为而为之？"曾祖答："挺住顶住，出奇制胜。如果打上一个两个奇袭，也许还能顶住日本侵略国土的脚步，还能以战求和。"

大敌当前，国难当头，有志之士挺住顶住，谁来担当重任？谁来再打一个两个出奇之战，尽力而为，至少为以战求和创造条件。聂士成向曾祖说："我守宝岛台湾，是你推举，这次又为我洗去败军之辱，点亮我的重振军威之情。面对大难当头，我能不能和你续金兰之好，共誓迎难而上的决心？"曾祖就把油灯摆正，两个茶杯并在一起，扯着聂士成便拜。他们成了矢志不渝的盟兄弟。这也是曾祖一生中唯一一次结拜盟兄弟。

战火烧过鸭绿江

叶志超不敢打，当然也不敢守。在左宝贵城外迎战、中弹阵亡后,他丢了平壤城,带头后退,为甲午战争造成第一大败局。日军得寸进尺,战火烧过鸭绿江!

聂士成的队伍刚刚换上了新枪,刚刚补充了新兵,刚刚伙食有了改善,刚刚进行了操练,这就接到命令,迎头堵住日军的入侵。聂士成是有志有识之士。他早有准备,在东北各地走过,熟悉地形,在紧要关口严阵以待。

不响一枪、不伤一卒的日军,轻取平壤之后,乘胜而来,自以为如入无人之境,大踏步前进还唱着军歌。不是打仗,而是行军。万没想到在辽东大高岭一带遇上伏兵,被打了一个死伤狼藉。日军当然不服,接着强攻。比起牙山七战七捷,聂士成的队伍再创奇迹,连守十二天,没让日军前进一步。守到第十二天,最终还是退下来了。援军不到是一大原因,聂士成在挺住顶住的信念之外,还有出奇制胜的招数呢。他是主动退下来的,然后兵分两路:一路正面迎敌,一路绕道而行,夜袭敌营。敌营中恰恰住的是日军中将指挥官,如果我的记忆不错的话,他的大名应是富刚三造。攻打牙山的是他,进入平壤的是他,拿下大高岭的是他,在夜袭中被一枪击中的还是他。这一仗打得太好了。这是甲午战争中打得最响亮的一战,清王朝立即提升聂士成为直隶提督,名将成了大将,突破论资排辈的惯例,顶替了逃跑将军叶志超。可惜还是迟了一步,大局已经败坏下去了。

海战惨败

李鸿章的洋务运动最亮丽的一项是北洋水师。一度位居亚洲第一,后来才被日本海军超越。何以超越?何以惨败?参与北洋水师建设的曾祖自然悲痛万分,感慨良多。但又未直言,更在纸上未留只言片语,但长辈还是在闲言中把一些历史背后的历史留了下来,确实与一般的传说有所不同。

据说西太后最初要修复的是圆明园,耗费之大颇为惊人。有人上了奏折,认为不可。西太后挤不出那么多的钱来,只好同意不可了。醇亲王为了讨好西太后,也是为了他的儿子光绪做有实权的皇帝,借西太后六十大寿,建议将规模小得多、也被英法联军烧毁的清漪园修复,并更名为颐和园,以示颐养天年之意。颐养天年自然是让这位"老佛爷"别再垂帘听政,就在有山有水有戏楼的地方终老。享乐至上的西太后明白不明白?她自然明白,反正先修个颐和园享受享受,六十岁大寿先热闹热闹。你醇亲王挤钱吧。醇亲王找到户部尚书翁同龢挤钱,翁是光绪帝师明白不明白?他自然明白,可是财政收入与支出不平衡,他拿不出这笔钱。只能出个解仇又解恨的主意,向搞洋务运动的李鸿章挤钱。李鸿章明白不明白?他自然明白。可他也挤不出这么多的钱来。万般无奈,只好把海军经费中的最大一笔支出，在英国订购的当时船速最快、炮火最猛的巡洋舰退货，借用这笔钱来修颐和园。无意中让日本捡了大便宜。他们把这最新式的巡洋舰买到手，改成了最得力的海战中的主力舰。如果这支最新式的巡洋舰在李鸿章指挥下，甲午海战也许是另一个结局吧？

其实，即使最新式的巡洋舰已经易手，按北洋水师的实力还是可以打个难解难分。"定远号"主力舰，火力多种多样，还是可以稳住阵势的。根据资料，这艘亚洲第一舰是李鸿章以113万两白银在德国特制的。航速每小时24海里，舰上有大小不一的钢炮20门，连珠枪525支，舰首和舰尾都有鱼雷发射器，火力之猛，日本战舰一般是比不了的。可惜"定远号"来到中国，只带了有限的炮弹，需要补充，必须从德国补充，但每次申请经费，都被翁同龢压住不批，用来报复李鸿章代写奏折查办翁同书连失六城不报、从而落难的家仇。这也就彻底破坏了北洋水师的战斗力。这应是战败的另一主因。但从当时到现在都有人把罪责推在北洋水师提督丁汝昌身上，不公不公！他在指挥作战中受了腰伤，躺在甲板上仍然坚持指挥作战。战局一边倒了，日军攻进山东半岛了，他在前后受敌的情况下，宁为玉碎不为瓦全，下令炸毁亚洲第一舰，然后服毒自尽。几位将领也跟着服毒自尽，称得起壮烈殉国了。结果是壮烈换来处分，不准入土为安！

多年之后，翁李的私仇已随他们双双远行，可以言者无忌了。曾祖这才以不平则鸣的心态,向西太后痛陈这段自己人用石头砸自己人的内斗之事。倒是这话也不算白说。丁汝昌和几个将领的棺木这才准许掩埋。可是这于甲午战争的惨败又有何补呢?只能说力之所及,曾祖又做了一件好事,能为淮军说话的只有他了。

临行前的密约

海战惨败之后,陆战也常常失利。聂士成在大高岭大捷,马玉昆在营口退敌。最后都是不得不胜利地转移,带着打残了的队伍守在山海关之外。为保卫京城做最后一战。但这道防线已经不起作用了。日军攻占山东半岛。那里的清军毫无斗志,兵败如山倒,日军可以大踏步地沿着陆路,从山东进直隶,再进北京城,与山海关全然无关了。为了保住京城已是别无选择,只有低头议和了。

清王朝派了两位议和大使前去。刚刚上岸,就被冷嘲热讽碰了回来,说他们不够议和的资格,必须清王朝的重臣前来,言外之意,自然是不点名的点名,非清王朝第一重臣李鸿章前去不可了。这是日本政府一石二鸟之计。一方面大扬岛国的声望,进入强国之列;另一方面是让李鸿章身败名裂,从此斩断办洋务运动之手,使中国工业永远落在日本之后,永远别想再搞什么亚洲第一。

清王朝果然中计。其实也是非中计不可,除了李鸿章出面还能有谁呢？已是拔去三眼花翎、扒下黄马褂、革职留用的李鸿章又被重新包装，成为特命全权议和大臣了。这时他接到也是位居高官的兄长李瀚章的电文，劝他万勿前去议和，去了必然是割地与赔款，迎来身败名裂，成了误国的罪人。李鸿章长叹一声："落日孤臣，我不去身败名裂，又让谁去身败名裂呢？只要保住朝廷，稳住国家，余愿足矣。"

李鸿章的议和班子，请了一位美国外交顾问，带了他的做过驻外国大使的儿子，却把一向助他搞外交活动的曾祖留下，自然是另有文章。李鸿章在两手并用，一手是谈判桌上议和，一手是在背后以夷制夷，让列强出面施压。果然有了三国干涉还辽的事，保住了东北大地。这事与李鸿章有关，不见文字记载。我少年时听塾师说，李鸿章在上船之前，曾祖前来送行，两人有一段耳语，说的就是这件事。曾祖位居津海关道多年，和俄国、德国、法国在天津的外事人员与商务人员都有接触，吹吹风和说说话自然是最方便不过的事。把这段无法说明的史料留下来吧，用以说明在那个年代，那些肩挑重担的人都在"忍人之所不能忍，为人之所不能为"。

仍然义字当头

虽然三国干涉还辽不失巧计一着，但毕竟割地赔款的《马关条约》激起了全国人民的愤怒。丧权辱国的罪责谁负？自然是在《马关条约》上签字的李鸿章了。他回到天津，果然身败名裂，捧着一道圣旨的大臣已经等在那里，这回连革职留用都免了，又被摘去三眼花翎，扒下黄马褂，只保留了文华殿大学士的空头名义，在北京贤良寺闲居下来，洋务运动无法再过问。果然，清政府中了日本一石二鸟之计。

岂止中了日本之计，也中了中国人的派系之争。在朝廷上弹劾声声，在民间斥责不断，由于李鸿章是安徽合肥人，又给起了个"肥贼"的绰号。他成了破鼓万人捶。

曾祖大为不满了。《马关条约》虽是李鸿章签约，但在签字之前，是不是请示了朝廷呢？这是必不可少的程序，他请示了。光绪帝以极力主战变成极力主和之后，也不敢对这丧权辱国的条约就批，手持请示的电文去见西太后。一向抓权抓得紧的西太后，这回一反常态，说她身体不适，把光绪帝顶了回去。光绪帝还是不敢决定，转天又去请示，据说是跪在房门前，务必请西太后对《马关条约》批还是不批，给个说法。西太后传话，说她身体不适已经发展成病体在身，大主意还是自己拿吧。光绪帝又被碰回来了。帝党中人一致认为西太后称病不表态，实际上正是不表态的表态，她不反对，她在不负责任的情况下默认。光绪帝这才大笔一挥，批准了《马关条约》。结果是默认的无过，批准的无责，只有签字者白纸落黑字，罪责难逃了。这不公平，但皇权至上，为了维护皇权至上也只能听任不公平。曾祖就以久咳不愈为由，辞职求去，以示与李鸿章共进退，仍然义字当头，这就是其一生为人处世的最大特点。

西太后似乎等的正是这份奏折。她的宠臣荣禄接任直隶总督，他是后党的中坚分子，与李鸿章不搭调，当然和李鸿章的助手也就一台戏唱不在一起。曾祖求去，正合她的心意了。有的史料列李鸿章的淮军一系为后党，这不符合事实。曾祖辞职的照准，正是最好的证明。当然在战略思想上，两位举足轻重的人物也截然不同，李鸿章主张"外须和戎，内须变法"。西太后主张和戎，却坚决反对变法，守住老祖宗的旧制一动不动。两个人的关系，只是谁也离不了谁的关系。

辞官之后，曾祖定居扬州，扬州文化积淀深厚。他买了一座住宅，种树种花，打点着诗意的环境，还原书生的本色，开始研究《易经》。只是这段隐士生活没能维持多久，书稿也未完成，就匆匆离开，从此再也没回来。这座庭院一直保留得很好，成为扬州名人故居。

为黄河定走向

黄河是中华民族的母亲河，催生了中华民族的文化，可也常常泛滥成灾。特别是下游从何处入海，往往造成溃堤大患。山东巡抚上了奏折，建议黄河今后由淮河入海。江苏巡抚也立即上了奏折，坚决反对黄河从淮河入海。究竟应该从哪里入海？王公大臣谁也回答不上来，他们根本连黄河都没见过。谁见过黄河？西太后想起了闲居贤良寺的李鸿章了。他带兵平定北捻，来回几次强渡黄河，这事交他处理吧。李鸿章谈黄河水患是件大事，他虽然带兵渡过黄河，但对黄河的本性并不清楚。这事必须问周馥。永定河不就是他治理好的吗？他还著有十卷《治水述要》，是难得的行家里手。西太后就说："周馥和你共进退，正好再合伙唱这出为黄河入海定个归宿的戏。传我的旨意，周馥别再负气，别再久咳不愈，火速进京吧。"女权术家精明着呢。

曾祖见到李鸿章，说黄河入海从来乱冲乱撞，有过沿海河入海的记载，但居最少数；有过沿淮河入海的记载，但也居少数；最多的还是从山东入海。现在如何为黄河定归宿，必须测量了黄河下游及淮河河床的宽度与深度再做千秋大业的定论。

怎样做科学的测量？这在中国还是从来没有过的事。曾祖回到天津。虽然海关道已经卸任，毕竟还能和各国领事打交道，很快就从比利时请来一位测量师，为他配备了译员和年轻的助手，组建了中国水测量的第一支队伍。

曾祖陪着李鸿章沿着黄河与淮河的上游与下游走了一遍，根据测量数据得出结论。李鸿章要曾祖写出黄河不能绕行的奏折，他本人认为黄河仍要从山东入海，而且是以此永定的归宿，煞费苦心地上了治标与治本的两个奏折，加大财力的支持，用来安抚争论中失败的山东官员。奏折上去自然响的是空炮,苟延残喘的清王朝已无力根治黄河了。虽然响的是空炮,黄河仍然闹灾,毕竟黄河入海从此定终身——不东走西移了。在李鸿章洋务运动的方方面面中,黄河入海的决定从来未被列入,其实却是洋务运动中最见实效、最是惠及后代的大事。

似水流年,一个多世纪的带着泥沙的黄河顺流而下,为山东冲出一片平原,造出了东营县,肥沃的土地上,年年都长满了庄稼。

到四川做官

保守而又落后的女权术家也识出黄河确定归宿是何等重要的大事,也明白这是曾祖继治永定河之后的又一大业绩,决定调曾祖出任四川布政使,官升一级,按现在的话说,四川省常务副省长了。曾祖不愿赴任,眉锁双峰。因为巡抚是荣禄的哥哥,有名的无能之辈,这怎么相处,李鸿章就开导着说:"西太后用你就是为用我铺路。垂帘听政从来都是两耳听声,也就是要听宠臣献计,如何废了光绪皇帝,保住权力;也要听我们汉臣建言,如何增强国力,保住实力。你就忍辱负重,和为贵吧。"

全然不出李鸿章所料。宠臣荣禄稍后找到李鸿章。要他向各国公使询问,如果废了光绪的帝位,各国公使是赞成,还是反对?李鸿章说:"这话不能直问,直问必然引起轩然大波,只能无意中摸索。抓住机会要害,放我去做洋人洋事最大的两广总督,各国公使必来告别。我在闲谈中就能摸清他们的看法来了。"西太后依计而行,李鸿章出任两广总督了。各国公使先后来话别了,是不是在谈话中谈到光绪的帝位,说不清楚了。能说清楚的是他让西太后吃了一棍,说所有公使都反对废帝。这话说得好,西太后不敢乱动了,李鸿章也躲过后来义和团一劫。在北京必然要在支持与反对中站队,那还有好下场吗?复出中凭借东南互保,又起了大作用。他要官要得好。

同样,曾祖到四川做官做得好,不仅二把手和一把手相处得好,还在东南互保中说服一把手,响应东南互保。身为满族官员,又是支持义和团的荣禄的哥哥,居然这样主张,曾祖这是做了多少工作!四川一直平安无事。

虽然四川平安无事,曾祖却是心潮澎湃,怒火飞溅。他的唯一结拜的盟弟聂士成在天津战死!聂士成屯兵芦台配合义和团守在天津,要保天津机器局,要守东车站,要攻租界地,兵分数路这就犯了兵家大忌。又在荣禄指挥下,一直对他歧视,兵员不多,武器不足,结果是守兵阵亡,攻势难进,在日本骑兵背后袭击中,不得不且战且退,最后退到八里台,所有子弹都打光了,但无人后退一步,全部在打杀中壮烈牺牲。

聂士成阵亡,人们悲痛。但清王朝掌权的王公,忌恨聂士成不支持义和团,还捅破刀枪不入的鬼把戏,对聂士成的壮烈阵亡不给正面评价。曾祖不得不在哀悼聂士成的文字中质问是"苍天之意"吗。苍天茫茫,实际上已是直刺清王朝,用了一些既无远略、又无近识的人当道,能安内攘外吗？谨言慎行的曾祖在向王公怒火熊熊地指责。这篇文章应是他最鲜明的表态。这篇文章我没读过,只凭耳闻留下这样几笔文字。

千好万好,无所作为的荣禄哥哥也没读过。当权的王公大臣也没读过,垂帘听政的西太后当然更没读过。曾祖在乱世中做太平官,总算平平安安做到底了。

马玉昆的猛然一击

聂士成阵亡,大大长了八国联军的威风,攻占天津城后,立即向北京城进军。

在北仓筑上一道防线的是淮军另一名将马玉昆。日军骑兵队是打败聂士成的队伍,耀武扬威地向北仓扑来。马玉昆的士兵伏在战壕里并不还击,似有若无,就等日本骑兵冲到眼前,这才一跃而起,枪声一片,接着自然是日本骑兵倒成一片,无一生还。这是八国联军入侵京津迎来的第一个败仗。怎么会吃了败仗？日本骑兵队是被消灭了,但日本步兵队还在,而且人数远远超过骑兵,立即带着复仇的心态向马玉昆的队伍扑来。马玉昆的士兵仍然伏在战壕里似有若无,等到日本步兵响着枪到眼前,再一次一跃而起,这回不仅枪声一片,还是枪声加刺刀,血战一片了。日本步兵也败下阵来。

马玉昆的士兵何以如此沉着,如此勇敢,如此能拼能打?这就要归功于马玉昆治军的严谨了,他是射箭的好手,也是打枪的好手,因此所有的士兵都必须要在射箭和打枪上过关。这还不算,他还有着特殊的治兵法,士兵和士兵动手打架了,他先不问谁是谁非,而是先看有伤无伤。有伤的虽然占理也重判,无伤的虽然不占理也轻处。他从团练时期起,就是这样一个准则,当兵就得敢拼敢打敢玩命。

北仓之战两次歼敌,把日本兵打绝了。这是甲午战争之后,日本军国主义分子得到的最大教训。但马玉昆心里有数,北仓是一马平川的旱地,连个树林子都找不见,单凭一时之勇,从战壕里跳出来应战,绝非长久之计。长久之计在哪里?他出身团练,不失草莽英雄本色,就向老百姓问计。老百姓当中有一位姓黄的退伍军官。遗憾的是他的大名记不起来了。他献上一计:对着洋兵洋枪洋炮,我军无法顶住,只有按照老祖宗的办法,水淹七军吧。这个办法果然不错。当英军接替日本兵展开攻势时,马玉昆立即派兵炸开河口,大水拦住了英军的攻势。有的没被打死也被淹死。

但水淹七军并非长久之计,只拖了有限的一段时日,英军运来大炮,向清军纷纷发射刚刚发明的毒气弹。据说这是英军在非洲试放之后,正式在战场上使用。马玉昆和士兵全都头痛欲裂,在非退不可之前,他还瞄准方向,下令猛然一击，这才捂着鼻子退走。这是了不起的猛然一击，英国的毒气弹再未发射，估计毒气弹的炮架被一炮击中。马玉昆胜利转移了。

那个年代，所有文官武将都有妻有妾。唯独马玉昆只有一位老伴，老伴只生了一个女儿。女儿出嫁以后，仍然在娘家，育有郭家三兄弟。他们后来有的出国，有的在京，有的在津，都先后找到我，希望我能为马玉昆写一部传记小说。他们对姥爷感情特深，评价特高。确实，马玉昆的一生经历非凡，打太平军有他，打南捻与北捻有他，打"七城之国"有他！打甲午战争有他！打八国联军还有他！面对这位猛将，自然责无旁贷。遗憾的是马玉昆的历史跨度太大，材料不足，这部几十万字的巨著终于未敢动笔。因为和曾祖的建言献策有关，只能在这里捎带留下这么几笔。在淮军一系中，这一文一武有缘。

再次同舟共济

马玉昆退守北仓之后，本可再拦起一道防线。他的士兵在击败日本骑兵及步兵、又水淹英国兵的战斗中始终以胜利者自居，只有他们还能打敢打。西太后却调他带兵进京护驾，京城难守，又令马玉昆带兵护驾西行。西太后只想自己的安全，只想议和了。

李鸿章又从两广总督复任直隶总督兼北洋大臣了。他还有一个议和大臣的官职。李鸿章急从广州到上海,上了奏折,急调四川布政使周馥为直隶布政使,协助议和。西太后当然批准,曾祖立即沿江而下,直奔上海,再次与李鸿章会合,同舟共济。这次不同的是,曾祖已名正言顺地成为李鸿章的二把手。

形势紧急,李鸿章等曾祖等不及,提前北上了。曾祖虽然扑空,却和上海官员齐聚一堂,都在为李鸿章担忧,是不是这场议和谈下来,再次身败名裂。收拾残局又靠何人?曾祖誓言:一定保住李鸿章,受辱的事我来做,恼火的事我来做,难做的事我来做。

曾祖坐船在秦皇岛上岸,赶到北京,走进贤良寺,万没想到李鸿章正和客人一起吃素斋呢。李鸿章忙说:"你先给我解决这个难题吧。"原来西太后为了保住垂帘听政的权力,安排了三位议和大臣。庆亲王奕劻第一,李鸿章第二,荣禄第三。荣禄支持义和团运动,还给西太后煽风点火,各国使节拒绝他参加议和,荣禄只好随驾西行,做西太后的开心果。留下的庆亲王,是个光会说大话空话、讨西太后欢心的小人。李鸿章忠君思想不能超越,但这些王公们,除去忍辱负重而又提出夷务运动的恭亲王,其余全是无识无见的吃货,现在吃货居然成了第一议和大臣,那就看他怎么应对各国使节吧,反正李鸿章不去庆王府拜门。作为第一议和大臣的庆亲王,把上等的香茶都准备好了,可就是等不来第二议和大臣的拜门。他又拿着个王公的架子,还能降身份先去贤良寺吗？庆亲王像热锅上的蚂蚁，光在屋里乱转了。

协助议和的曾祖来拜门了。这是个忍辱负重的角色，是个把难说难解的事进行沟通的角色，是个委曲求全的角色，曾祖就说李鸿章刚回到北京，住进贤良寺，这就来访者不断，特别是各国使节，有的是旧友，有的是新交，反正都是来见面长谈。一天忙到晚，只好我来代他来拜门了。庆亲王顺着台阶下，说："早就听说，李鸿章分身乏术啊。不过我们总得见面吧？"曾祖早有准备，说："时间来不及了。两位议和大臣不必事先见面了。就在议和谈判会议开始之前，两位议和大臣在厅外见面，并肩入场，不分先后。"庆亲王掂量着，他是皇族身份高，但人家声望高，只好继续顺着台阶下，说："我早就想过，这样不分先后的好。"可他又担心分出了先后，直着眼睛问："进了谈判大厅，坐在谈判案上又怎么样？"曾祖早有准备，说："您是第一议和大臣，做开宗明义的讲话，随后由第二议和大臣做出呼应，进行补充。您开宗明义讲些什么，您最好备稿，按外事活动程序也应如此。当然呼应与补充那就近似即席发言，可以随便说了。"庆亲王思忖着，看来还是分出了先后，还是他第一议和大臣掌控谈判会议，更是继续顺着台阶下，说："我早就做了准备，为皇太后开脱是最重要的事，她支持义和团，甚至攻打各国使馆都是受了身边人的蛊惑，她还是圣明的，不是很快又下令停止了吗？务必请李总督在呼应与补充上多说多讲吧。"曾祖就问:"还有什么话要我带回去的?"庆亲王对是否割地与赔款多少居然不想也不提,就是一心一意保全西太后。

议和谈判的会议正式响锣了。两位议和大臣并肩进入会场了。没想到庆亲王自己唱砸了锅。他板着官脸,拉着官调,拿着他手下人写的讲稿,念一句译一句,只是把西太后打扮成受害的人!有这样受害的人吗?她能下令攻打各国使馆,她能带着皇帝逃跑,她还能安排议和大臣。洋人瞪着洋眼,为了很快吃到胜利的蛋糕,回了个不声不响。这个不声不响就是表示不同意。庆亲王心慌成一团,他又怎么下台!

帮忙下台的自然是李鸿章。他在呼应:"西太后本来也不相信,真能刀枪不入吗?架不住人多话多,架不住所有的天神都被义和团请下了神坛。不信变相信了,相信变深信了,深信变鬼使神差了,这就有了荒唐到极点的下令攻打各国使馆!就是这一件荒唐事吗?她还荒唐地下令诛三凶。三凶的第一凶是谁? 就是我这不支持义和团、提出东南互保的李鸿章!"洋人的洋眼大睁了,竟有这样怪事! 然后是笑成一片。就借这笑声,他再补充:"朝廷不能改变,改变了还将大乱!国土不能切割,切割还将大乱!怎么才能不乱?唯一的办法就是赔款。"议和实际上就是议钱。虽然各国使节各存想法,还是一起鼓掌,不这样又能怎样呢?李鸿章的务实还是稳住了谈判的局势。

虽然议和谈判的开局良好，总算没被列强的强势压倒。他第一议和大臣的声势却被第二议和大臣的呼应与补充完全压倒。庆亲王回到王府，心里横竖不顺，难道皇族就比不了汉臣？他不服气，下决心西风压倒东风，必须第一议和大臣说了算。但谈判桌上改为私下里协商，大到赔款，现在是八国议和变成一个国了，都要抢吃胜利的蛋糕，小到一地一处的教堂案件与枪杀无辜，都要分清是非，据理力争，曾祖煞费唇舌。庆亲王偏偏还以第一议和大臣的身份，以高明自居。反正李鸿章说东，他必然说西。两个人又不见面交锋，光在内耗。

负责传话与协商的曾祖实在内耗不起，不得不和庆亲王摊牌了，说："保住西太后已无异议，赔款多少要和使节私下争论，教案更是煞费口舌。你就全听李相国的，一个意见对外，也好让他们尽快撤兵。"庆亲王自知顶不过李鸿章，从此凡事不问，只是和曾祖结了私怨，接连打击曾祖，那是后话了。

又棋错一步

《辛丑条约》签订，赔款数目商定，急于复位直隶总督、恢复洋务运动的李鸿章又棋错一步，嘱曾祖去保定，恢复总督衙门，也不想想总督衙门已不能仍然留在保定，一把手与二把手不能分开！也不想想大局仅仅是初定，如何落实,阻力多多,如何善后,困难多多,治安问题,更是困难重重。八国联军总还想多捞点什么再撤兵,大事小事煞费口舌。这些乱糟糟的事,原来都由曾祖挡在前面,能解决的都解决了。曾祖去了保定,第一道防线撤了,争争吵吵的事全都浪潮似的向李鸿章扑来。李鸿章口干又心焦了,劳累又难眠了,终于大口鲜血吐出来!西医来了,中医来了,面对胃血管破裂,全都束手无策了。

当曾祖从保定赶到北京,李鸿章已经倒在床上,无血可吐,身体发直了,只是两眼大睁,在等他要等的人,听他要说的话。曾祖就哭了说:"老相国,你就放心地走吧,没有了结的事,我们都会了结的;老中堂,你就安心地走吧,面对三千年未有之大变局,辛辛苦苦搞起来的洋务运动,我们这些人也会接着搞起来,而且还会越来人越多;老夫子,你就宽心地走吧,笑骂由人笑骂,历史会给你正确评价的。明知去日本议和必是身败名裂,你却说'我不去身败名裂,谁去身败名裂'!忠心报国,永垂千古!"就见李鸿章死不瞑目的两眼又有了泪花,他终于听到让他放心安心宽心的三句话。曾祖哭着为他合上双眼。与曾祖的三句话并列,梁启超的三句悼词也十分公正。这三句话是:"吾敬李鸿章之才,吾惜李鸿章之识,吾悲李鸿章之遇。"这三句话说到家了,也是一直延续到今天,都是研究这位历史人物必用的词句。

尸体入殓之后,最要做的一件事是向西太后与光绪帝上最后的遗折。李鸿章没有想到他会死,既无遗嘱,也无遗言,哪来的遗折。幕僚云集李鸿章生前言语,写一篇官样文章就是。从未登门的庆亲王来了,面对李的遗体,虽然欲哭无泪,倒是放下王爷架子,行了跪拜礼。这个跪拜礼可是有代价的。他直起身子就问遗折写成了没有。曾祖不能不给他看,又是王爷,又是第一议和大臣啊。庆亲王看了,赞不绝口,只是又添写了两笔:一笔是与庆亲王协作得很好,有才可担重任;另一笔是保举袁世凯出任直隶总督兼北洋大臣。李鸿章如果还有知,非气得诈尸不可!可惜他已无知。只能死人为活人服务了。

有一篇文章,说袁世凯买通庆亲王,这才为他写上这一笔的。这与事实不符。袁世凯当时在济南,任山东巡抚,他知道李鸿章病逝消息时,这份加了工的遗折已经快马加鞭报西太后了。实际上是庆亲王摸透了西太后的心思,李鸿章没了,必然重用为她立下生死功劳的袁世凯,从此铸成庆亲王与袁世凯伙唱一台戏。这台戏从庆亲王成立外务部,总揽外交事务起,他成了王爷掌权中风头最健的一个。到了清王朝被迫君主立宪,换汤不换药,成立皇族内阁时,他又成了总理。虽然总理并没混上多久,毕竟他利用遗折投机取巧成功。从此庆亲王与袁世凯结成了帮伙,帮伙的大头目自然是庆亲王,但庆亲王的能力比不了袁世凯,自动退居二线,由袁世凯总揽大权。有人就说,庆亲王是把清王朝送给袁世凯的第一人。

肩挑善后重担

在死别李鸿章之前,曾祖有"没有了结的事,我们都会了结的"的誓言,果然重担全落在他的肩上。善于平衡人事关系的西太后做出这样的安排:庆亲王负责组建外务部;袁世凯调任直隶总督兼北洋大臣;周馥接任山东巡抚,但暂不赴任,必须完成议和的善后之事。这善后之事乱糟糟一团,主要是督促八国联军撤兵,总要有一个名义,也好名正言顺,于是不失书生本色、从来没有带过兵的曾祖挂上了兵部尚书的军衔,按现在的话说,曾祖既是国防部部长,又是山东省省长。

别小看这个兵部尚书的空头军衔,曾祖理直气壮地和八国联军总司令展开了多场口水仗,使八国联军终于退兵走人,没能再多吃多占多捞。面对这些贪心不止的侵略者,曾祖用两句话相对:以诚相见,以理相争。说以后还总得来往吧,来往就要讲理!虽然来往与讲理这词句说得好,却是往往不能见效。弱国无外交,曾祖就自己给自己铺了个台阶,送你古诗一句吧,"咬定青山不放松",这诗句还真把瓦德西蒙住。要翻译把诗句的言外之意说给他听,他听了之后,竟说他决心这么大!要吃石头吗?成了我们家传的笑话。当八国联军成为历史名词,瓦德西总司令去职回归祖国,向德皇威廉二世述职,不得不提出他在口水仗中得出的新观点。清王朝虽然无能与落后，但官员中还不乏有志有识之士，以曾祖为例，说他办事坚定，连山上的石头都咬住不放，软中有硬。威廉二世说德国今后还将向中国发展，还将和这些支柱式的人物打交道。送他一枚勋章，建立友谊吧。勋章的名称说不清楚，只知曾祖是不得不接受的，后来给了姑母周仲铮。那么多孙男孙女，为什么单单给了这位孙女？家里人的说法，曾祖久经风雨，善于识人，他看出这个孙女与众不同了，但我觉得内中还有更深层的用意，他已是清王朝的高官，堂堂的兵部尚书，也能以接受德皇的勋章为荣吗？给了孙女恰恰是最好的处理，让她留做纪念品吧。姑母在中华人民共和国成立后，特地从国外回来，将勋章捐赠给国家历史博物馆了，这当然是表达中德友谊的另一种寓意了。

关于兵部尚书的职位，还有一事要说清楚。当袁世凯到了天津，接任直隶总督，但办公地点被洋兵占据，就是不搬不走。袁世凯交涉无果，赶忙请曾祖到天津交涉，这才得到解决。有的文章以袁世凯令周馥处理这事，措辞不妥。总督不能命令尚书。他俩一直是同僚，从甲午战争军营处在一起，到保定接西太后回京也是肩并肩，始终无从属关系。也就因为同级，都是敢作敢当的务实派，后来还结成了儿女亲家。当然两个人的精神境界并不一致，作风也截然不同。有人这样对比，说袁世凯是不学有术，周馥是有学无术。这个评语还是很恰当的，曾祖一生既不投机取巧，也不见风使舵,甲午战后,与李鸿章同进退;袁世凯则是乘机而上,投靠荣禄去了。

在山东巡抚任内

誓言"咬住青山不放松"的曾祖终于放松了。八国联军议和的善后事全部落在实处了,他可以走马上任了。

迎接这位新来的山东巡抚的是,黄河又一次在下游溃堤!这可是大事。他又一次亲临决口,面对黄河泛滥,还是老办法,直立在那里,不堵住决口不走。一天一夜的监督,黄河终于还是不南行了。当时就有议论,这位巡抚特别,另有作风。

确实有些特别。曾祖回到济南。济南泉水多多,茶楼多多,坐在那里的茶客都是读过书的富户人家,清泉伴着清谈,八国联军入侵与议和,黄河决口被堵住,似乎都与他们无关,只是上下古今,没边没沿,说个开心就是。这是清谈成风,这是浪费时光,这是学非所用。曾祖立即上了奏折,建议将济南列为开埠城市,自主开发工商业,利用富户人家从茶楼走向经商与实业,化清谈为务实。这在当时是创新之举,清王朝开埠都是列强逼迫下进行的,只有这次例外,应该说曾祖又将洋务运动向前推进了一步。

开埠创业就要培养人才,人才是一切的基础。曾祖编织了一面三级教育网:省一级的有高等学堂与师范学堂,府一级的有中学堂与初级师范,县一级的有师范传习所小学堂。另外还建立了农业学堂、工艺学堂与商业学堂。规模浩大!

特别要提到商业学堂,在重农轻商的形势下,他却搞了这么个独一无二的商业专科。课程中居然有组织商会与协助发展的教材,是和他倡议组织民间商会息息相关。这也是他在洋务运动中的又一创举。

在两江总督任内

曾祖主政山东三年,三年新政耀眼夺目。于是升任两江总督,重又回到南京。现在是江苏、浙江与上海全在手中,官大权大,在推行洋务运动中,又有了诸多的创举。他开辟海州为引资建业的商埠,创办新型的轮船捕鱼公司,又派年轻的工匠出国学技术,派年轻的学生出国留学。他倾全力推进洋务运动,比在山东任内力度更大。

最要大说特说、也最鲜为人知的是支持马相伯办学。马相伯是中国近代史上著名的人物。他原是出身贫苦的农村孩子。由于父亲养不起他,把他卖给了法国传教士,那年他刚刚11岁。从此入天主教神学院学了"神学"。毕业后入上海徐家汇教堂学做布道神甫,和听布道的人有了接触,一来一去,他看到了教会严禁接触的书刊,便擦亮了眼睛,开拓了思想,一个急转弯,脱下了道袍,走出了教堂,凭他的中文与法文进了清王朝的驻外使馆,做了法语译员。这在当时已是极好的工作了,他却安不下心来,因为弱国无外交啊!他认为要做强国,必须启迪民智,做教育事业。但两手空空,既无经费,又无校址,只好低头重进教堂,向法国神甫求援。法国神甫说:"你回来得正好,正要办一座公校,吸收广大的中国学生成为教徒,这比教堂更为有力。"于是几番议论,震旦公学迅速在上海诞生。大学是当时的新鲜事物,年轻的学子纷纷来投;马相伯出任校长,济世之学与出世之学有了矛盾。马相伯开设的都是新的学科,开篇无神学。蓝眼睛神甫大为不满,要求加开"神学",马相伯又推又拖,说现在启迪民智要紧,"神学"到高年级再开。但启迪民智的学科,教师难以寻找。凡是找不到教师的,统由马相伯代课,都是从法文教材中翻译过来的,夜间学再白天教。他太辛苦了,终于积劳成疾,病倒下来。一直怒目斜视的法国神甫抓住机会,因病免去马相伯的职务。结果不但校长没了,连薪金也不发了,等于开除出校。师生大为不满了。火上浇油的是,有些学科被砍掉,"神学"成了压倒一切的主修课。师生纷纷提出抗议,法国神甫把事做绝,谁抗议就开除谁,话也说绝了:"我们不是为了你们追求科学知识才办这座学校的,更不能又出校舍、又出经费来培养你们这些无神论的中国人。"

受了羞辱而又被赶出校门的师生们并未走散,而是来到马相伯的病床边。中国人要争这口气,一定要在马校长的支持下恢复震旦公学。于是在怒火熊熊之中,中国人自力更生的复旦公学落在了纸上,紧接着又落在了街上。师生们纷纷出动,为复旦公学的建立募捐,这就成了上海街头一景,但捐款的人多是一两银,三四两银的已是少有的爱国者了。这些钱只能维持师生的糊口,聚而不散。复旦公学居然成了乌托邦!还能实现吗?师生大多失去信心。

支撑着病体,马相伯决定到南京挣扎一番。听说两江总督推行新政,也许他能帮上一把。于是在门禁森严的总督府门前,他呈上周馥总督大人亲启的信件,这信先打苦情牌,写了他的前半生;后写励志篇,提出建立复旦公学,为中国争气的必要,然后在旅馆里准备坐等三天。三天若没有回音,就只能带着失望归去,因为旅费仅能维持三天,万没想到转天中午,曾祖就派人来了,说总督下午就召见。马相伯又惊又喜,立即赶到总督衙门听候召见。

久处官场,又一向谨言慎行的曾祖,手持马相伯的信,仿佛一见如故,说:"在芸芸众生中难得出了你这么个奇才!在'神学'的重染下,难得你还回到中国文化中来!在创办震旦公学被赶出校门之后,居然赤手空拳立志办复旦公学,难得如此争气!"就是三声赞语,难得难得又难得吗?一向办实事的曾祖立即给予大力的支持,他捐银一万两,要马相伯拿着他的捐款手书回上海化缘,还愁官员和士绅不出钱吗?建校经费绝对不成问题!他又下令上海提督,将空着的一块七十余亩的营地拨给复旦公学作为校址,不知比震旦公学大了几倍！他还手令上海提督借给复旦公学营房两排，助复旦公学在校舍未建成之前就可以上课，可以住宿，还可以招收新生，和法国神甫把持的震旦公学对台锣鼓敲起来。

马相伯喜出望外，拿着总督的手书回到上海，立即掀起一股捐款办学之风。捐一万银两的没有，谁也不能超过总督，但捐八千和五千银两，凑个吉祥数字的比比皆是。不到一年的光景，复旦公学就问世了。从此随着时代发展而发展，由复旦公学而变复旦大学，又由一般大学而成一流大学，不知培养出了多少人才。

曾祖捐银万两助学，除复旦公学这座新式学府之外，还捐银万两办经研书院。这是一座中国旧式书院，以研读儒学为主。书院落在安庆还是合肥，说不清楚了，什么年月停办的，也说不清楚了。

曾祖在津海关任内还开办了博文书院，是专门培养外语人才，作为对外交涉做译员的，英语为主兼德语和俄语。盛宣怀接办后，在博文书院的基础上建起北洋公学。应该说这也是他兴学的一例。

受到弹劾

曾祖在两江总督任内干得不错。他办事认真又务实，自然就出政绩，但这些政绩在庆亲王眼里可就又酸又辣了。他一直不忘在八国联军议和当中,曾祖为了快刀斩乱麻,建议庆亲王别再横生枝节,全听李鸿章的。他视之为奇耻大辱,现在该是回敬的时候了,有据无据,示意御史先弹劾一番,给这位两江总督的脸上抹黑。奏折呈上去了,西太后大吃一惊,怎么办事认真的周馥也这样胡来!让谁查查?庆亲王早有准备,说只能总督查总督,派张之洞去吧。这可是历史背后的历史。《马关条约》签订,张之洞怒火熊熊,在湖广总督任内连发数道奏折,要求撕毁《马关条约》,继续与日本宣战,国都从北京迁至太原,并严惩李鸿章。这些奏折全无反应,宛如石沉大海,倒是李鸿章稍后有信来,居然以长者口吻加以开导,传说在信中有这样的话:切莫意气用事,不识大局。两个人的关系从此不和。张之洞奉令来查李鸿章的左右手周馥,自然冷脸冷眼,冷言冷语,绝对不会善罢甘休。庆亲王的算盘打得如意,等着张之洞代他出气吧。

万没想到张之洞从武汉到南京后和曾祖见面,两个人谈得十分投缘。二人都在继续推进洋务运动,志趣相投,特别谈得来。弹劾曾祖的三件事也迅速水落石出:第一件事,说曾祖将一处公产房卖给了洋人,张之洞亲自查看,房子未卖,更无洋人居住,纯属无中生有。第二件事,说曾祖长子周学海,身为南京官员,不知按例回避,反而大摇大摆地进出总督府,应予以论处。张之洞找我伯祖父面谈,原来他心律不齐,已不胜重任,曾祖出任两江总督,按制必须离开江苏与浙江,异地谋职,他家在扬州,也就很难回家休养了。索性辞官不就,回扬州做《周氏医学丛书》的收集。有时去看望曾祖。是以老百姓身份进总督府的。这不违规,张之洞做出决定,以后不让周学海再进总督府看望曾祖,杜绝闲言碎语就是!第三件事,说曾祖利用总督府内房屋开设家塾,纯属以公谋私,必须严惩。张之洞到家塾查看,原来教室里孩子很多,不仅有曾祖的孙儿,还有其他官员的后代,近似一座小学了。教师也不止一位,以国学为主,兼修英语。教室无偿借用,教师的师资按人分摊。这又算得上什么大不了的事。张之洞建议这座近似小学的私塾移出总督府就是,移出之后等于成立另一座小学,校址在哪里?校长又是谁?索性一了百了,所有学童都各自回家,在家塾中学习算了。

也算意外缘。张之洞上了奏折,不仅保曾祖平安过关,而且与曾祖建立了深厚的友谊。两位封疆大吏很谈得来,政见一致,稍后又联合袁世凯,共同上了建立君主立宪制的奏折。清王朝的皇族大为震动,西太后这才不得不派几位王公大臣出国考察君主立宪制。考察归来,上的奏折也是同意立宪制可以平衡民间不同的诉求,稳住局势。西太后却压住奏折,一拖再拖,仍然维持她的垂帘听政。

在中国近代史上,张之洞的名气远远大于曾祖。但在建立家风上,他却远远不如曾祖。曾祖有示儿训孙修身立德言语,张之洞却疏忽了这一点,只是派儿子去日本留学。

他共有十二个儿子,究竟去了几个说不清楚了。只知其中一子,在日本侵占京津一代时,出任新民会会长,抗战胜利前夕,他逃到日本去了;他的另一个儿子做了天津市伪市长,抗战胜利后被处决了。他的孙辈在敌伪机关任职的还有多少,说不清楚了,在近代家族中,张之洞家族无法提及了,败在家风上。

出任两广总督

庆亲王报复曾祖,一计不成,再生一计。赶上闽赣总督出缺,他的手法大变,变诬告为推荐了,说福建和江西两省都欠发达,周馥是搞洋务运动老手,让他到那里推广洋务运动吧。西太后觉得有道理,立即下了调令。按清王朝的潜规则,总督虽然同一级别,但有轻有重,最重的三个总督是直隶总督、两广总督和两江总督。哪有两江总督变为闽赣总督的?曾祖明白,这是庆亲王给他难堪,只好强咽苦水,低头上任。

就在即将离开南京前夕,又一调令飞来,改调曾祖出任两广总督,这回可是面子十足了。难道庆亲王会不拦不挡?庆亲王对两广总督出缺,提的是在京城做官的岑春煊。他俩同在中枢,却政见不和。庆亲王早就想把他踹出京城,现在机会来了,就报岑春煊出任。万没想到西太后想了又想,说还是让周馥去吧。他是洋务运动的好手,也是办外交的好手。能和瓦德西争来争去的也就是他呀,广州的洋人洋事特别多,让他去应付吧。庆亲王自知拦不住也挡不住,只有走着瞧了。

曾祖到了广州,两广地方官员自然都来晋见,汇报地方情况,自然都是报喜不报忧。曾祖听到的自然是一片升平景象。广州确实洋人洋事特别多,他就坐镇广州,光在应付洋人洋事了。为了便捷还兼任广东巡抚。万没想到广西后院却出了乱事。起因自然是苛捐杂税引起民众不满,跑到两广总督府来解决。前任总督只批了个"切实处理",如何切实却无具体指示。县里财税就是财源,自然能拖就拖,能压就压,结果是告状不成变成群体事件,群体事件在反动会道门的参与下形成叛乱。曾祖急忙调兵进行镇压。这造成了他一生中唯一开了杀戒的事。

这事报到朝廷上了。庆亲王大喜,君子报仇十年不晚,这回可是大好机会,忙向西太后旧话重提,还是让岑春煊出任两广总督,让周馥下台吧,周馥办外交,以诚相见,以理相争,凡事都能顶住,确实有一套。但他毕竟是个书生,出兵镇压叛乱可就力所不及了。如果再出太平天国之乱、捻军之乱、义和团之乱那还得了,西太后被这话刺痛了心,清王朝还能经得起民间的大乱吗?好吧好吧,让岑春煊接任吧。好吧好吧,让周馥告老还乡吧,他是为朝廷出过大力、办过大事的老臣,不能罢他的官。对曾祖来说,堂堂封疆大吏,从去年盛夏到任,至今年夏初就离任,是不称职吗？他气极了，说清王朝小人当道，只怕气数已尽，也好也好，全始全终做个遗民吧。当然这个预言没留下任何文字，只是见诸行动。张勋复辟，要把他这位仅存的老臣抬出来。他没有任何反应，信守气数已尽之说。

对曾祖告老，女权术家还是面子十足呢。赐了曾祖一幅西太后画的《岁岁平安》。西太后也能作画吗？自然是侍臣代笔，不过比起赐字的待遇，规格高了，画旁有一行字，照录如下："赐头品顶戴陆军部尚书两广总督兼管广东巡抚粤海太平两关事务臣周馥"，令人吃惊，原来曾祖能者多劳，身兼四职啊！奈何被小肚鸡肠的庆亲王踹走了啊！

还是回归洋务运动

告老之后，曾祖定居青岛。青岛是他最得意之地，终于在这里送走八国联军总司令瓦德西。瓦德西不肯撤兵，一直在要赖，在谈判桌上居然把茶杯摔碎在地上。曾祖在对面，不怒不惧，只是召唤侍者给瓦德西司令再上茶。瓦德西指着茶杯问："你还有什么话要说，又啃石头吗？让我再摔一个茶杯吗？"曾祖说："中国人讲究诚信，其实西洋人也是要讲诚信的。请你读读《圣经》。"瓦德西两眼大睁："怎么你也读过《圣经》！"曾祖不但读过，身上还带着一本《圣经》呢。他拿出来，说我们根据《圣经》接着谈判吧。瓦德西终于败下阵来。

但曾祖最终还是定居天津。回顾一生，最值得怀念的，不是青岛周边撤兵，而是为国家起了作用的还是洋务运动。洋务运动中心在天津。何况留下来的三个儿子都在天津,老有所依也必须定居天津。

天津租界寓公多多。这些达官贵人虽然住进洋楼,封建大家庭的规格却不变,都是各房都聚在一起。曾祖也在群居中引进洋务运动,各过各的,只是住处都很接近。也没有早晚问安的规定。曾祖在他自己住处还原书生本色,早起第一件事就是发挥所长,写对联一副或条幅一张。他的书法和他的诗都很有名,其实他的对联也很有功夫。曾祖赠我外祖父的对联"为文有经术者贵,不事安排月到天"。外祖父的士大夫本色被他写绝了。

他的慈善之事也做绝了。时值北方大旱,出资三万多元,这是能买一座洋楼的钱,办了一座管吃管住的粥厂,开春之后,还给钱还乡。这事在天津成为奇谈。达官贵人对慈善团体办粥厂,都是出资千元或几千元,上万的没有,独资的更没有。怎么周玉山这么大方?

这不是大方,而是与曾祖初入仕途即释放太平军俘虏的大胆之举遥相呼应。"仁者爱人"之心贯穿始终,这应是曾祖一生中的最大亮点。

1921 年之秋

1921 年之夏,我来到了人间。过了满月,母亲抱着我去见玉帅,曾祖当时无论在社会上,还是在家里,都称他为玉帅,因为他的兵部尚书头衔(后改陆军部)一直未撤,自然名副其实。曾祖家族观念挺深,望后代人继往开来的想法也极深,于是在八骏图中找出骥马,命名我为骥良。

应是我开始上家塾那年吧,父亲给我讲,你老爷爷是被迫告老还乡的,未能完成君主立宪,是他一生的遗憾,有老骥伏枥之感。你老爷爷喜欢骥马。骥马有德,总是默默地负重,默默地前行,任劳任怨,尽职尽责,你老爷爷不正是骥马吗?李鸿章说他一生创业最离不开的助手就是周馥,最对不起的也是周馥,多年来曾祖与他分忧,为他奔走从无怨言。这话对我影响极大,回眸我的一生,似乎在敢想敢干上,多少也传递了先人的家风。

从夏到秋,曾祖迎来他的最后一个中秋节。节后忽然夜不安眠,也不思饮食,中医号脉,并无大病,但吃了汤药并不见效,西医听诊,也属正常,但吃了西药也不见好。曾祖异样豁达,说他得的是老病,寿数已尽,无药可医了,从此中药西药一概不吃,说不必浪费药材,准备安排后事吧。在昏睡中还口吟绝命诗一首:"天命运已尽,徒将医药缠。长饥不思食,醒卧亦安眠。默数平生事,多邀意外缘。皇天偏厚我,世运愧难旋。"诗中的那句"多邀意外缘"最受人们的点赞,说既是他一生的写照,也是哲理的名言,人人都有意外缘,就看怎样应对了。还有那句"世运愧难旋",也是人们称赞的佳句,忧国忧民之心,始终不忘。

曾祖还有一首忧国忧民的诗句,影响极大,先后被译成英文、德文、俄文、法文,是这几个国家研究清王朝高官心态的重要材料,诗曰:"朔风雨雾海天寒,眼底沧桑不忍看。诸国共称周版籍,斯民犹是汉衣冠。谁人指算盘盘错,当局拈棋着着难。换日回天宁有日,可怜筋骨已衰残。"有人说在《玉山诗选》中位居第一。

天津民俗,贵人和寓公辞世都要出大殡以示不朽,盛况最大的要数李鸿章夫人,有一段路不好走,居然板石铺平,留下"三条石"的地名。盛况可以并肩的当属曾祖,他的仪仗队从租界出发,自然没有铺路问题,而是多了高举挽联的仪仗队。这是任何大殡都比不了的。后全部收集到《周悫慎公全集》中,名为《荣哀录》。

大殡之后归葬纸坑山故里。纸坑山早被曾祖盛名改称周村了,当地无电力,还带出两架购自国外的发电机,留了下来,家乡这才有了电灯。天津留下一座周公祠,为那段多灾多难的历史留下一段铭记,但今已不存。

伯祖父周学熙

伯祖父周学熙

曾祖有长子周学海，次子周学铭，他俩都是进士。但寒窗苦读，身体虚弱，英年早逝。三子周学涵是举人，因从事实业失败，也在急躁中故去。四子周学熙就成了继往开来之人。他确实做了很多实事，是在近代史上留名留姓的人物。在我青少年时期几次遇到别人奇异的眼光，问："周学熙是你什么人？"我都底气十足地回说："是我的四爷爷。"也是在奇异的眼光中迎来赞叹之音："了不起！"这个了不起当然不是说我，而是说伯祖父周学熙。

光绪帝大婚

伯祖父最初追求的也是科举考试的入仕之途。比照着两个哥哥是进士，一个哥哥是举人，他也下了苦功夫，绝对不能落后。偏偏在一次又一次举人考试中，他都榜上无名。曾祖为他买了个捐班，也就是花钱买官做。虽然在清王朝这是公开合法的，但毕竟不如科举入仕来得光彩，没学问才买官呢。

伯祖父不肯屈就没学问才买官的行列，订下了长期奋斗的计划，明着是做官，暗地里却准备科考，拿下举人，攻下进士，不和大哥二哥看齐，决不罢休。但又一次应试，又一次碰壁，举人的榜上又没有他的名字！这年他已是22岁了，心里急躁躁的，脸上灰溜溜的。

这年，光绪帝大婚。伯祖父所在的工部仿佛迎来七级大地震。工部的任务要为乾清门直到乾清宫,设计灯彩,拉好彩灯。应该说不是什么难事,却是谁也不敢进紫禁城接这个差事。都知道西太后的寡妇脾气,阴晴不定。如果不称心,那还得了!差事落在伯祖父身上。说他是周馥之子,西太后即使怪罪,也会有个分寸。伯祖父胆大,让他去就去。在按例高悬红灯之外,他还别出心裁,在院里架起红灯,形成上上下下红成一片。西太后非常满意,问什么人设计的。有人回说这是周学熙设计的,年轻人才22岁。西太后精明着呢,一听就知道是捐班,就问是谁的儿子。听说是周馥的儿子,她下了评语:"有其父必有其子啊,果然办事也认真。"这是伯祖父放下书本办的第一件实事,也是第一次受到评价,更是第一次动脑筋想办法。应该说,光绪帝大婚对他的影响不小。

不仅影响不小,而且官运亨通。工部也以彩灯搭到了风光,赶忙上奏折为伯祖父升官。西太后批下来了,准予保奏,赏四品衔,并随庆典追加一级。他这个捐班,在工部走红了。

终于在科考中突围

伯祖父虽然在办实事中受到鼓舞,发现了自己的特长,但他在科考中的进取之心仍未改变,仍然是一面做官,一面准备科考。借光绪帝大婚的庆典,按惯例过庆典加恩科,想进入仕途的学子也就多了一个机会,伯祖父当然不能错过机会,赶忙应试。结果又一次碰壁,举人的榜上无名,加上劳累过度,他大病一场,高烧不退,险些丧命。

伯祖父虽然在病榻中又重直起身子,没有走大哥二哥三哥的黄泉之路,但他矢志不渝,仍然要拿下举人,攻下进士,仍然是一面做官,一面准备科考,继续向考试进军。

天道酬勤,伯祖父终于榜上有名,这回考中了举人!他好生欢喜,向进士进军仅仅一步之遥了。可惜欢喜很快就变成了麻烦。有人在质疑,周学熙几次科考,几次不中举,怎么这次就中了呢,他能妙笔生花吗?有人在弹劾,周学熙乃周馥之子,考官与周家有故,显然无私也有弊。这一下子成了科举考场上的大案,重犯要下牢狱的。清王朝立即派人查看中举的考生考卷,并决定中举考生在新考官的主持下重新命题,重新考试。

天道公正。真的假不了,假的真不了。重新考试,伯祖父发挥特好,考卷被评为第一名,他该扬眉吐气了。不,他却面如土色,光倒抽凉气了。原来科举近似押宝,不靠夹带,也靠猜题。明摆着上次考得好的,这次竟不如上次。上次榜上有名的,这次却榜上无名。如果再考进士,再受弹劾,再来考试,再不得心应手,闹个复试不如初试,甚至榜上无名,岂不背上黑锅,有口难辩!伯祖父终于在科举中突围。记忆中伯祖父有这样的语句:"我为功名误一生。"他总结得好。

在清王朝的官场中有清流与浊流之分。清流高高在上，能说会道，大话连篇，实际上是空谈派。浊流是做实事的，少说多做，甚至只做不说。曾祖起于草根，连个秀才都不是，自然是干实事的浊流，正在紧跟李鸿章，助推洋务运动，人才奇缺，也就同意伯祖父在风险多多的科举之路上止步，向洋务运动迈步。曾祖先后为他请了中国专家和外国专家向他介绍工业、矿业、商业、银行业。虽然都是常识性的介绍，有的只讲一次，有的讲了两次三次，都够不上深入，但伯祖父已如获至宝，走入与孔孟之道截然不同的另一个知识世界。这就成了他以后创业的学识基础。

为了专心学习，他是能丢就丢，能切就切，把花钱买来而又因光绪帝大婚的灯彩升了一级的官职，也辞去了。

去到哪里？自然是在家里，专心西学，单等机会来临，挺身创业了。

走进开平煤矿

开平煤矿的建立，自然是李鸿章洋务运动的重要一环。主持开矿的则是唐廷枢，在那个年代少有的一位创业人。

唐廷枢是广东香山县（现中山市）人氏，由于地理接近香港，所以从小就在香港的教会学校读书，英语流利，毕业后在香港的洋行和上海的洋行做译员，蹚出外贸的门路，开始单干，先经营茶叶，后经营绸缎，再后经营轮船航运，变成有名的商人了。李鸿章的洋务运动中,轮船航运是重要的一环,他决定成立招商局,打通对外贸易的航运。谁能肩挑这副重担?李鸿章召见唐廷枢,要他肩负重任。这人爱国,立即售出自己的轮船公司,为建立招商局奔走。

在洋务运动中,天津机器局、北洋水师与招商局是李鸿章最看重的三大块。这三大块都要靠锅炉烧煤作为动力,没有煤就不能运转。李鸿章决定开采开平煤矿,购英国机器,用美国技师。谁来主持这中国第一座新式煤矿呢?自然,英语流利又敢做敢闯的唐廷枢是最合适的人选。

开平煤矿出煤了,年产量仅一千吨,供天津机器局、北洋水师与招商局轮船烧煤之用足矣。但有些机关也来要煤,唐廷枢办公室也要用煤取暖。煤的质量特好,心灵眼活的唐廷枢立即决定改单纯供煤的定位,向商业售煤发展,成立开平煤矿上海分局。招牌好大,其实就是售煤处。谁来负责?唐廷枢找了他部下,有的不敢去,说卖不出去,怎么交代?有的不肯去,说学的是起承转合的文章,入的是仕途,怎么又做低人一等的商人?唐廷枢想来想去想起了伯祖父。唐廷枢在百忙中,曾应曾祖之约,为伯祖父讲授贸易学,实际上是介绍他的经商经历。这堂课自然异样生动,伯祖父听得入神,而且提问多多,恨不得把更多的知识吸进去。唐廷枢在解答中,自然对伯祖父高看一眼:这位官二代不一般。于是找来伯祖父,问他肯不肯低头去卖煤?伯祖父扬起头来,喜形于色,话却是能不能去,要由父亲决定。

曾祖父的答复,这就成了伯祖父创业的准则,也就成了我们后代人的家教,说:"别人不敢做,你做!别人不肯去,你去!"

开平煤矿大变局

伯祖父到上海卖煤了。他不辞辛苦,雇人背着煤筐,到工厂区,说煤好不好,你先烧一块试试,一试就把订单拿下来了。他又到洋人的洋轮上去,同样用烧煤的办法把订单拿下来。奇迹出现了,开平煤矿年产至数万吨,而且继茶叶、绸缎、瓷器之后,成了出口产品。在洋务运动中,与天津机器局、北洋水师并称亚洲三个第一。日本明治维新,发展很快,但在这三项上,在当时比不了中国。成绩了不起!伯祖父被调回天津,升为开平煤矿会办,也就是继督办、总办之后第三把手,按现在的话说,就是副总经理,什么事都能过问了。

好景不长。创办开平煤矿、搞活开平煤矿的唐廷枢忽然病卒,那年他刚刚六十岁。他是督办兼总办。开平煤矿还有谁能掌控这个聚宝盆?清王朝当时半靠税收,半靠借债度日,山西晋商就是清王朝的大债主。唯一一个空手捞钱的就是开平煤矿了。醇亲王自然不肯松手,立即派他的门客、此刻已是高官的张翼出任督办。清王朝的财政吃紧,直隶总督的日子当然也不好过,开平煤矿自然也要年年打点,献金少了不行,没了更不行。直隶总督裕禄自然也不肯松手,立即升任伯祖父为总办。开平煤矿从此迎来张翼与周学熙锣鼓对敲的局面。

张翼是个杂学家,书底子很厚,能讲故事,在醇王府的门客中是最受赏识的一位。赶上清王朝内乱,同治皇帝驾崩了。西太后指定光绪帝继位。光绪帝那年才四岁,是醇亲王的长子,夫妻俩哭成一团,哭着还能送小皇帝进宫吗?再说四岁的小皇帝离开父母,进了陌生的紫禁城能不哭吗?哭着进大内,那可是犯了大忌。谁能让四岁的小皇帝不哭呢?张翼自告奋勇,抱起四岁的小皇帝就走,说:"我抱你去看猫和小狗怎样打架的。"就这样说着讲着进了紫禁城。没哭没闹,大吉大利。西太后喜出望外,立刻给了他个官职,让这个人到外地施展才华了。现在又让他到开平煤矿为清王朝抓钱来了,这一点,他做得尽职尽责,他就位在天津英租界一座洋楼里,守着牌桌遥控。一个实干,一个遥控倒也相安无事。之所以相安无事,还有绝妙的内因,这就是曾祖和张翼成了儿女亲家。七伯祖父是他的女婿,我的七伯祖母是他的千金。她一口京腔,能说会道,文化水平相当高。这门亲事是不是和开平煤矿有关,是不是和醇亲王出面有关,说不清楚,只能意会了。

多灾多难的中国又迎来大难:仇洋灭教的义和团兴盛了,无知无能的清王朝王公们向西太后煽风点火,居然搞出攻打八国使馆的荒唐事!而后,八国联军入侵京津,劫掠烧杀，号称亚洲第一的天津机器局在战火中被毁成一片废墟。那么号称亚洲第一的开平煤矿又怎样呢？那里没有战火，应该是平安无事。偏偏也出了事！

这夜，住在天津英租界小洋楼里的张翼忽然被几个洋兵闯进来抓了就走。他们把堂堂督办押进了堆满麻包的仓库，让他坐在一个麻包上，用洋枪对着他又喊又叫。张翼不懂英文，只能用手比画着听不懂。

一出戏早安排好的。开平煤矿的美国技师胡佛（后任美国总统）带着一名译员赶来，说："张督办不要慌，我来救你。不过你要说清楚，西太后为什么赐你高官，就因为你抱小皇帝，还是因为你信义和团？"张翼起忙纠正："我抱小皇帝见西太后的时候，还没有义和团呢。"胡佛又问："现在可是义和团到处仇洋杀教，你支持他们吗？"张翼急忙表白："我根本不信，何况租界地里根本没有神坛。你找人打听打听吧。"

一出戏早安排好的。绰号"洋皇上"的德璀琳被胡佛急忙找来，他说："我来救你，可是你也应该救开平煤矿。这是你的责任啊，张督办。"张翼自然了解德璀琳底细。洋鬼子到天津闯荡，以津海关税务司小小文书一直混到大主管，在洋务运动中做说客，大发横财。开平煤矿引进的机器设备就和他有关。看到开平煤矿财源滚滚，他能不眼红吗？张翼就问："我怎么救开平煤矿，你给指个路数吧。"德璀琳并不伸手，倒怪了说："你们开平煤矿不是就有洋人，何不委托他出面吗！"

一出戏早安排好的。美国技师胡佛又在仓库亮相了，他接过了张翼写的代理开平煤矿的委托书，既表示义不容辞，又感叹力不胜任，说他只是开平煤矿的雇员，只能代表清王朝。要保住开平煤矿的安全就必须改变开平煤矿的身份，以洋商的面孔顶住八国联军。正好，怎么就正好呢！著名的英商墨林公司对这座亚洲第一矿有兴趣，愿接办为一个子公司，先给一笔贷款作为定金。合同他已经写好，作为代理人，他已事先签字，就等张翼动笔了，张翼当然不签。谁能保证这份合同？德璀琳挺身上戏了，说："我以英国工部局董事长的身份做保，并以我的名义向墨林公司提出，必须保留张督办的名义和薪金，必须在新建的开平煤矿公司有他的股份。"

张翼明白，这是德璀琳与胡佛勾结好的把戏，不依也得依，还是活命要紧。他低头了，签字了。

张翼回到家中，这事可以对谁都不说，却不能不和伯祖父讲，因为督办的重点在督，相当于董事长；总办的重点在办，相当于总经理。对伯祖父来说，委托书也好，合同书也罢，没有他总办的签字一律无效。两个人见面了，一个版本的说法，两个人激烈争吵，伯祖父拂袖而去，另一个版本的说法，两个人不争不吵，伯祖父走为上策，转天就离开天津，找他签字找不着了。究竟哪个更符合事实，说不清楚，只能意会了。

与袁世凯结缘

伯祖父沿着陆路到山东济南。伯祖母是山东的大户人家。他是躲到老丈人家待机而动了。但是没能躲下来，时任山东巡抚的袁世凯把他找去。

袁世凯是河南项城人，也是官宦人家子弟。他的叔祖父袁甲三能文能武，在太平天国之乱中，以办团练出名，后从河南进入安徽，被纳入淮军系统，成为李鸿章的部下，也就和曾祖相识。其人有江湖气，往往和李鸿章犯犟！这就必须曾祖从中开导了。两家的世谊从此开始。袁甲三在平定叛军中有功，最后官至钦差大臣漕运总督，掌控南粮北运事务，是个紧要的官职，他能跨省指挥。袁世凯跟着其叔祖的脚步，在淮军系统中升迁很快。特别是善于投机取巧，为西太后保住政权立了大功。面对八国联军入侵，清王朝的政局必然还有大变，于是他招兵买马。把开平煤矿搞得财源滚滚的周学熙自然是他要网罗的人才。他对伯祖父说："你到济南为什么不来见我？"伯祖父说："我在思考问题，这义和团红火一片，芸芸众生何以被众神下界与刀枪不入所迷惑？堂堂高官何以也能深信不疑？"他对直隶总督裕禄的印象极深，在官场上有一套，怎么却被混江湖的自称黄莲圣母（即林黑儿）迷惑，居然向她跪拜，居然深信刀枪不入，死在乱军之中。总督都死了，军心还能不大乱！京城还能守得住！所以如何提高官员与庶民素质实在紧要。袁世凯两眼大睁说："你想的正和我想的完全一致。你说，我们该怎么办？"

怎么办？这样办，山东省提供经费和校址，由伯祖父出面约请新学之士，建立一座高等学堂，内分经济、机械、金融等科。大学规模初具了，既是开风气之先，也是两个人合作的开始。两个人都是敢想敢干而又能干的人。

形势变化很快。八国联军从入侵变成议和，再从议和变成撤兵。曾祖结束了整个善后事宜，到济南出任山东巡抚了。伯祖父必须回避，不得不结束教育家之路，回到天津，向袁世凯报到。袁世凯坐在直隶总督的宝座上就像吊在烤炉里似的，见到伯祖父就说："你来得正好。天津战后的局面乱成一团，而且波及京城，影响各地，这事非尽快解决不可，我交给你了。"

伯祖父接的是什么任务？就是铸造制钱！战后的天津，经过八国联军的洗劫，银两与制钱统统被他们当作战利品掠走。市面上的交易，不是以货易货，就是写个支付的字条，或是自制的纸币。真真假假、虚虚实实，自然纠纷不断。把新的制钱制出来，就成了解决纠纷的关键。袁世凯要他铸造制钱，对开平煤矿总办与高等学堂总办的伯祖父来说，完全是陌生的事物，但他面对当务之急，只问厂址在哪里，机器和技术人员有没有，开办费有没有。袁世凯摊开两手，说："如果有，还等着你来吗？赤手空拳全看你怎么要了。我一概不问,只是一百天为限,到时候你把铸造好的制钱交到我手里。"

伯祖父受曾祖的影响最深,既传承了寒门子弟的吃苦耐劳,又发扬了官二代的自信与自负。

先找工厂要紧。厂址很容易找到,那时天津到处都是残垣断壁,他利用碎砖盖了几间厂房。再找机器设备和技术人员,他去了被炮火轰毁的天津机器局,果然找到可以改造的破机器,还有几位劫后余生的工人。他们说:"我们能造枪造炮,还不能造制钱吗?你发工资吧。"发工资没问题,伯祖父带着字条来的,上面写凭着条发给面粉一袋。字是伯祖父的字,印章是伯祖父的印章。这就是一路绿灯,从建厂到出制钱,还用一百天吗?七十天就交差了。

袁世凯两眼大睁,问伯祖父怎么把工厂建起,怎么把机器改造好,怎么就把制钱铸出来,怎么弄来的开办费?伯祖父顺序作答,最后拿出一份清单,原来从建厂房那天起,到制出制钱这天止,所有工资都是以面粉支付的。袁世凯光两眼大睁都不行了,大声说着:"怪不得西太后金口玉言,有其父必有其子,早就把你看准,我一定上报朝廷。"

建立直隶工艺局

上奏朝廷的结果,无非是成立天津造币局,伯祖父出任总办,又由于天津造的制钱质量最好,通行全国,清王朝决定改天津造币局为北洋造币局,全国统一使用,不准另行铸造。这就为袁世凯大大增光添彩,当然也就为袁世凯与伯祖父的关系加深了一层。

伯祖父眼高志大,自然不肯久坐小小的总办的座椅,他要继续发展洋务运动,向实体经济进军,于是向袁世凯建议,由他组织一个十人左右的日本参观访问团,把日本明治维新以来的建设经验全部拿过来。袁世凯当然照准。

伯祖父开始了一生中唯一一次走出国门。他把日程安排得紧紧的,银行、工厂、公司、商店、学校、街道,凡是日本政府允许他看的,无论是走马观花,还是下马看花,他都做了详细的记录。二十多天的参观结束,归来之后,写下了一部《东游日记》。说是东游,其实他一天也没游,只是把每天的参观所得,按顺序记录下来,这就成了当年研究日本明治维新的资料书。由于有参考价值,盛行一时。只是今已不存。

见到了就要学,学到了就要用,伯祖父从实际出发,即中国工业的底子太薄了,决定先从工艺也就是小型机器产品入手,向袁世凯建议,建立直隶工艺局,负起培养工艺人才的任务,负起生产工艺产品的任务。袁世凯当然又照准。

直隶工艺局做得相当出色,而且成绩出乎意料。安徽史学界的唐少君,他有多篇研究伯祖父的文章,提供了我们周家后代人不知道的资料,在培养工艺人才上,还公费派出留学生去国外深造。1904 年 7 月,分入日本农、工、商各专科学习的有 13 人;1906 年 8 月, 选派化学和机器速成班学生 19 人;分赴日本大阪、长崎等工厂实习的有 19 人。足见规模不小,这还是仅仅知道的两份资料,在车间生产出许多工具产品,从来不能自制的水泵、起重机、刨床、铣床、电风扇、石印机,等等,都可以成批生产了。直隶的工艺局在府与县之间,闻风而动,呈普遍开花之势。据唐少君提供的资料,从 1903 年到 1907 年的 5 年间,直隶各府各县开办工艺局的共有 85 处,声势之浩大还影响到山东、山西、河南三省,也都有了工艺局的机构,但详细情况说不清楚了。

尤其值得一提的是,直隶工艺局设有产品展览馆。高阳县人前来买了几台织布机回去,试制产品非常好,于是纷纷再买。这家那家都在织布,形成中国有名的土特产品,高阳土布名响一时。

格外值得一提的是, 直隶工艺局设有高等工艺学堂。伯祖父在山东没能完成的事业在天津落成了。这是座有大学规模的学校,有化学、化学制造、机械、机械制造与绘图等科系,请美国和日本教师讲课。后来盛宣怀进一步发展成北洋大学。北洋大学是中国第一所现代大学,较北京大学还早两年。在我看来,伯祖父一系列创业中,这座学堂留给后人的作用最大。一直到现在,还有人说他是北洋大学的第一任校长。

改组官银号

官银号是天津最大的银号，也是清王朝最大银号，是袁世凯一手操持起来的。他想借这个机构捞钱扩军。但总是入不敷出，袁世凯听从他身边人的建议，决定官办的官银号招募商股。他把天津有名的富户，俗称"八大家"的找来，要他们入股，这些富户不敢顶撞总督，只好纷纷入股，而且选出股东代表，也好商议事情。但袁世凯官威极大，只能他说了算，根本不把八大家放在眼里。经过几次接触，终于还是不顾总督的面子，纷纷变相退股不交钱。急着用钱的袁世凯只好去求外商银行。外商银行可以贷款，利息高尚在其次，主要的还要有抵押，这下子把袁世凯难住。他总不能把自己的私产拿出来做抵押，只好再次把任务压在伯祖父身上，说："你给我把官银号治活！"

伯祖父到官银号上任的第一天，就召集大家说，官银号虽然名称不变，但内容却变了，从官办银号改成商办银号，成为老百姓随意出进，按照外国银行那样，可以存钱也可以借钱。必须大门总是敞开，必须笑脸迎接客户，必须摆放桌椅，必须把存款大户引来。大大小小官员全都出动，从此不是做官，而是做买卖人了，而是官脸变笑脸了，而是闲吃懒做不行了。

伯祖父在人事制度方面大力改革。领导班子设总理、协理、董事兼查账员、总商、副总商各一员。办事的班子设文案、高级、调查、监理、应务、正商、副商、帮商、伙友、友徒等,视业务需要不限定员。

伯祖父在储蓄业务方面也大力创新,制定了整存整取、整存零取、零存整取、零存零取四种方式。在那个年代称得上多样灵活。就凭这些新颖的做法,吸收了大量的社会游资,还引来大批存款,原来信不过袁世凯的八大家,几乎无一例外,全在官银号用实名和虚名存下了钱款。官银号搞得红火,财力骤增,既支援了工商企业,也为袁世凯提供了特殊需要。袁世凯喜出望外,他有了这么得力的助手,于是又保举伯祖父出任天津道,按现在话说,就是天津市市长。

直面开平煤矿大骗局

以伯祖父经济建设的才能,并不止于建立直隶工艺局与改革官银号,这些举措统统都是从国外移植过来的新鲜事物,并非他的创见。展现他的创见、他的才干、他的气派的是面对开平煤矿骗局的大暴露,他挺身而出。

开平煤矿骗局还要从德璀琳拿到张翼被迫写下的授权书说起。德璀琳和胡佛来到他的住处,在第一骗局的基础上编制第二个骗局,明明授权书上写的是与墨林公司谈合资的事,但德璀琳却越权把开平煤矿的地上财产与地下矿产全部卖给工程师胡佛！理由是墨林公司的贷款处理不了，胡佛一个工程师，他有多大的财力能买下开平煤矿呢？实际上是一毛不拔，只是拿了德璀琳的授权书离开中国，去见他的墨林公司好友，说："我帮你发一笔大财，只要你把贷款，连本带利息变成收购款，另外再给一笔收购费，开平煤矿的地上财产与地下矿产就全归墨林公司所有了。"墨林公司究竟又付出多少收购费，说不清楚了，这笔收购费，胡佛与德璀琳怎么分赃，也说不清楚了。墨林公司的首席官又在第二个骗局的基础上编制第三个骗局，明知内中有鬼，又把开平煤矿全部矿权转售给东方辛迪加，发一笔横财就走。东方辛迪加是煤矿托拉斯，他们接收之后，就在英国注册"英国开平矿物公司"，成为他们的一个子公司。于是接管人员随后到任，挂起英国旗，亮起"英国开平矿物有限公司"招牌。矿工可以下井，官员不准入内。怎么开平煤矿变成英国人的了？中国的老百姓怒吼一片，清王朝的皇族也惊声一片。

被革去三品顶戴的张翼这次找到伯祖父，说："你务必给我证明，我当初就是授权德璀琳与墨林公司商谈合资事宜，没有授权出卖啊。"伯祖父说，这不仅是证明的问题，而是如何把开平煤矿要回来的问题。于是双双去见一直在天津发横财的德璀琳，一个说有字据为证，授权只是合资，无权出售；一个讲即使是合资，你德璀琳也无权处理，总办并没有附签，一个又说现在的"英国开平矿务公司"成立，有督办的签字吗？一个又讲开平煤矿从中国的变成英国的，根据是什么？老奸巨猾的德璀琳的回答竟是："你们问的都对。可是你们想了没有，我如果不这样越权，开平煤矿能保住吗？能恢复生产吗？能在东方辛迪加这样的煤业托拉斯的支持下大发展吗？我一直为洋务运动效力，你们是知道的。至于胡佛是怎么想的又怎么做的，我就无法代他解释了，你们去美国找他问他吧。我还是为开平煤矿的前途而奔走，和'英国开平矿务有限公司'去谈，争取您们督办和总办签字。"这个洋鬼子真能歪嘴念经！但张翼不听这一套，伯祖父更不信这一套，双双严词拒绝，交由法律解决。

真能法律解决吗？作为地方长官的袁世凯倒吸凉气了：和英国人打官司，这可得谨思慎行！作为清王朝说了算的西太后更是没了底气：和英国人打官司，这不是给我惹事吗？张翼不敢动了，伯祖父也不敢问了。

德璀琳可没闲着。他找了"英国开平矿务有限公司"的负责人，在一系列骗局的基础上再搞个骗局。"英国开平矿务有限公司"假定资本为100万股，每一股1英镑；开平煤矿折合成15000万股，每一英镑折合25股，作为开平煤矿全部出售的代价是1500万股。表面上看，这个做法估价不低，实际上是只估地上的财产，不估地下的矿产，那丰富的煤储量竟然不在计算之内，这是又一大骗局！这个骗局能骗得过中国的精英吗？当然不能。德璀琳就同那个接管人使出了收买人的绝招，对张翼说："只有你能和我们谈判，已经辞职的总办没资格了，也就没好处了，好处是算下来的'英国开平矿务有限公司'的股票，美其名为合资酬谢。另外，督办的名义保留，督办的薪金照付，美其名为随时加以指导。"顶不住威逼的张翼，当然也顶不住利诱，他连讨价还价的勇气都没有，这就低头俯首，被收买过去了。

一错再错，张翼当然心虚，赶忙进京，到醇亲王府挂号。能说会道的这位门客耍起了精神胜利法，说："洋人自知理亏，给了我面子，也就是给了王爷的面子，您没错用人。"醇亲王也会耍精神胜利法，说："洋人不光给了你的面子和我的面子，也给了皇太后的面子。皇太后从此再也不必为一座小小的煤矿心烦了。你善于随机应变，做得好！她老人家高兴，金口玉言，也许恢复你的三品顶戴呢。"这话，年少时听了，只是当作笑谈，现在想来却是痛心的愚昧与昏庸！

创办启新洋灰厂

经过最后这场骗局，收回开平煤矿已不可能，但伯祖父心有不甘，斗志不减，就向袁世凯提出，挖他们一个墙脚出来如何？袁世凯当然照准，而且决定带头投资，表示支持。

这个墙脚是开平煤矿必不可缺的唐山细绵土厂。细绵土较石灰坚硬，来自国外，因此俗称洋灰。唐廷枢创办开平煤矿的同时也创办了这么个小厂。股本来自他的广东同乡,也来自开平煤矿,共计 12 万股,商股占大多数,属独立经营、自负盈亏的公司。但由于矿与产的创办人与主持人同为唐廷枢,生产的洋灰又首先供应开平煤矿,这就在社会上形成一种错觉:唐山细绵土厂是开平煤矿的下属厂。其实矿与厂是两个独立单位,只是你中有我,我中有你罢了。开平煤矿对细绵土厂有两成股份,唐山细绵土厂对矿有首先供应洋灰之责,谁也离不开谁。应该说唐廷枢这种合而用之、分而治之的经营设计还是高明的。这伙洋崽子却不问什么合而用之与分而治之,既然大大的煤矿骗到手,这家小小的细绵土厂也就纳入他们强盗的口袋,神不知鬼不觉了。

神当然不知,鬼当然不觉。但从监察升到会办,又从会办升到总办的伯祖父又知又觉。他悄悄找来唐山细绵土厂厂长李希明。他是安徽人,先后在天津武备学堂、南京路矿学堂毕业,自然是爱国的知识分子,也是和周家关系密切的人士,以曾祖周馥的学生自居。伯祖父问他档案材料是不是落在他手里?果然在他手里,这就为唐山细绵土厂的回归找到有力的依据。但拿过来了,能不能生存下去呢?伯祖父又找来工程师德国人昆德,问做洋灰必须的配料坩子土,在唐山附近找到了没有。这位工作认真的德国人说找到了,但他没向骗取中国开平煤矿的英国人报告。现在他把坩子土分析情况的调查报告交给了伯祖父。

伯祖父有理有据有利了,创建启新洋灰公司的方案也出手了。这个方案气魄好大，较唐廷枢当初的小打小闹，还要倚重开平煤矿入股两成的做法完全不同，是纯属民间集资的大型工业。有人说这是对洋务运动的一大突破。何以能有这样的突破，当然和伯祖父的官员身份分不开，他当时已是天津响当当的人物，北洋银圆局、直隶工艺局和官银号都在他掌控之中，还愁无人投资，无处贷款吗？在众多投资者中，最令人注目的是袁世凯，他投了一笔钱进来。两个人的关系又进了一步。

不得不补充几句的是，既然唐山细绵土厂引进国外设备，引进德国工程师，又是中国第一家洋灰厂，怎么会做亏了呢？原因就在坩子土上，当时不能就地取材，而是从广东远道运来，运输成本高，售价又受国外产品的价格挤压，只好不计成本，继续生产，继续出售，开支统由开平矿垫付。唐廷枢为了扶植民族企业，中国必须有自己生产的洋灰，一直坚持，一直在等待在附近找到坩子土。他是有抱负的，也是有远见的。遗憾的是，他没等找到附近的坩子土就远离人间了。能说会道的张翼上台来，他没这抱负，也没这远见，只知赔钱的买卖做不得，一声令下，工厂关门，职工解散！刚刚升任会办的伯祖父自然不能另持异议，只能要求留下李希明，他是留学生；也要求留下昆德，他是德国工程师。始料不及，他们双双成了启新洋灰公司的支柱，启新洋灰公司越做越大，马牌洋灰名声越来越大，和国外洋灰的质量半点不差，以后再没有进口洋灰的事。

必须纠正一般史实，有的文章对昆德的报道失实，把保留唐山细绵土厂档案材料的功劳，从李希明的身上移到他的身上。也不想想，一位不识中文、只会说几句眼面前中国话的，又只在实验室和车间工作的德国工程师，难道他能进厂办公室拿到收藏的档案吗？难道德国人有心，中国人反倒无心吗？这场斗争从始至终都是伯祖父领导的中国人斗争。

应当为昆德大书一笔的是，启新洋灰公司投资，在南京建江南水泥厂，昆德去了南京。工厂还没开工，"七七事变"爆发了，南京迁都了，在日寇大屠杀中，昆德升起德国国旗，敞开工厂大门，收容了上万的中国难民。他救了多少中国人啊！他是热爱中国的好朋友。

面对面交锋

虽然开平煤矿绝对稳住局势了，但东方辛迪加托拉斯对"英国开平矿务公司"还是走马换将，以防风云难测。纳森上任了，纳森何许人也？天津市人对他并不陌生，还有人送了他个"洋姑爷"的绰号，因为他是德璀琳的女婿。依靠德璀琳对中国洋务运动的滚瓜烂熟，正好用来应付中国精英必然对开平煤矿被掠夺进行的反击。这场斗争，自然是在伯祖父与纳森面对面展开。

唐山细绵土的归属问题自然是前哨战。纳森坚持这个厂应属开平煤矿所有,他摊开所有垫付的账单。这也能是自立门户吗?伯祖父要他拿出证据来,纳森只能让李希明作证,李希明昂首挺胸,说单从垫付的账款就可以说明唐山细绵土厂是独立单位。不然的话,就应写支付了。纳森瞪着洋眼,这话不足为凭,垫付与支付没有任何区别,都是开平煤矿赔的钱。在争论不休中,纳森只好又让昆德作证。昆德同样昂首挺胸,说他受聘而来,就是和唐山细绵土厂定的合同,产品供应煤矿,厂矿关系密切,不过厂是厂,矿是矿。纳森拧着洋脖子:"这话不足为凭,你能说明你为什么在开平煤矿拿薪金了吗?"纳森还理直气壮呢,说拿不出当初建厂的全部原始档案材料,一切一切都是空谈,他还以为档案材料已经散失了呢。伯祖父正等的是这话,瞅着纳森,说:"你这话说得对,要凭建厂的档案做决定。"立即从公文包里,把建厂档案材料全部摆在桌面上。纳森宛如马失前蹄,一个跟头栽下去,败下阵来,但他并不服输,瞪着洋眼问:"开平煤矿拥有唐山细绵土厂两成股份,你怎么处理?"伯祖父说唐山细绵土厂是赔本停业,两成股本当然也就赔在其中,还能还你多少?为了将来的合作,两成股本在一年之后归还。口气好大,纳森瞪着洋眼又问:"开平煤矿垫付的一笔又一笔的开支的钱又怎么归还?这个钱数加在一起,比两成股份票面数目还大。"伯祖父说账册写得清楚,一年之后也一笔一笔归还。如果顺利的话,也许一次全部还清。口气更大!

纳森没有什么可以争论的了。但他还是不服输,照直问来:"你们中国人能把这座陈旧而又破败的细绵土厂起死回生吗?你们已经失败了,你们还将再次失败。"然后板着冷脸郑重声明:"当这座细绵土厂再次经营失败,休想得到开平煤矿的任何支援。"伯祖父就也板着冷脸回了个郑重声明:"我们不仅搞好,还会搞大。"

伯祖父接过这座陈旧而又破败的细绵土厂,立即更名为启新洋灰公司。新在什么地方?新在更换最新的碾压机器,使水泥质量大大提高,与德国水泥一般无二;新在自备发电机,日夜不停地运作;新在清王朝末年,创建了股份有限公司,全部资金来自民间,虽然官僚资本相当大,但都是以私人的资金投入的,由股东大会选出董事会,由董事会选出董事长,总理和协理,这在当时都是新事物;新在工厂规模之大,从清王朝到民国,从民国到 1949 年初期,都是全国最大的水泥厂,伯祖父的豪言壮语也全部兑现,一年过去,开平煤矿的两成股本和所有的垫付款统统还清。启新洋灰公司名声大振。启新洋灰公司的股票一直是天津证券市场的风向标。

"以滦制开"与"以滦收开"

启新洋灰公司的创业成功,对伯祖父来说,只是他的雄心壮志的第一步,第一步站稳了,立即开启"以滦制开"

与"以滦收开"的战略攻势,把英国强盗掠夺的开平煤矿收回来。他抢先成立滦州矿地公司,也就是把开平煤矿向前挖煤的路堵住,荒地也好,耕地也好,全都收购过来,庄稼可以照种,地下挖煤绝对不允许;他稍后又集资组建了滦州矿务公司,这可是对台锣鼓,和开平煤矿针锋相对,也在挖煤,是纯民营的企业,资金也相当丰厚。在爱国收矿的号召下,投资的人不少。这里特别要提到天津的盐商。在很长的一段时日,他们都是天津最富有的阶层,有的只知享受,有的只知守住盐田,伯祖父继曾祖之后也曾一度出任长芦盐运使,于是号召盐商把手中的资金用在最该用的实业救国上。他们不能不给周家的面子,或多或少都投资认股。如果我记忆不错的话,天津最大的盐商李善人就是滦州矿务公司的大股东,也一直和周家保持着友好关系。

"以滦制开"的战役顺利打响。滦矿的煤与开平矿的煤不相上下,但售价却低了一成,抢占开平矿的市场,一时红红火火。"洋姑爷"纳森咬牙迎战,售价压低两成,比滦州矿务还便宜。滦矿煤再压价,最后形成不惜血本,拼的是财力了。支撑滦州矿的官银号向伯祖父告急了,长期垫付开支支撑不起了。中国是弱国,没有进行商战的充足资金!

败在醇亲王嘴上

伯祖父的信心还是十足的,他手里还掌握着滦州矿地公司呢，这是"以滦制开"的王牌，商战拼到最后，无煤可挖，英商还能不惜血本卖煤吗？"洋姑爷"纳森得知这是对他最要命的一击，死路一条！急忙向英国公使告急。

英国公使摆出和事佬的姿态，说何必压价售煤，两败俱伤呢？何必堵住采煤的线路，拼个你死我活呢？他提出解决方案，开平煤矿与滦州矿务合在一起，成立英中合资的开滦矿务局，开平煤矿的高官不动，滦州矿务的高官也做适当的安排，这自然是变相收买。伯祖父的"以滦制开"与"以滦收开"怎么能变成"以滦和开"！他怒火熊熊地断然拒绝。

清王朝已进入垮台前夕，代宣统小皇帝执政的醇亲王，他心里没底，大事小事都念一本经，这就是"依例"，也就是老祖宗怎么办的还怎么办。偏偏老祖宗没有遇上英国公使出面，要求开平煤矿与滦州矿务合成开滦矿务局的事。无例可依，这可怎么办！

头顶开平煤矿督办空名，手拿督办高薪的张翼奔进了醇亲王府。他是有备而来，先问王爷，"西太后留下的这句金口玉言还记得吗？'洋事顺着洋人做'"，接着就是一串恶语朝伯祖父砸来："他春风得意，不知天高地厚了，他居然要'以滦制开'，还要'以滦收开'，也不想想胳膊拧大腿、和洋人斗气吗？也不想想英国海军军舰用的就是开平矿的煤，他们会对开平矿放手吗？也不想想英国煤矿集团有多富，中国人办的滦州矿务公司又有多穷，光靠小小的官银号，能支持多久！也不想想洋人给铺了台阶，还不赶快顺着台阶下，和为贵！让皇太后在天之灵也心安。"

没找到"依例"的醇亲王，宛如一大发现，西太后留下的金口玉言，不正是"依例"之言！又如一大解脱，英国公使给铺的台阶，不是最体面的结局吗！多亏精明能干的张翼啊，他精神大振，拿出摄政王的势派，一锤定音了，就按英国公使的建议，两矿合在一起，成立开滦矿务局。还特地加了个注脚，能争就争，能让就让，实际上是示意在让！

创建北京自来水公司

西太后留下的这句话不是空谈，是有针对性的，是有上文的。

北京紫禁城一侧的东交民巷成为使馆区之后，洋楼越来越大，洋气越来越浓，只是水车大煞风景，全部得喝打上来的井水。这水干净吗？几位公使联合提出，他们要喝自来水。西太后急忙召见她的心腹人，尽快解决自来水进使馆并上洋楼的问题。袁世凯一向有事敢担当，只有这回倒吸凉气，说这可不是小事情，工程浩大，耗资巨大，所有大大小小的水管全要从国外进口，西太后这才有了那句话："洋事顺着洋人做。你想法子吧。"袁世凯离开紫禁城，立即召见伯祖父，说这事只能勇挑重担。别让太后着急，别让洋人犯洋脾气。

再次临危受命，伯祖父亮起当仁不让、迎难而上的姿态，只是也还是要问上一声："办厂经费给多少？水厂的厂址设在哪里？机器设备和技术人才又如何解决？"袁世凯的官腔来得更加爽脆："你就问你自己吧。我已经向皇太后保举了你。皇太后也说这事也只能交给周学熙，让他使出当年挂灯彩的本事，尽快把自来水送到洋人的洋嘴里。"

就只是把自来水送到洋人的洋嘴里吗？伯祖父是不干则已，要干就干大的。自来水要送到洋人的洋嘴里，也要送到老百姓的嘴里。他组建的北京自来水公司面向整个北京城。大街小巷全部埋下水管。这个工程浩大。岂止地下水网浩大，引水工程也浩大，从通州附近引河水至东直门水厂，用电力打进铁塔的顶端，顶端立着个大铁罐，水再从另一组水管流下来，直通北京城的各个角落。洋人喝上了自来水，东直门水厂的铁塔在那个年代是北京最高的建筑物，是当时的一景呢。这座铁塔后来不用了，改为用电力直接打水入水网，这座铁塔的命运说不清楚了。说得清楚的是，北京自来水公司一直是中国水务企业中最大的企业，也是民间投资的企业。由于打着西太后交办的旗号，官员或大或小、或多或少全都掏了钱包。投资最多的是袁世凯和伯祖父，没有他们二位的声势与财力，这座大型的自来水企业是建不成的。因此市间留有一种说法，袁不离周，周不离袁。

留下一副挽联

话还是说回来。醇亲王一口咬定两矿必须合并，伯祖父面对"洋姑爷"纳森，还能在谈判桌上争权夺势么？争不出什么了。结论只是这样四条：其一，成立开滦矿务局，统一矿地，统一开采，统一营销。但必须向中国政府注册，注名是中英合资企业；其二，两矿仍然各自独立，按所持股份分割利润；其三，滦州矿务可委派督办，负顾问之责，开平煤矿委派一名总理，负管理职责；其四，十年之后，滦州矿务公司可按平价收购开平煤矿，使中英合资的开滦矿务局改为华商经营。

这个条款，实际上是开平煤矿把滦州煤矿吃进去了。只留下了一个幻想，十年之后的股东能有那么大的财力收回开平煤矿吗？岂止财力不足，民国乱象横生的环境也不允许。所有大股东在十年到期之后异口同声，别再提收购的事了，如果开滦煤矿成了纯华商经营，大到来来去去的军阀政客，小到土生土长的恶霸流氓，谁不咬上几口！只怕连股息也拿不到了，还是稳稳当当，年年拿股息吧。伯祖父也就没了底气，这收购之事不提了。

话还要说回来。开滦矿务局卡在督办的人选上，不能落实。众望所归，是一直对着干又争着谈的伯祖父担任。但他在委屈与怒火交织中坚辞不就，还自出挽联一副，铭心誓志,这大概也是他留下来的唯一一副挽联:"孤忠要有天知我,万事当思后视今。"他绝对不能输在气节上。

督办由谁扮演呢?被醇亲王借口足疾罢了官的袁世凯,又在形势紧张中回到北京掌权。他善观形势,最会投机取巧,就派他的大公子袁克定担任开滦矿务局督办,拿着薪酬,却连开滦矿务局大楼都没进过,还美其名为伯祖父做解脱。据说袁世凯找伯祖父密谈:"大局为重,英国公使出面,醇亲王又代皇上拍板,你还能硬顶吗?硬顶只怕你也会脚上犯病,回安徽家乡养足疾去了。难道要把你手中的官银号、启新洋灰公司、北京自来水公司都交出来吗?凡事走着瞧,暂忍一时吧。"

出任财政总长

时光迅速把中国推进至中华民国,袁世凯从孙中山手中夺过临时大总统的宝座,他耍的阴谋诡计与伯祖父无关,他装点门面、搞了个名流的内阁也与伯祖父无关。伯祖父以实业巨子的名声遥控滦州矿务、滦州矿地、启新洋灰、北京自来水四大公司。如果我的记忆不错的话,官银号也自然掌控在他手中,亦官亦商,又是银行家兼实业家,已和袁世凯断了联系,在走自己创业之路了。这时他已有向纺织工业进军的规划。

就在这时,中华民国第一任财政总长熊希龄忽然辞职告退。他是光绪年间的进士,还进过翰林院。他顺应时代要求,主张变法,提倡新学,是最温和的官场改革派。这也为清王朝所不容,把他赶出了翰林院。熊希龄在家乡办起新式学堂,各地学子纷纷来投,红红火火,他成了响当当的名士。光绪百日维新失败。他虽然远离京城,又和维新志士不相识,还是受到牵连,新学停办,还被革职并软禁在家里。随着形势发展,西太后也不得不应付君主立宪的呼声了,派五位大臣出国考察。必须有博学之士随行,熊希龄这才被从软禁中捞了上来。出国之行,熊希龄思想有了大飞跃,进一步成了立宪派。君主立宪与议会立宪均可,关键在于立宪治国,所以清王朝灭亡,袁世凯出任正式总统,他是拥护的。袁世凯坐上大位,为了顶住孙中山的三民主义新说,组建名流内阁,网罗了梁启超与熊希龄。袁世凯似乎更倚重熊希龄,不仅出任财政总长,还一度兼任国务总理。只是好景不长,熊希龄的正直与袁世凯的贼心很快就碰撞起来,熊拂袖而去,从此从事慈善事业,远离政坛。

袁世凯组建的名流内阁破碎了,财政总长出缺了,怎么办?袁世凯把伯祖父招进了北京城,用自己人对自己人的口吻说:"你临危受命吧!为我挤出钱来或是变出钱来。我站得住还是站不住,全在这个钱字上了。"伯祖父接任财政总长的第一件事,就是为袁大总统铸出带有他的头像的银圆,从此银两变银圆了,这是北洋造币局的新产品,大大缓解了袁世凯的经济困难,也大大提高了袁世凯的声望。

不过这个声望他没有保住。因为他一场复辟帝制的闹剧，老百姓对他没了认同好感，先是戏称袁大头，后是谐音，干脆就叫冤大头了。这是最恰当也最微妙的评语。

银圆是硬通货，抛去成本，袁世凯从袁大头当中捞到的好处有限，再次向伯祖父提出，你还要把钱给我挤出来或者变出来。伯祖父又出一策，发行6厘高息的公债，债款多达2亿银圆，债期长达35年，吸收了大量民间资金。这回可是稳住了袁世凯的经济困局了。

伯祖父不仅稳住了经济困局，而且对中国银行起了极大的推动作用。他依据改组官银号的经验，对清王朝遗留下来的大清银行进行了改组，更名为中国银行，使之成为代理国库、发行钞票及商业银行存款与贷款的多功能性银行。虽然中国银行随时代的发展，在多功能性上有所不同，但一直到今天，在国内国外，都是代表中国形象的大型银行。

善后大借款

伯祖父这位财政总长干得不错，仿佛踩在云端上，声誉隆隆。万没想到善后大借款这件辱国的大事袭来，把他从云端上跌了下来。有一篇研究"周氏家族研讨会"的报道文字，说这是周学熙一生创业的污点。这个污点是怎么造成的？这就要穿越历史背后的历史，揭开贴在袁世凯背后的英国、美国、日本的三名别有用心的顾问了。

先是他们向袁世凯提出:"要稳住政权吗?有绝对把握吗?"袁世凯确也一直担心那位从临时大总统让位的孙中山，拥有三民主义和众多追随者的孙中山必是他的大患。于是就问:"你们怎么支持我稳住政权呢?"作为答案，英、美、法、德、俄、日六国银行的一把手齐聚伦敦，在谈判桌上诞生了六大银行借款团，美其名曰善后大借款，保证袁世凯政权可以长治久安。只是条件多多，必须从此不再向其他国家的其他银行借款，必须在 2500 万英镑债券上加扣利息，只付 2100 万英镑，必须在 2100 万英镑中，付清到期的庚子赔款，付清先前的多笔外债欠款，付清六大银行在清王朝改制民国的混乱中受到的损失，付清协助整顿中国盐务的费用，又是巧立名目，又是七折八扣，这笔善后大借款，也是善后大掠夺!伯祖父看了这些条款，惊得向袁世凯告警，这个借款契约把我们套住了，我们不依靠他们不行了。袁世凯十分得意:"可是你想了没有?我同时也把他们套住，他们想不支持我而去支持孙中山也不行了。我用心良苦啊，你应该明白这是你又一次临危受命啊!"

明白也好，不明白也罢，伯祖父只能在前台唱戏，随着国务总理赵秉钧，伴着外交总长陆征祥，三个人一起在善后大借款合同上签字。袁世凯鬼聪明，隐身在幕后，好像他并不是主谋，也不负什么责任。善后大借款公开了，激起全国民众的怒火与抗议，就连他"御用"的议会也是吼声不断。国务总理和两位总长一起引咎辞职,以息众怒,反正善后大借款已成无法改变的现实。

溅上了污点的伯祖父回到天津这才恍然大悟,怪不得熊希龄拂袖而去呢,他看出袁世凯的私心太重,处处投机,时时取巧了。但伯祖父却和袁世凯关系太深,只看他敢挑重担,却没看出他奸雄的私心!

遗憾的是,袁不离周、周不离袁的事实还不能结束,研究从晚清到民国这段历史的专家有话,在经济建设上,李鸿章离不开盛宣怀,袁世凯离不开周学熙。这个说法是确切的,就在抗议善后大借款的怒潮刚刚败下去,袁世凯的特使已经来到天津,送了一枚勋章给伯祖父。既然因善后大借款引咎辞职,何功之有?明摆着的是安抚替罪羊,表达袁不离周之意。

支撑这座破屋

抗议善后大借款的怒潮完全平息下来了。袁世凯的特使再次来到天津。这次带来的不是勋章,而是袁世凯的亲笔信。大总统的亲笔信,这也是难得的待遇了。更加难得的是,信中告知农商总长出缺,要伯祖父暂先代理,稍后再加委任。伯祖父决心急流勇退了,当然不肯再做官,于是亲笔复信,以有病在身,不能进京,一推了之。记得有这样议论,以当时中国农业落后,完全人工耕作,商业流通又不发达的情况，他完全可以有所发挥。可惜他负气未就。

农业停滞，也是洋务运动的最大短板。在这方面下功夫的极少，先后只有两个人把眼光投在农业上。唐廷枢引进了机械化耕作，在塘沽的盐碱地上建起农场。这是个大胆的开创。但人在事在，人亡事亡。这第一座机械化农场几乎已无人知晓了，伯祖父从日本归来，带回许多农作物的种子，建立了一座植物园。但推广需要时间，没来得及推广就离开天津。人走事亡，植物园改建成公园，也即现在的宁园。珍贵种子从此消失，遗憾遗憾！

话还是说回来。袁世凯的特使三次来津，带来了他的亲笔信，不过不是写给伯祖父，而是写给曾祖的，要求曾祖劝伯祖父出任财政部顾问，做个不是财政总长的影子总长。曾祖开导伯祖父，凡事要从大局着想，说："李鸿章在《马关条约》签字之后身败名裂，其实他也是替罪羊，保住西太后和光绪帝，国内不太乱就好，不要计较个人得失，还是思考大局如何。大局如何？还是不出老相国李鸿章那句警言。他先说迎来三千年未有之大变局，现在还在变，谁知还将变成什么样子？你就看他袁世凯怎么变吧，他后讲中国宛如一间破屋，只能用木柱顶住，现在袁世凯既然是顶住破屋的木柱，你就帮他顶住吧，你不帮他顶住，如果换了个人，也许就顶不住了。破屋如果塌了，那还得了！"忍辱负重，古有明训。其实这也是李鸿章淮军系统延续下来的作风，当然也是曾祖传给伯祖父的家风，伯祖父本来就有这个迎难而上的传承。好吧好吧,那就在财政方面建言献策,尽一份支撑破屋的责任。好吧好吧,既不背黑锅,也不影响他搞实体经济,无非担个名义。

出乎他意料的是,袁世凯召开国务会议,指定伯祖父准时来北京参加。伯祖父一怔,怎么顾问也参加国务会议?既然要他参加,他就必须参加,一定是要听听他的建言献策,那就做一个发言的准备吧。

进了中南海,走进怀仁堂,大家见了他,送上弹冠相庆之礼。伯祖父这才明白这是改组内阁的人事会议。财政部顾问虽然不是实职,也要加委呢。袁世凯到会了,他穿着大总统服装,威严不可一世,扫了人群一眼,手持文件念了起来。凡是拿到仍然留任的总长,一一个个都站立鞠躬,说谢谢大总统的信任;凡是念到新任的总长,又一个个都起立鞠躬,说谢谢大总统栽培。最后这才轮到伯祖父,他在掂量着用"信用"二字吧,栽培他出不了口,但他连"信任"都没出口,光发怔了:他不是财政部顾问,而是官复原职,再任财政总长。他忘记了起立,也忘记了鞠躬。多么难堪的局面! 袁世凯倒是很会给自己铺台阶,大声说:"本大总统就不能改顾问为总长了吗? 你勉为其难吧。"伯祖父不能冷场,更不能顶撞,只好冷抹一句:"我才疏学浅,力不胜任啊!"袁世凯还有一项委任呢,税务督办也给了伯祖父,说:"收支两条线都交给你,你才疏学浅吗? 你力不胜任吗? 那你自己解决吧,不要辜负了本大总统对你的信任和栽培。"

伯祖父掂量着没出口的话，全由他代为出口了。这话难听，可难听也得听。

袁世凯也够得上是个演员，善于恩威并重与软硬兼施。当晚，他又请伯祖父进了他的住处，活脱脱地像是换了个人。一张肉脸堆着笑容，一身绸袍打点着随意，用自己人对自己人的口吻说："别怪我用顾问的名义把你钓上来。玉帅有话，大家都要以大局为重。这话他说给你了，可也带给我了。大局如今还是内外交困，内里是指责之声不断，外面是七折八扣的善后大借款要分五年才给齐。我还是钱紧。所以非你再次出山、临危受命不可。还是那话，你把钱给我挤出来和变出来。"伯祖父明知他把钱用在扩充军备上。这是个无底洞，有多少钱也填不满这个无底洞，可又拦不得。财政总长刚刚官复原职，只能依着他的意志办，这就是增加税负，从老百姓身上刮钱变钱。

伯祖父和袁世凯再次结缘了，似乎在以大局为重前提下，已经没有过不去的河了。

宛如迎头一棒

袁世凯成了大总统，以为可以任意呼风唤雨了，不料风雨往往不畅。国会议长、国民党重量级人物宋教仁总是严厉指责，让他下不了台，袁世凯咬牙切齿，必欲除之而后快。这恨心不是三天两天了。这次宋教仁从北京到上海，出站时迎来两声枪响,立即倒地身亡!惊人的政治谋杀案,国民党自然剑指"袁大头",不是他主谋,还能是谁?老百姓当然也不是睁眼瞎,继善后大借款之后,又掀起另一场沸沸扬扬的民怨。

袁世凯是顶不住沸沸扬扬了,还是一不做二不休,杀人灭口,永绝后患?善后大借款第一号替罪羊赵秉钧忽然暴卒。赵是河南人,书吏出身。甲午战争惨败,李鸿章身败名裂了,他看准袁世凯必是后起之秀,于是投靠到袁的部下,成了指到哪里就打到哪里的死党。袁世凯入主中枢之后,他从民政部尚书改称内务部总长。全国警务仍由他管理,黑白两道仍由他沟通。在国务总理引咎辞职之后,他的退路也很重要,是拱卫京城的直隶第一把手。他随时进京,听候吩咐。在宋教仁枪杀案的沸沸扬扬声中,他又进京了,欢欢喜喜地带着一包钱和一瓶酒回来。钱入柜了,酒入肚了,连说好酒,好酒在他肚里熬到后半夜,就毒性大发作。他刚刚起床,立即倒地身亡。

内务部次长言敦源奉袁世凯之命前来查问,钱是哪来的?赵府的人说得明白,老爷子说得清楚,大总统赏的。酒是哪里来的老爷子没有提到,家属还遮遮掩掩。若是大总统赏赐,必然成双成对。实际上是人死了都不敢喊冤。袁世凯非常满意,下令倒掉毒酒,案子不要再查,再查影响不好。这件杀人灭口的案子,言敦源全清楚:将来是不是也会对他下手!言敦源是孔子的弟子言子之后,尊重儒学的伯祖父自然对他格外关切。两人是无话不谈的好朋友，伯祖父说："袁世凯这人野心太大了，谁知道还将怎样一意孤行！我准备好一走了之，只是时机不成熟，走了也会被他追回来。你可以三步走，第一步，先请病假，到天津，请西医开刀动手术，你不忌讳吧？就说长了瘤子。他非准假不可；第二步，手术后身体虚弱，必须长期休养，请求辞职，他准不准辞都无关系，你就是不出租界了；第三步，一面静观变局，一面钻研经济，等我也回到天津，我们一起搞实业的，这才是正道。"

言敦源三步走得非常顺利，躲过了袁世凯的黑手。从此，在北洋工业集团中成为伯祖父的左右手。两位好友还进一步结成儿女亲家，言敦源的三女儿是伯祖父的大儿媳，也就是我们的大伯母。更要说的是，天津的名门世家中从此多了一支言子之后，而且是最主要的一支。我们两家后人有时见面还是亲亲切切，如见故人。

面对面冲突

势大业大心也大的袁世凯，投机取巧一路走来，终于走到了尽头，他要复辟帝制了。对这位奸雄来说，已是预谋已久、必有的一步棋。但对伯祖父来说，这就成了水火不相容的矛盾。根据我的粗浅分析，伯祖父当时的心态是旧思想与新观念杂陈。有这样的事，在被动做了财政总长，他还有个托词,说是奉隆裕太后之命,以示他从清王朝官吏到民国做高官并非贰臣。袁世凯出任民国大总统,也说奉隆裕太后之命。但从洋务运动推向民间,伯祖父也从实践中提炼了新事新办的新观点,体会到了官办企业不如官督商办,官督商办不如商办。商办就是合伙集资,合伙出谋,这是民国优于帝制的最实在一点。

从清王朝的官场走进民国的政坛,绝大多数都是这种新旧杂陈的观点。和我们周氏家族关系密切的黎元洪和段祺瑞也是这种心态,怎么闹来闹去,闹成向袁世凯跪地称臣了呢!绝对不行,但他们都不声不响,以静待动,不和袁世凯摊牌。

当然也有要向袁世凯摊牌,当面问个清楚明白的。被袁世凯一手提拔起来的武将冯国璋,被袁世凯从名流内阁中保留下来的梁启超。这一文一武联合起来,这可是笔杆子加枪杆子左右夹击啊!虽然袁世凯决心复辟称帝已无商量余地,可又不敢当面交锋,就把十来个儿子召来,要这一文一武为他们相面,谁能舞文,谁能习武?堵住两个人要问要劝的嘴。袁世凯自以为聪明,实际上是最拙劣的表演,是和这两位不宣而战。梁启超转天就上了辞呈,走进天津租界了。冯国璋也回到南京,掌控江南的重兵。他有个儿子住在北京,急忙装成出门买菜,提着菜篮直奔车站,逃往南京,整个家都丢下不要了。

形势越来越严重了,筹安会的人先后找到伯祖父伸手要钱。复辟帝制处处用钱，伯祖父说，我的财政预算里没有这笔巨款。这些人十分气粗："那就请你东筹西借，把钱凑出来。"伯祖父说试试看，结果自然是毫无成效，就是没钱，反正没钱。

急于戴皇冠坐宝座的袁世凯，召见伯祖父了。他用自己人对自己人的语气说："这话不能和梁启超讲，他是外人，也不能和冯国璋说，他是武夫，所以只能和你心照不宣，你想了没有？中国是个弱国，列强正在吞食我们，我们总是低着头和人家打交道，怎么能不势弱气短。如今日本逼我逼得很紧，我必须以皇上对皇上的姿态和他面对面交换意见，让他天皇也敬我三分。你还想了没有，这总统连选连任也不过八年。等于在台上唱戏，一出戏接一出的，戏和戏不同，势必是各敲自己的锣，唱自己的戏，岂不是搅起乱说乱道，乱打乱闹。还是恢复帝制吧！在内忧外患中，大总统变皇帝吧，你出任财政总长还是勉为其难吧！我当皇帝处处要用钱，你就给我接着挤钱变钱吧。"

这套似是而非的理论在当时还是有市场的。筹安会当中不乏博学之士，他们认为只有帝制才能保国治国。不过这套开倒车的理论没能降住伯祖父。他也用自己人面对自己人的语气说："只有我向大总统说，我不是外人，又是几次临危受命的人，你也想了没有，日本自明治大帝维新以来，一直以侵略满蒙为己任，以征服中国为理想。你当了皇帝，和他平起平坐，他就能恶意变善心了吗？你还想了没有,复辟帝制究竟有多少人赞成,又有多少人反对?万万不可错估了形势。毕竟袁不离周,周不离袁,我发的是善心,说的是好话。"

袁世凯问:"《顺天时报》看了没有?"这是清末民初创刊最早的民间报纸。后来被日本外务省插手进来,既宣扬明治维新,又鼓吹复辟帝制,吹捧过袁世凯。但袁世凯是多方面拉拢,对英美德三国也频频讨好,从此锁住了这类文章,但袁世凯看到的却全是劝进的文章。他理直气壮地问伯祖父:"难道这些文章还不足以说明民心所向?你就一篇也不看?"伯祖父说:"《顺天时报》已经没有劝进的文章了。"袁世凯就问怎么没有,伯祖父问怎么就有,两个人都吃了袁克定的骗。他为了促成父亲做皇上,自己做太子,雇了几名文人,编造了一份冒牌的《顺天时报》,每天只印几十份,文章五花八门,中心思想只有一个,中国必须恢复帝制。谁能当有道的明君?只有袁世凯,让他从大总统变皇上。轻而易举,袁克定变戏法,万万没有想到变出了袁不离周、周不离袁的绝裂。伯祖父从以静待动中冲出,结束了他的忍耐,面对面摊牌了:"大总统另选高明吧。我筹不出这笔复辟帝制的巨款。"袁世凯说:"我为跟着我再创辉煌的人定了上中下三士与上中下三卿。你贵为中卿,只比丞相差一品。既然你不肯勉为其难了,那就上辞呈吧。跟着我一统中国的存志有识之士,有的是。"合作多年,两个人终于翻了脸。

特殊待遇

究竟谁是有识之士？伯祖父怒冲冲倒地回到住处，渐渐平静下来。虽然撕破脸皮不好，毕竟在大是大非面前表明了立场，毕竟在复辟帝制的闹剧中没有溅上污点。可以心安理得了。他赶忙伏案疾书，写好辞职书，要管事收好辞职书，等他明天一早上了火车，再进总统府递辞职书。袁世凯再想把话拉回来，也拉不回来了。

事出意料常八九，就在一切安排就绪、单等这夜逝去了，偏偏这夜没能熬过去，袁世凯又派人派车去接他，还有话要说。伯祖父寻思着袁世凯必是把话拉回来。两家关系这么近，不能撕破脸皮，那就应付一下，求个好离好散。

偏偏好离好散都不成。专人专车没有送他进总统府，而是停在北海公园东岸的土丘前。怎么到这里来了？专人指着土丘后面的寂静而又雅致的院落，说大总统正在那里等着你呢。要说这地方倒是谈心的好地方，伯祖父走了进去，只见灯光，不见人影。伯祖父急忙问这是怎么回事。陪他来的专人已经无影无踪，只有两名黑衣人在院子里晃来晃去，示意财政总长被软禁了。伯祖父又急又气，这个奸雄翻脸就无情，是不是也要杀他？

为他答话的人，一瘸一拐地走来了，他正是袁克定。这位"大太子"有一套，先声夺人："大总统和财政总长叮叮当当了! 四哥,你是用制钱、铜圆、银圆把大总统捧上来,怎么到这紧要关口不捧他了! 四哥,他要做皇帝是听了我的建言,我的建言是从德国带来的,威廉皇帝指点我,中国这么大,人口这么多,如果没有皇帝用皇权皇威镇住,芸芸众生乱说乱作,那还得了! 四哥,你有雄才大略,实业强国,大总统以长治久安为己任,也是为了强国,你怎么能不帮忙! 四哥,大总统必须左手掌兵权,右手掌财权,缺一不可。称帝,你是重要角色,不跟着登台唱戏还行! 四哥,你应该体谅大总统倚靠之殷,他要你在这里静养数日,等你回心转意,为他拿出钱,为他挤出钱的办法! 四哥,你在这里享受的可是绝无仅有的特殊待遇,章太炎依仗他名气不小,居然敢在总统府门前破口大骂,大总统也就一点面子不给,把他软禁起来了! 四哥,你有什么话都从肚子里掏出来,说给我!"

袁克定不简单,这堆车轱辘话,热中有冷,软中有硬,既是说服,也是压服。伯祖父当然也不简单,也一堆车轱辘话,真中有假,软中有硬,他说:"我们两家世谊颇深,我不得不直言相告,大总统要当皇帝,风险太大。既然他决心已定,你又有德国皇帝的指点,我还能多说什么。要我挤钱,只有发行帝制国债了。怎么发行? 用什么做抵押? 容我三思。"这一拖就是好几天,而且拖出了特殊待遇。伯祖父的管事可以天天送水送饭送东西了。伯祖父准备利用特殊待遇一走了之。

怎么一走了之? 见于文字的,只有志俊二伯在文史资料中的一篇文字,但不够详细。详细的还是我的耳闻:管事的送饭来了,伯祖父立即做出三项部署:一是给看守在院外的黑衣人赏钱,买他们睁一眼闭一眼;二是天天带着避风帽来,还要给他买上一顶;三是提着饭盒来,有时一个,有时就要两个。

这夜月黑风高,伯祖父就和管事绸袍换布袍,也戴上遮耳避风帽,也提上多带来的提盒,轻而易举地走出了北海公园。转天傍晚,伯祖父的管事这才戴着另一件遮耳避风帽,提着另一个提盒,也轻轻易易地走出了北海公园。

这是伯祖父一生中最具气派也最机智的经历。传闻失真也很多。有时说袁世凯暴卒后,他自然而然地就离开了北海公园;有的说袁世凯当皇帝祭天时,他还参加了呢,只是未穿中卿服装以示抗议。这都不是事实,都经不起合情合理的推敲。

讲究儒家的恕道

何以有这样的误传?这和伯祖父从来不讲述这事有关,他不以为这是什么了不起的事。在当时众叛亲离的反袁行列中,他不属于众叛,没有参加任何反袁行动,更没有对软禁他有过报复、发过怨言。他只是冷眼旁观,坐等袁世凯失败。果然袁世凯当皇帝的闹剧只演了八十三天,就在人人喊打声中,又皇帝退位,重新扮演大总统的角色了,但人人仍然喊打,窃国大盗在急气交加中很快病倒,紧闭双眼了。伯祖父讲究恕道,既没有胜利的欢笑,也没有智者的评论,只是淡然处之。

不得不多说一句的是,伯祖父处在反袁的亲离行列,是两家的世交与情谊形成的。他几次为袁世凯在财政上救急,袁世凯几次为他创办实业给予支持,袁不离周,周不离袁。他并不属于袁的死党。和遭受到杀人灭口的赵秉钧更是截然不同,需要干见不得人的勾当,袁世凯绝对找不到伯祖父。两个人只能谈正事。据说相处这么多年,工作上的事情这么多,他们俩却从来没在酒席面前碰过酒杯,也没谈过个人私事。伯祖父的正气了不起!

进军纺织企业

伯祖父的大度,据我分析,和他极强的事业心也是分不开的。他不能斤斤计较这些往事,必须倾全力完成已经拖了好久的创业计划了,这就是进军纺织企业。早在主持直隶工艺局时,由于生产的织布机畅销,由于高阳土布名震一时,他就有了大搞新式纺织企业的计划,以工厂取代家庭副业。遗憾的是担当两任财政总长拦住了他的手脚。现在无官一身轻,可以放手去做了。华新纺织股份有限公司在他手下诞生了。股金一千万银圆,在天津、唐山、青岛、石家庄、卫辉五地设厂。气派之大,称得起是绝无仅有。为什么不集中在一地两地设厂，便于管理呢？这是伯祖父的远见，以厂兴市，以厂兴棉，带动棉农的高产与丰收，总不能都开在沿海城市，都靠外棉加工。他还是识大局、有远见的。美中不足的是，由于资金不足和当时纺织业不景气，石家庄厂只买了地皮，没能建成。但这个壮大的北方纺织企业规划还是留在中国纺织史上，成为绝无仅有的一页。为了尊重伯祖父的五大纱厂的规划，20世纪50年代初期，华新石家庄纱厂这才建成，不过已纯属国营了。

北洋工业集团的形成

伯祖父一手抓几座华新纱厂的建立，一手抓正在运营的滦州矿务公司、启新洋灰公司和北京自来水公司。既有重工业，又有轻工业，已经形成工业集团了，这也是中国最早的工业集团。有人称之为炭灰集团，因为是依托财源滚滚的滦州矿务公司和启新洋灰公司起家的。有人称之为周学熙工业集团，因为所有厂矿都是他创办的。有人称之为北洋工业集团，因为这些厂矿的资金都是官僚资本，从袁世凯起，政客、军阀甚至袁世凯的师爷都成了投资者，几乎把商股包了。何况创始人伯祖父也是北洋政府一大高官呢。中国民族企业在发展中，官僚资本的投入是一大渠道。北洋工业集团的最大特色就是引进技术。伯祖父在秦皇岛组建了耀华玻璃公司。中方负责厂房、办公楼与职工宿舍，比利时方负责机器设备与技术指导。这座合资企业是中国最早最大的玻璃工厂，适应了人民的需要，产品一直畅销，形成北洋工业集团又一支柱产业。

官僚资本毕竟有限，何况有人不愿冒险投资呢。为了积累资金，也为了北洋工业集团内部产生内部循环作用，伯祖父又创办了中国实业银行。这是当时最大的商业银行，继中国银行之后，有权发行钞票，在市面流通。钞票上面印着一匹张开两只翅膀的飞马。每到除夕之夜，我必定领到一张飞马钞票，都是从银行刚刚领来的新钞票，作为压岁钱，枕在枕头下面，祝福前程也如飞马狂奔。

把洋务运动推向民间，最需要的是资金，贫穷的中国最缺的就是资金。伯祖父又创办大宛农工银行，吸收小额存款与发放小额贷款。规模不大，后又改成华新银号。由我的一位伯父主持，本可在坐吃存贷款的利差中稳稳当当。但他却买空卖空，把个华新银号办成了关门歇业。

伯祖父还利用启新洋灰公司的资金吞进了武汉华新水泥厂，展现了他在水泥事业中的托拉斯发展的雄心壮志。可惜他只走了这一步。

北洋工业集团的另一派系

袁世凯对北洋工业集团的投资，并不是放手给伯祖父，而是有自己的代理人。这位代理人是河南名士王锡彤，对我来说,这位名士可不是外人,而是我的外祖父!外祖父是河南卫辉人,家境寒素,在村塾中读了几年书,难以为继了,到盐店当学徒了。由于能写能读,掌柜的出外做营销,总是带着他一起去。既见世面,又能读到一些读不到的书。他很勤奋,自学成才,有识见,能诗文,是从草根成长的一个士大夫知识分子。百年归隐后,留下《抑斋自述》,按生平顺序分为《浮生梦影》《河朔前尘》《燕豫萍踪》《民国闲人》《工商实历》《药力余生》《病中岁月》共七册;另有《抑斋诗存》搜集了他残存的诗作。都是木板刻印。我原来就保存不全。"文化大革命"中经过查抄,不全也就变成全无了。记忆中他一生都写日记,是根据日记写成的。

外祖父草根出身,学徒出师之后,就到一家煤矿做文书。他对当时的国家的积贫积弱极度不满。他有四大反对:反对腐败无能的清王朝,反对科举制度与八股文,反对迷信鬼神,反对妇女缠足。四大反对的思想基础自然是如何强国富民。也就因为这个爱国思想,当英商到河南开矿,小煤矿必须关停,让位于英商。煤老板不识字,他就主动代写了诉状,向河南省求助。河南省官员怕洋人,不作答复,外祖父又随着煤老板进了京城,诉状还由他代写,说理还由他出面。必须有了名义了,于是成了主讲。按现在的话说,应是顾问的名义。京城的官员同样怕洋人,同样不作答复。外祖父气极了,慷慨陈词,激昂万分,但无任何结果。煤老板只好停产,员工只好失业。但外祖父却有了名气,成为河南省的爱国志士。

西太后病故了,光绪帝被毒死了,清王朝由 22 岁的醇亲王载沣摄政。他要为他哥哥光绪帝报仇,可又不敢下手,就以足疾为名,罢了袁世凯的官。袁世凯回到家乡,立即网罗名士做复出的准备。外祖父正是他指名道姓要找的人。外祖父进了袁府,第一次见到袁世凯,居然直话直说:"凭您的声望与实力,理应取清王朝而代之,宣统一个无知的小儿也能做皇帝,载沣一个不经风雨的年轻人也能当摄政王!误国误民啊!"袁世凯两眼大睁,居然未加可否,显然这话说到他的内心深处了。他立即留外祖父在袁府,成为他的门客。袁府的门客不少,但袁世凯令袁克定与外祖父结拜为盟兄弟。外祖父是盟兄,袁克定是盟弟,从此成了袁府最重要的门里人。

外祖父在袁府参与建设洛阳至潼关的铁路设计,如果运营顺利,再从潼关延伸至西安。这是清王朝继民营的川汉铁路之后的第二条铁路。由于形势变化,袁世凯东山再起了,这个计划也就成为空谈。但外祖父从事实业的志向与才能也就为袁世凯深知。外祖父又坚决不进官场,于是袁就安排他进了北京自来水公司与启新洋灰公司,一正一副,与伯祖父成了搭档,也就此成了袁世凯投资实业的代理人,奔走京津唐三地,最终落户天津法租界,紧贴启新洋灰公司大楼,买了地,盖了楼,买地还是和袁氏族人一起买的。我在天津时,每逢周末随母亲到外祖父家;我到北京后,只要回天津探亲,必住外祖父家。北洋工业集团许多幕后事,我都是从外祖父家听来的。

记得最牢的莫过于下面这件事了。就在袁世凯复辟帝制的声浪越来越高时,外祖父又进了中南海。又和第一次见到袁世凯相似,直话直说:"大总统,你怎么还想做皇帝?皇帝做不得啊!"袁世凯两眼大睁,这回可不是未加可否,而是照直问来:"第一个说要我当皇帝的是你,怎么第一个说要我不当皇帝的又是你!"外祖父说:"现在已经共和了啊,有了议会啊。"袁世凯十分气盛:"这乱世乱民,芸芸众生没有皇帝镇住能行吗?"外祖父知道他听不进去话,再劝就无法下台了,只好留个情面,从此再未进中南海,也再未与袁世凯有任何联系。曾祖赠外祖父楹联内有"月到天"之句,妙语双关,据说就是指的这件事。

在人人喊打声中,袁世凯复辟称帝失败,皇帝还原大总统又失败,又急又悔,在又惊又惧中,一病不起了。临终前袁把外祖父找了去,说:"看我们的缘分上,我死后的家务事全由你主持,会同袁克定与五夫人分家,分给我的三十几个儿女,让他们都能活下去,不准争产。如果争产,由你说了算。只是股票不能平均分配,只能分给一房,这样可以集中使用,在实业界还有一席之地。"袁世凯很清楚,在政治舞台上,他的后代绝对不能奔走,只能在实业界凭着股权说话了。

在人人喊打声中,袁府的失势"皇子",谁还敢争产,都听外祖父的安排。精明的五夫人提出财产与珠宝都少要，只把股票集中给了她亲生的六、八、九、十二四个公子。从此以外祖父为首，四大公子为主，袁世凯旧人为辅的卢家、娄家形成北洋工业集团的另一派系。

惊人之举

伯祖父与外祖父在一正一副的合作中，还是挺合拍的。两个人都不愿意在官场做官，都热心实业救国，都反对袁世凯称帝，都做到了洁身自保。作为两家互敬互助，还在事业上保持一致的行动，就是两家的联姻。曾祖在两家联姻之后赠给外祖父的自撰的楹联，表达了对外祖父的评价，也表达了对两家联手发展北洋工业集团的期待。

事出意料常八九。导致伯祖父与外祖父面和心不和，最终发生两派对立、矛盾重重的是，华新纺织公司在天津、唐山、青岛三厂之后，第四厂建在哪里，伯祖父选定郑州，应该说这个选择正确，郑州是河南中心。外祖父选的则是卫辉，应该说这个选择合情。他是卫辉人，这座纱厂规模大，从民国初年到中华人民共和国初期，都是河南省第一大厂。大厂落在卫辉，必然会让贫穷的卫辉富起来。伯祖父让了一步，改在新乡。卫辉距京汉线上的新乡仅40华里，可以两全了。但外祖父仍然坚持，他不能让家乡人离开家乡上工。在选址问题上顶住了。外祖父走了后门，向当时的民国总统徐世昌求援。徐世昌拍板了，就在卫辉设厂，不啻动手打了伯祖父一记耳光。

徐世昌何以拍板，他管得着吗？原来华新纺织公司的四家纱厂都是民营官助，都是商股六成，官股四成。这是伯祖父发展工业、借力使力的妙策。现在却成了致命的一击，官股四成不能不要，总统的意见更不能不依，只好在卫辉建厂了。但厂房落成，还没安装机器呢。他已在人事上做了惊人之举。又是极力主张在卫辉设厂、又是大股东的外祖父被调华新唐山纱厂董事长，他是那里的小股东。言敦源调任华新卫辉纱厂董事长，他连个小股东也不是，只是伯祖父最信得过的助手。另调伯父周叔弢担任经理，整个纱厂的事与外祖父切断了。这不啻也给了外祖父一记耳光。这就成了北洋工业集团的内部人士及家族中津津乐道的故事。

在这个故事中，有一个说法必须说明和校正。虽然伯祖父家族观念很深，但在用自己家族人上却很谨慎，只用了三个人，祖父周学辉，他老老实实守业；伯父周叔弢，精明而又稳重；伯父周志弢，敢干而又敢闯。伯祖父在走马换将，安排周志弢又主持卫辉纱厂，儿子主持青岛纱厂不存在私心，是他惊人之举中的识人之举。历史的发展做了最好的说明。这不是有人议论的私心，而是发展了北洋工业集团中的家族力量的量才施用。

出任全国棉业督办

徐世昌是老谋深算、八面玲珑的政客,在卫辉纱厂拍板之后,立即为伯祖父找面子,特设一个新的机构,委任伯祖父为全国棉业督办,修补友谊。这是相当于财政总长一级官员。伯祖父接受这份友谊,找回面子要紧,重登官场了。他从山海关的海边走访起,直至沧州止,决定将沿海荒地开垦为棉田,然后在中间北段设一座大型纺织厂,这样就可以把所有的棉花都织成布。但开垦荒地,需要兴修水利,建筑农舍,开通道路,必须政府先行投资,然后再以官股四成、商股六成建起这座大型纺织厂。伯祖父还揽下招商的重任,说他可以拿下来。计划拿到徐世昌那里,大总统长叹一声:"你是真能干,我是真没钱!"本来这个机构就是为了修好两家友谊而设,并不是真心要把棉业搞上去。等到大总统到站下车,成为在野人士,他临时设的全国棉业机构也就不存在了,开垦棉业计划也就不了了之,唯一的收获是和为贵,华新卫辉纱厂的震波按说可以平息下去了。

突然袭击

偏偏震波并未平息,而是在暗流中涌动。

外祖父虽然气愤,可是架不住言敦源连劝带说:"纱厂已经立在卫辉城外,你对得起乡亲们了,难道还回到你的王家大院,为这座纱厂操劳吗?何不做华新唐山纱厂董事长,仍然留在天津租界地,大家有个来往的好。"外祖父听从了劝告,服从伯祖父的安排。但我的二舅父却忿忿不平,非报复不可。他有心计,又是能说会道的炮筒子,就找了袁家的后人,找的是五夫人房下拥有股票的袁六、袁八、袁九三位公子。袁十二没有参与,我也从来没有见过,他当时还年纪小。

袁家的后代人,对袁世凯称帝持正确评价的不多。以"二太子"袁寒云为例,他很有才气,对袁世凯称帝持不同意见,但也仅怪罪身边的人鼓动和欺骗了他的父亲。有这么一说,袁世凯称帝是败在四个人手中:蔡松坡表面上书,赞成他称帝,实际上却离开他手下人的监控,逃出京城,第一个起兵讨袁。梁启超与蔡松坡联手,一个笔伐,一个武攻,用文章公开号召全国民众起来讨袁,造成人人喊打的局面。冯国璋是袁世凯提拔起来的将帅,袁世凯的嫡系队伍全在他掌控之下,他反对袁世凯称帝,拒不执行进击护国军的命令,使兵力不多、武器不强的护国军越来越大,没了自己的兵,袁世凯还想做皇帝吗?做不成了。伯祖父是财政总长兼税务督办,财权在握。袁世凯明白,各省纷纷劝进,都是想为自己捞点好处,所以凡是上了劝进书的,他都批示给钱,但条子到了伯祖父这里,不是压着不办,就是明说没钱。各省的掌权人没捞到好处，也就在形势大变中变劝进为声讨了！四大人物起了四大作用。

这才几年的光景，蔡松坡已经青史留名远行了，冯国璋也在贵为总统之后一病不起了。梁启超虽然健在，却已远离袁家，做大学教授去了。唯一还能面对面的就是伯祖父了。俗话"袁不离周，周不离袁"，偏偏离袁之后，伯祖父又搞起一座玻璃厂和四座纺织厂。他的能力好大，他的声望好大，于是怨气再加邪气，全都聚焦在伯祖父身上了。不能在他新建的工厂发难，那就在拥有股权的企业下手。财源滚滚的企业是哪一家呢？自然是启新洋灰公司了。马牌洋灰与德国水泥齐肩呢，夺过来，抓过来！

这次又是启新洋灰公司召开股东大会了。伯祖父照例在会上作业务报告。刚刚读了第一页，二舅父就伸手起立炮轰："总长，这业务报告全是假的！股息发得太少，你把钱留下来光为自己创业吗？"袁九公子接着枪响："启新洋灰公司从创办那天起，你就是总理，一直做到今天。是不是也该休息了？这不是你一个人的买卖！"袁八公子再接着手榴弹爆炸："你在搞家天下，你在这里做皇上，难道就不给我安排职务了吗？我可是你的妹夫，你吃洋灰就不让我吃洋灰！"招得哄堂大笑，就在哄堂大笑声中，伯祖父声明他总理不干了，股东大会不开了，你们就闹吧。他扬长而去。

大会变小会，经过股权的较量与协商，原来的协理陈一甫和伯祖父是好友，也随同伯祖父一起辞职，交换条件是他的儿子原为技术科长,顶替他出任协理。二舅父顶替已经退休的外祖父任协理,总理由袁六公子担任,另一个部门负责人由袁九公子担任。周家只保留了周学煇的原来董事席位,另在监察人席位上安排了伯父周叔弢,这是伯祖父在败阵中的巧妙安排。他当然不肯对自己一手创办起来的企业松手,当然不相信袁家公子是踏踏实实干事的,当然要把希望寄托在下一代人身上。他这个寄托有没有落空,那是后话了。

以止庵示老隐退

应行则行,应止则止。在启新洋灰公司受到攻击之后,自知一生创业之路已经走到尽头,六十岁的人不能再有所发挥了,伯祖父看得开,把所有其他职务全都辞去;他想得远,尽快让家族人接班,免得再受启新洋灰公司败阵之辱。

为了追求清静,摆脱干扰,伯祖父移居北京,住在一座并不起眼、也就是中等阶层人士居住的宅第。它坐落在和平门附近,前面有一个院落,有一排房,是伯祖父的客厅,然后进垂花门,有一个较大院落,两侧是厢房,正中是大厅,老夫妻俩就住在这里。一位管事,一位女佣,一位男佣,一位厨师,服侍他们。没有汽车,也没有人力车,出门就临时雇车,略有不同的是必须两辆车,忠心耿耿的管事总是一时片刻都不离开。

童年和少年时代,我随父母住在北京,逢年过节跟随父母前去拜年拜节拜寿。伯祖父总是穿着袍子马褂,笑眯眯地看着我们行礼。遇到老夫妻俩寿日,还要留我们吃寿面。他讲究男女有别。我们这一桌在外院的客厅里。每次都是这样,从天津赶来祝寿的长辈都有职务,也就都有饭局,临近中午就都走了,只有信佛吃素的叔迦伯父和父亲陪他入席,然后就是我们孙辈了。老夫妻俩的寿辰都不准杀生,桌面上摆着的八碗菜都是素菜,连炒鸡蛋都没有。八碗菜里最讲究的是香菇炒冬笋。最别致的是那碗炸酱,用豆腐干切成丁,代替肉丁。有一位美食专家,问:"你们周家都有什么特殊的美食?"我就把财政总长的寿宴说给他听。他大失所望,惊呼这和袁世凯的满桌山珍海味怎么比!其实我也失望。在寿宴上,他面前摆着核桃大的酒盅,边饮边吃边谈,出口成章,天南海北,无所不谈。只是从来不谈袁世凯,好像从来不认识这个人似的。这是他的精神境界,讲究恕道。我想听听他怎么议论袁世凯。袁家和周家的渊源太深了,矛盾也太深了,只是没有从伯祖父那里听到只言片语,无法保留下更多资料。

伯祖父是以儒学的精神为人、处世、创业。在退休之后,最后做的一件事,就是请几位儒学名家,一起精选历代儒学大师的名言,先后编出几部语录体的书,如《圣哲学粹》与《古训萃编》等。在儒学的历代发展中,他最传承并力行的是宋代程颐、程颢兄弟的理学,在"存天道"与"灭人欲"的两大基本理念上努力。虽然他没有做到出世的境界，但在他入世济世的一生，两任财政总长，又是北方实业巨子，生活却这样朴素而又平常，称得上是世所仅有了。

躲进天津租界地

年轻时听人议论，安徽在中国近代史上出了五大名人，各有各的贡献，依序是李鸿章、周馥、段祺瑞、周学熙与胡适。其中，争议最大的是段祺瑞，这人一直在倒行逆施，但盖棺定论，他最后走对了一步棋，终于成为大写的人。这步棋和伯祖父不无关系。

段祺瑞出身于天津武备学堂。天津武备学堂是李鸿章洋务运动的重点。创办的是他，主持实际事务的则是曾祖周馥，所以从这里走出去的学生都尊曾祖为师，段祺瑞当然也不例外。袁世凯小站练兵，实际上依靠的就是段，他把已失势的天津武备学堂整个搬了过去，和袁世凯结为死党。袁世凯被醇亲王罢官，回到家乡，在袁府私设电台，主要也是和他联系，他是袁世凯派系的二把手，只是在袁世凯复辟帝制之时，这才另有打算，但他工于心计，也从来没有当面反对，闹过冲突。袁世凯死后，他立即自立门户，组成皖系军阀势力，与吴佩孚的直系、张作霖的奉系，形成民国史上的"三国鼎立"局面。他依靠日本的关系比袁世凯更加紧密。当冯玉祥利用直奉皖系战争，从古北口回师北京，发动"首都政变",赶宣统小皇帝走出紫禁城,他坐收渔翁之利,取得中央政权。他上任第一道命令就是传承日本大使馆的示意,撤去守在醇亲王府门前的士兵,使宣统小皇帝轻而易举逃进日本大使馆,然后又转移到天津日租界,从此成了日本帝国手中的一张牌。他为日本帝国立了大功。但他的军阀生涯好景并不长,在直系与奉系联合作战中,他的皖系被击碎,赶忙踩着宣统小皇帝的脚步,也进了天津日租界,成了日本帝国手中的另一张牌。段祺瑞当然要把他这张牌打扮得有声又有望,拉扯一批皖系政客成立"中日密宗研究会"。看着这块招牌,就知道他们挂羊头卖狗肉,在等待重登政治舞台的时机。

时机很快来到。"九一八"事变爆发,天津便衣队作乱,宣统小皇帝趁机溜走!"满洲国"被枪炮架起!长城抗战打响!这时一个秘密使者来见段祺瑞,提出日本继"满洲国"之后再建"华北国",成为他们七分中国的第二国。这个用枪炮架起来的"华北国"拥有河北、河南、山东、山西、察哈尔五省及北京、天津两市,请他挑这个担子。是当总统还是做执政?由他自己定,紧接着又有秘密使者登门了。蒋介石请他离津南行,出任南京国民政府委员,月支生活费一万元。段祺瑞举棋不定了:是当汉奸,还是拿一万元生活费南行?段决定找几位有识有见的旧友,听听他们的意见。

伯祖父正是他心目中有识有见的一位,他很器重伯祖父在财政方面的作为,在创办实业方面的能力,尤其是在反对袁世凯复辟帝制上，两个人十分默契。当然老段更狡猾，从不公开反对，单单坐收渔人之利。比起段祺瑞的城府很深，伯祖父自然是儒家的书生气多了一些，对他派来听取意见的人照直说来，说他一生最佩服的就是李鸿章。李鸿章一生做实事，把洋务运动推动起来；又一生忍辱负重，把挨骂的事都揽在自己头上。说他记得最牢的是李鸿章警言：日本必为中国之大患。现在正进行瓜分中国为七国的活动，我们不能抗敌，还能助敌吗？来征求意见的人带着这铿锵有力的语句回去了。

段祺瑞在听取几位有识有见之士的建议之后，做出了他一生中紧急关口的正确决定，丢下他的日式豪宅，也丢下"中日密宗研究会"的追随者，不声不响地南行了。蒋介石送的国府委员未就。这个名义对他来说太小，一万元的生活费还是拿了。先留上海，后去庐山，最后病逝庐山。他的出走，不仅对日本特务与他的跟随者打击很大，对伯祖父的影响也不小。他说给段祺瑞的话，如果传出去那还得了！再说他本人也是不愿树大招风。于是当机立断，卖了北京住宅，躲进天津租界。

险遭一劫

沦陷时期，上海公共租界一度成为孤岛，天津英法租界在一起，一度也有孤岛处境，是日本人奈何不得的地区。

伯祖父的老友不少，他们天天上午都到英租界土山公园晒太阳，聚在一起谈古论今。这成了老人们生活中的唯一慰藉。

"珍珠港事件"之后，美国向日本宣战，鬼子兵立即冲了进来，租界地不复存在了。土山公园附近有一座楼房，是中国共产党地下组织的一处作坊，专门制造烈性炸药的。日本宪兵队早有情报，一直无法查找。现在英租界不复存在了，日本兵找到作坊，来抓共产党地下工作人员。实际上，地工人员在鬼子兵抢进英租界当天就撤离了。那些狗腿子的狗鼻子再尖，也无法嗅出。嗅不出又如何向日本宪兵队交差呢，贼眼于是落在土山公园这拨老人身上。他们听说主持集会的是一位财政总长，日本宪兵队队长决定有枣没枣打上三杆子再说。抓住一位财政总长当然是一件大案。

这天，一辆警车忽然堵住土山公园门口。黑衣人走来，又喊又叫，问谁是财政总长。伯祖父长叹一声：到底没有躲过这一关。只好硬着头皮向前闯去。他唯一对策就是装着耳聋，并不发话，那位总是跟在他身边的管事十分精明，指着伯祖父说："他能是财政总长吗？财政总长不跟着个姨太太侍候茶水，能不门口停着一辆汽车吗？"这话说得合情合理，黑衣人怎么看也看不出他是大人物，何况管事的话到手到，钞票已经递了过去。于是用手一挥，放了过去。但伯祖父仅仅过了第一关，还有第二关呢。几位被装进车去的老人,如果有人说出伯祖父,势必找上门来还有麻烦。好在这些被抓进去的老人都异口同声说,根本就没有什么财政总长,他们也不认识什么财政总长,也不想想财政总长是大人物,能和他们在一起闲话家常吗?这话有理。当然更有力的是钞票公关,最后全部释放。

土山公园的老人聚会从此烟消云散了,伯祖父从此很少走出家门,过着寂寞的生活。

终老北京

失去和老友们的聚会,对伯祖父是一大打击。但更大的打击是伯祖母的病故,结束了白头偕老的生活,他成了孤独老人。为了避免睹物思人的痛苦,抗战刚刚胜利,他又移居北京了。他在北京还留下一处房产,是他祭祖的地方,不是祠堂恰似祠堂,所以住宅卖了,祠堂不能卖。沦陷时期我经常在清明节随父亲来祭祖,因此记忆犹新。房子坐落在西城屯绢胡同,街门坐南朝北,有一排后罩房,是祭祖的所在,房前有一座小小院落,然后是三间大厅,大厅前面有走廊,走廊前面又有一座小小院落,种着几棵青松,这就成了花园。伯祖父住在这里,可以在院里晒晒太阳,欣赏那几棵青松。我的理解,青松在寓意他一生就像青松,住在这里,自知老了不能回归安徽周氏陵园,只能在这里陪伴祖先了。

1946年清明祭祖,应是多年来最隆重的一次。伯祖父亲自上香。我们行完礼,还要留下来陪他吃饭。仍是八碗菜,先在供桌上摆好,上香行礼之后,再回锅热过,摆到饭桌上。和寿宴略有不同的是,有一只鸡和一条鱼,大概是对家族后代人,取"吉祥有余之意"。他还是只吃碟里的菜,还是品着核桃般大小的一盅白酒,还是边吃边谈,什么都说,只是不说那些他反对过的人和反对他的人。他讲恕道,这是他的一生准则。

万没想到这竟是他最后一次跟我们吃饭了,转年秋天,他忽然病倒,只几天的工夫,就闭目远行了,没有留下遗言,更没有留下遗诗。享年81岁,比曾祖少了四岁。丧事也很冷落,报纸上连他辞世的报道都没有。

周氏家族为伯祖父留下两部传记:一是他的乘龙快婿写的,这位姑父在南方工作,而且早逝;二是伯祖父的孙女——堂姐周叔贞写的,书名是胡适题签。从堂姐这部书看来,都是创业的记录,写了他一生中最辉煌的三斗:从开平煤矿斗出了启新洋灰公司,以滦州矿务公司与英商斗起了商战,与复辟称帝的袁世凯斗来了北海公园的软禁。

祖父周学輝

祖父周学辉

　　曾祖共有六位公子。祖父是最小的一位,男女混排,位居第九,九与久谐音,是最吉祥的数字。所以从小时的小九,到后来的九爷,一生没离开九字。他没受过苦,一生下来就是官二代,在科考中又一路顺风,轻而易举就中了举人。他中举是必然的,他会背书,会背科举的文章,无须发挥己见,根据怎么背的然后怎么写就是。因为讲究背诵,我们小时在家塾中读书就是背书,背诵不出,他就又训又骂。我们都怕极了祖父。

　　一向注重功名的曾祖,这时改变了主意,要祖父在科举的路上止步,说:"家里已经有了两个进士,你不必再为进士耗费时光了,你就跟着你四哥从事实业吧,这是强国与实家之路,你要在这方面下功夫。"

年轻的候补道

　　为了开辟财源,清王朝使跑官买官合法化,巧立名目,称之为捐班。捐班最高能买到候补道,相当于候补知府。要花大价钱才能买到,但候补并非实缺,只是享受和知府同等待遇,架起高贵身份,在官场上往来,平起平坐,在社会上走动,人人尊敬。祖父成了年轻的候补道,背后又有清朝大吏的曾祖的光环,格外受到关注,他成了官场上的热门人物。确实他也传承了家教家风,见人就抱拳行礼,少说少道,绝对没有傲气;生活上规规矩矩,绝对不进花街柳巷,也不会打牌,不会吸烟,不会喝酒,在家中做寿,他倒是摆酒席,但他却是连核桃大的酒盅也不摆。在外面赴宴,面对杯光酒影,人家和他碰杯,他也碰杯;人家一饮而尽,他也一饮而尽。绝对以诚相见,绝对实实在在。这是他的特点,也是他传承的家教。

他被当时坐镇武汉的端方看中,这个官二代不会耍滑,不会取巧,可靠可用。端方何许人也?一名八旗子弟中的精英。汉学底子雄厚,留有《端方文集》。西太后带着光绪帝逃难到西安。他以陕西巡抚身份细心奉迎,又以博学应对。西太后问什么,他都能上下古今说个清楚明白。西太后非常欣赏,回到北京后,立即调他任江苏巡抚,接着又任两江总督与直隶总督。他在封疆大吏中登上了顶峰。更为突出的是,在张之洞、周馥、袁世凯联名上奏实行君主立宪、内阁行政制,西太后不得不派四位王公、一位满臣组成五人考察团出国考察。这位满臣正是端方。在考察中凡是出面讲话的都是端方。回来执笔写考察奏折的还是端方。他积极主张君主立宪,可把西太后惊坏了。但她躺在病床上已经不能表态了。接着就是西太后的呜呼与光绪帝的哀哉。清王朝立了个宣统小皇帝,由他父亲以摄政王名义主持朝政。这位22岁的醇亲王,在他的书斋里挂着一副明心铭志的对联,上联是"有书真富贵",下联是"无事小神仙"。偏偏小神仙变成了摄政王。大事小事全朝他压来,未经风雨的摄政王只有一招"依例"。何谓"依例"?就是凡事依着祖先之例。祖先怎么做的还怎么做，绝对不变。偏偏端方有变。他从照相馆找来照相师，抬着照相机沿途拍照，为安葬的队伍留下一份资料。本来是好事，却碰在摄政王的"依例"上了。他盛怒之下，居然罢了端方官职。实际上是保守派对立宪派的一锤重击。端方当然不服，另有打算，谋求到正设计中的川汉与粤江铁路的护路大臣。护路就要有兵，他是为了有兵也好待机勤王，纠正这位摄政王的治国无能了。在赴任途中，还在河南袁府住了几天，袁世凯被摄政王以并不存在的足疾罢官，自然也在待机而动。两人见面是一拍即合。端方的女儿许配了袁五公子。端方到了武汉，自然心怀大志，一手抓兵权，一手联络各方。祖父成了官二代的一方。杯光酒影的背后含义，祖父也许知道，也许全不明白，反正他从来不说不讲。端方和袁家成了亲戚，也就和周家成了远亲。远亲也是亲，可以组成派系了。

遗憾的是，端方还是栽倒在"依例"的咒语之中。盛宣怀向摄政王讲，铁路一向官办，如果放开民营，后患无穷。摄政王认为西太后同意修铁路，就是官办，何来民营？收回收回！既言而无信，又给价极低，终于激怒四川民众，组织起护路义军，公开武力反抗。这还得了，摄政王急令护路大臣带兵入川镇压。端方是个文人，他不会骑马，只能坐轿，在行军途中被埋伏的护路义军乱刀砍死。义军中有哥老会人员，他们最善以弱胜强，打埋伏仗。有个材料写着，埋伏在清军中的革命志士把他杀死，其实不是。端方带的是八旗兵。

虽然八旗兵已无多大作战能力,毕竟用着可靠,满族中没有投身革命的,这是历史事实。也正因为端方把八旗兵全部带走,溃败在征程中,武汉只留下几营清军中的汉兵,这里可是埋伏着不少反对清王朝的志士,使辛亥革命得以成功。

在辛亥革命中,祖父是一位亲身经历人。他先是闭门家中坐,以静待变,本以为来一阵枪响之后也就万事大吉了,但袁世凯复出了,派兵进击,大炮狂轰,祖父这才扔下花钱买的候补道,沿江而下,逃到上海。

年轻的议员

从上海回到天津,祖父在泰安道大楼安家之后,迎来中华民国成立,迎来袁世凯出任大总统,迎来他一生中的第二个职位,众议院的议员。社会身份更高了,还没花一分钱,这自然是"袁不离周,周不离袁"的又一体现,好在众议院的议员也和候补道差不多,除了应酬还是应酬。作为年轻的议员,他是多一句话不说,多一步不迈;人家举手,他也举手,人家投票,他也投票,绝对随大溜。

何以随大溜?这也是秉承家教。曾祖就说李鸿章有句名言,即清王朝破屋论。现在改成中华民国了,破屋就不是破屋了吗?还是破屋!既然袁世凯顶着,那就帮他顶着,就看他怎么顶着了。这话可是话里有音了。年轻的议员洗尽火气，见人就抱拳行礼，不说也不道。众议院议员本来就是不持异见的变相官员。

袁世凯复辟称帝了，不表态的议员也必须表态了。有人告诉他，你也应该写劝进书了。祖父就去请教伯祖父，伯祖父说绝对不写，给他拖着，拖又拖不过去，筹安会的人说："你就不必写劝进书了，就在别人的劝进书上签个名字就可以了。"祖父说："周家人只在人家劝进书上附个名字，这合适吗？我请示我的父亲再说。"曾祖嘱咐，那就写一份假劝进书拖下去。从治国之道写起，如何发展农业，兴办实业，开辟交通。一章接一章写下去，反正总是写不完。果然这一招见效。筹安会的人来了，又是着急，又是无奈，为什么写这么长，八行书就可以了。要的就是你的签名。祖父说："我总要把建国强国的建议全写出来，才能签名。"

就在这一拖再拖的过程中，伯祖父被软禁在北海公园的消息传来。祖父立即扔下写不完的假劝进书，也扔下不花一分钱得来的众议院议员身份，逃进天津租界，躲进他的泰安道大楼里，再次以静待变。

年轻的总办

伯祖父脱险归来后，祖父悬着的心终于放下了。伯祖父和祖父谈："从今往后，我们不再涉足政坛，他袁世凯当皇帝，是成是败，都与我们无关了。我们只做我们应该做的事,这就是把洋务运动深入民间,把实业搞上去。"伯祖父把谈判中断的与比商合资的耀华玻璃公司建起来,这事由他抓。还有计划中的华新纺织公司,这事就由祖父来抓。所以祖父成了华新纺织公司的年轻总办,这年他还不到三十岁。实际上是哥俩唱戏,祖父在前台支应,伯祖父在后台指挥。规模之大,在当时纺织业中绝无仅有。在中国纺织史上占有辉煌的一页,华新还成了著名的品牌。

必须加以说明的是,有的材料在介绍袁世凯投资北洋工业集团,把华新四家纱厂也算在其内,实际上这四家已和袁家无任何关系了。袁世凯死后,家产分散,无人投资。只是有人瞅着周家大搞实业,心情不畅,无非发发怨气。但袁世凯的党羽仍在。他们可不是心情不畅、发发怨气即止,而是有机可乘,见缝就钻,朝着华新纺织公司的年轻总办一棒打来。

是谁给了祖父一棒?这人就是臭名昭著的曹汝霖。曹汝霖是上海人,清王朝末年赴日本留学。归国之后进庆亲王王府,从日文译员升至幕僚。庆亲王告老,整个班底纳入袁世凯体系,他成了袁世凯的亲信,出任外交次长。他的权限超过了外交总长,在与日本秘密谈判"二十一条"中起了极坏的作用。段祺瑞执政期间,他又做掮客,向日本秘密借款购买武器,把段祺瑞拖成亲日派。就是这个人,他提出:"华新纺织公司规模之大,政府投资之巨,年纪轻轻又无实际经验的周学辉岂能胜任得了!还是由我出面,请一位日本顾问,带几名日本技师,提高产品质量,万无一失吧。"

消息传出,祖父立即听从伯祖父的指示,解散华新纺织公司,四座纱厂各自收购官股,独立民营。年轻的总办当然也立即停职,让亲日派带着日本顾问和技师进不来。

北洋工业集团守业人

虽然年轻的总办又成了往事,但祖父立定北洋工业集团已成定势,在华新天津纱厂与卫辉纱厂收购官股四成上,都由他出资并集资完成,这两家纱厂就由他掌控了。稍后,伯祖父猝不及防,在启新洋灰公司受到了夺权之争,自知年事已高,应当预作后事安排,决定将北洋工业集团的其他单位,中国实业银行、滦州矿务公司、滦州矿地公司、耀华玻璃公司、北京自来水公司,除华新唐山纱厂与青岛纱厂因股权例外,全交祖父掌管,于是他成了北洋工业集团的二号人物,也就成了北洋工业集团的守业人。

祖父守业规规矩矩,却接连失手,这是迎来中华民族更加灾难的年代,民族企业整体面临灭顶之灾,他当然顶不住。

日本帝国主义制造了"九一八事变",制造了天津便衣队暴动,制造了"满洲国",制造了"冀东防共自治政府"。华新唐山纱厂在强迫下不得不与日商合资经营,接着华新天津纱厂也在日本浪人的走私狂潮中,不得不出售给日商。

就在谈判结束，在日本领事馆签订低价出售合同之时，祖父悲从中来，准备再向伯祖父请示，还想再争一争，售价实在太低了，他走到电话机旁，万没想到电话机的电线被切断，打不出去了。明摆着的，向外界联系不成；不签字想走出日本领事馆也不成。接着耀华玻璃公司的合资，也在重压下将股份售与日商，中国董事会也就有等于无了。接着"七七事变"爆发，由于卫辉的沦陷，华新卫辉纱厂石沉大海，是毁是存？连点消息都无！

华新卫辉纱厂在战火中安然无恙。祖父终于得到了消息。要回纱厂吗？这不可能，总要尽力而为。他找了当年要取他而代之的曹汝霖，原来他们早就认识。这位亲日派在"五四运动"中被视为卖国贼，连他的住宅也被一把火烧光。日本侵占京津之后，居然也未敢重用这名马前卒。只让他作为亲日名流，在社会上晃来晃去，代人说事，倒也捞了不少好处。作为一项买卖，他很快打听出华新卫辉纱厂已由收购华新天津纱厂的日商掠夺。曹汝霖本来还想接着插手，但被祖父的一个红包挡住。他不能把亲日派请进来，还是直接和日商谈判吧。这名日商也够得上是谈判桌上的老对手了。

要说研究周氏家族，这名日商应该是第一人，他不仅对华新四家纱厂情况摸底，对北洋工业集团实力也很清楚。他说："我是大大佩服，一定要和你们大大合作的。"但对抢占的卫辉纱厂是否估价收购，是否合资，是否退让，他却支支吾吾,反正每次请他赴宴,他必到必吃。祖父的本事仅仅是请客吃饭。奈何奈何!

有趣的是,强盗式耍赖的日商,这天却突然来到泰安道大楼拜访祖父来了。这可是从来没有过的事,而且放下了他那高傲的姿态,向祖父深鞠一躬,哭丧着脸说:"我向您告别。"原来这位日商还是日本居留民团的骨干,现在中日战争已从敌进我退进入敌我相持阶段,中国有着敌前敌后两个战场,日本的兵员奇缺,已经应付不来,在加大征兵的范围下,日商在劫难逃了。他再向祖父深鞠一躬,悲伤着脸说:"我向您保证,只要我还能从战场上回来,一定把卫辉纱厂的事妥善解决。绝对不让你们吃亏,绝对不是霸占。"祖父忙说:"我们现在就可以把解决方案定下来,是收购吗?是合资吗?是把经营这些年的利润分几成给我们吗?"他又向祖父深鞠一躬,耷拉着脸说:"来不及了,一切都来不及了,我只求您宽恕,求您为我在观世音菩萨像前保证我不是坏人。"他还亮出挂在胸前的观世音像。祖父当然说:"我保证。我相信你还会回来,我们还会见面。"

日商回来了吗?没有,永远没有。祖父倒是经常讲这事,说印证着"善有善报,恶有恶报"的古训。

"九五之尊"

祖父守业接连失守,也和他帮手有关。他的最大帮手是李五爷。两人关系密切,北洋工业集团内部人士戏称他们俩是"九五之尊"。

李五爷的大名,说不清楚了,在官场上的经历也说不清楚了,只知和我们这一支沾亲。我的婶母的姐姐是李四爷的夫人,所以也就顺着这个关系,称呼他们大姨和大姨夫,我都见过面。只是李五爷从未谋面,也就谈不上应该叫他什么了。如果不沾亲带故,守业一生的祖父绝对不倚不靠他的。这是家族经济的一大特点。但沾亲带故就可以倚靠吗?李五爷的行为做了回答。凡是他能掌控的企业,他都把他的人安排进去,实权在手。祖父只是挂个空名而已。

沾亲带故的经济合作,终于在中国实业银行失守中曝光。董事会与总行本来都在天津,是为北洋工业集团配套的银行,后来总行移到上海,向全国发展,广设分行。分行有了相对独立性。"七七事变"爆发,国土被切成碎块,中国实业银行也被切成碎块。董事会与总行、总行与分行形成各自为政的局面。重庆分行更是变相成为独立王国。是买空卖空,还是信贷出了问题,说不清楚了。在行将倒闭之际,一位长袖善舞的人物曹汝霖出现了!他背景天大,从蒋政权的官员手中调出几十万法币,将分行救活。立下合同,中国实业银行原来的股本贬值为四成。他调来的几十万元也就只相当于中国实业银行的一座大楼。中国实业银行有多少分行就有多少座楼呢,这已经是劫收了。劫收再劫收,抗战胜利后,他又带着他的一伙强行接收总行。祖父远在

天津这才知道出了大事,自然要去上海交涉。必须找个能
说会道的帮手,自然是李五爷了。李五爷说:"还是我独自
去打头阵吧,也好有回旋的余地。"结果败下阵来,原来的
董事不留,只留原来常董为监察人,李五爷就把自己的名
字写上。歪嘴的和尚念歪经,李五爷还对祖父说:"我是为
了你的面子,你常董怎么能屈就监察人呢,只能我屈就。"
祖父一声不吭,"九五之尊"成了"九五之灾"!这事激起家
族中极大愤慨。我亲历这难堪的局面,一位伯父在向祖父
的寿日拜寿时这样喊:"姓李的怎么能这样做!"祖父还是
一声不吭。

　　现了原形的李五爷,也没在监察人席位上坐稳。他败
在吞云吐雾的鸦片烟恶习上,很快就呜呼哀哉了。因此他
在谈判桌上谈定的事也要另议了,何况还没有祖父的签
字。志厚四叔以创业人之子的身份,哥哥周慰曾以守业人
之孙的身份,联同其他董事,特别是李五爷的家属,一起奔
走上海,展开谈判桌上舌战。曹汝霖一边让了一步,一边进
行分化瓦解。最终未能解决,直至全国解放,曹汝霖逃到美
国,丢下他的劫收大业。

　　回顾祖父的一生,本来在守业中还可以创业的,但他
没有闯劲,守业又接连受到打击和挫折,从北洋政府的官
僚,到日寇的掠夺,再到国民党的劫收,他算是把中国近代
史上民族企业的苦难吃遍了。在传承周氏家族的家风上,
也传承了恕道精神。以李五爷的算计为例,他当然心知肚

明,但对他的后人还是做了肩负重任的安排。

忍辱负重

已明知吃亏也不吭声的祖父,还迎来了一场夺权大战。这场大战埋伏已久,是启新洋灰公司那场大战的后遗症。袁六公子坐了公司的大位,袁九公子有了部门的座椅。唯独冲锋陷阵的袁八公子,由于是周家的姑爷,却什么也没捞着。他发出誓言:"吃不着洋灰就喝自来水,袁家也是北京自来水公司大股东,不能总是落在周家人手里。"

股东大会召开了。北洋工业集团的河南系人员到场助威。轰第一炮的仍然是我的二舅父,他声色俱厉,质问:"北京自来水公司从开业到现在,为什么从来不发股息,钱都进了谁的腰包?"这一炮没轰对路,北京之大,水网之广,工程之多,全靠水钱支撑着这座业洲第一的水务公司,他在炮轰中疏忽了自来水企业的公益性。袁八公子接着响枪了。他再次撕破脸皮,用手指着祖父:"公司经营一团糟,你管了没有?我看你没管,也管不了,那就退位让贤吧。"这话实在难听!祖父如果一怒之下,宣布股东大会停开,拂袖而去。他们私下里协商,这样袁八公子也就夺权成功了。偏偏守业的祖父不是创业的伯祖父,他没势派,也没火气,就是坐在主席台正中那把椅子上不动,只回敬了一句:"我们已经没什么了,你们也就别再抢了。"九内兄与十妹夫唱了这么一出戏,招得哄堂大笑。就在哄堂大笑声中,袁八公子提出罢免公司经理的提议,大概他是这样想,董事长没捞上,捞个掌实权的经理也不错,反正自来水他喝定了。

事出意料常八九。袁八公子的想法碰碎在李五爷的派系上,掌权的经理是李五爷的人,本来就是亲日派,身边又有个日本顾问,顾问就向有关方面做了汇报,以自来水企业为公益性企业,股东大会未经报批就罢免经理,应属无效,虽然这个说法并不合理,但袁八公子的誓言还是碰碎,这么一闹还怎么见面?

事出意料常八九。两个人又在宴会上不期而遇。祖父有守业的本事,笑脸相迎,好像根本没有当众受到指责与要他退位让贤的难堪;袁八公子更会随机应变,还要转败为胜,对祖父说:"那回你没从椅子上挪位,完全靠了你的虾兵蟹将。这回咱们一对一,在酒席桌前拼个胜负吧,倒看你能喝上几杯不醉。"祖父不喝酒,在家中的饭桌上,连核桃大小的酒盅都没摆过,但在应酬场合,又从来不拒绝碰杯。这也成了他守业的本事。碰上几杯酒就把那段不愉快的事碰碎。毕竟在北洋工业集团中,袁不离周,周不离袁啊!于是一杯又一杯碰酒,一杯又一杯一饮而尽,结局是袁八公子再次败下阵来,醉倒在酒席桌前。祖父很少说他自己的事。确实一生守业又一生守业不成,也没有什么可说的。只是这件拼酒不醉的事,成了他得意之事,在饭桌上说了讲了。

华新卫辉纱厂失而复得

抗战胜利了,华新卫辉纱厂失而复得,祖父一生守业,总算有个交代,只是麻烦仍然不少!

卫厂的经理自然是李五爷的好友,李五爷在世,他听李五爷的;李五爷魂归那世了,他就形成独立王国,视卫厂为自己的私产,吃个脑满肠肥的。他从李五爷那里早把祖父的守业性格摸透,准知道他能忍而又能让,祖父身边没有自己的团队,又绝对不会到卫辉来追究。

卫厂的经理也是犯了千算万算丢了一算的病。也不想想这么大纱厂设在卫辉,是由于外祖父的争取。外祖父不在世了,但他的后人还在,股权还在,一位表兄决心挺身而出,以董事长代表的名义来到华新卫辉纱厂,当众免去经理职务,由代表直接管理。这位经理既是李五爷的好友,自然也是官场的老手,如何吃得下这一记响亮的耳光!盛怒之下从卫辉来到郑州,从郑州飞到上海。准备再从上海飞到天津,向祖父大兴问罪之师。这事把能忍让的祖父难坏了,怎么消他的火气,怎么安排他的席位?有道是善者不来,来者不善。偏偏又是事出意料常八九。当时坐飞机,一票难求,必须托人购买,就在等票期间忽然心脏病发作,客死旅途了。祖父发去唁电,送去奠金,总算做到了和为贵。

守业的祖父意气风发了,决定召开多年未开的股东大会,总得将华新卫辉纱厂怎么被掠夺,怎么又复归,怎么又罢免经理,前前后后做个交代。股东不多,又是北洋工业集团内部人士看不上的企业,这会好开,走走形式而已。万没想到这会也不风平浪静。言敦源的二公子在会上响枪鸣炮了。他指责董事长用人不当,管理不力,完全没有他父亲当年严格遥控的作风了。祖父又一声不吭,他似乎没听明白。这边的攻势刚刚结束,那边的人又发难了。二公子既不响枪,也不鸣炮,而是走上主席台,和祖父耳语一番,要为已有董事席位的陈家兄弟再争一个席位。祖父还是一声不吭。好在他把救兵搬来,伯父周叔弢说:"股东大会还是通过工作报告,人选问题会后解决比较稳妥。"股东大会这才按既定程序收场。但气急了的祖父说:"日本人强占纱厂怎么不出面呢!"他守业上,除了请客吃饭、坐着不走、一声不吭的三招之外,又加拖着不办第四招。还真拖出了风平浪静。言二公子等不来人事协商,却等来了飞机失事,死在因事故由沪返津的空难中了。陈家弟兄等不来人事协商也就不再鸣枪响炮,听祖父的劝告了。应该说,声望也是他守业的另一招。

陈氏兄弟怎么还听祖父的劝说?祖父怎么还有这样的影响?这就不能不说到他们先人陈光远的来历了。陈是武清县(今武清区)人,上过村塾,粗通文墨,在袁世凯小站练兵中节节上升,最后升到江西督军。正好迎来袁世凯的复辟称帝,蔡锷云南起义,袁世凯急令他进军云南,抄蔡锷护国军的后路。但他也归冯国璋节制,冯国璋的命令则是按兵不动。两个命令,他听谁的?他走了举足轻重的一步,结果是按兵不动,为袁世凯的复辟称帝起了拆台的作用。伯祖父赞扬他的深明大义,在组建华新纱厂时就请他投资,于是成了华新卫辉纱厂的另一位大股东。陈光远生前对周家办事业而又文风很盛,也高看一眼。有这样的事,他的孙辈出生,都要请祖父按固定的排行字外,起了一个多达十四划的名字,以示枝繁叶茂之意。祖父回回完成任务。而且是他最愿意做的事。为后代祝福,这是他的因果论中的结善因。

恕道为重

　　袁世凯炮制的洪宪帝制只维持了 83 天, 就在人人喊打声中垮台。他也在焦急与悔恨中魂归那世了。他留下了多少金银珠宝、多少文物古玩,说不清楚了,能说清楚的是,他还留下 200 万元存款。这在当时是一笔惊人的数字了。主持为袁家分家的外祖父,就和袁克定讲:"你大手大脚、又好面子,分了实物还不是左手来又右手去,便宜了别人,你就不分少分吧,多分你存款,你用来买房产,大宅门与小四合院可以有二十多座。从此依靠房产为生,月月有租金,做个不愁吃穿的隐士吧。"袁克定自知自己是个破鼓万人捶的角色了,不说也不争,但却并没有按外祖父的嘱咐做。也就是二十年的光景,他已经成了穿绸袍的乞丐,坐等他的弟弟妹妹供养了。虽然分得丰富遗产的弟弟妹妹,生活都还过得不错,却是谁也不敢也不能长期供养这位不事生计、有钱就花的贵为"皇太子"的哥哥。还是找个月月有钱可拿、细水长流的出处吧。于是就借袁克定常说的"袁不离周,周不离袁"那话,不知其中的哪位找到祖父,说袁克定一生就担任过一个名义,就是开滦矿务局督办。这个名义本来是公推伯祖父周学熙担任。但伯祖父不与强盗似的洋人合作,坚决不就。袁克定出面顶替,这才结束了合并的最后难题。其实他只是挂个名义,之前连开滦矿务局大门都没进过。袁世凯垮台,当然他这个名义也就没了。将近二十年岁月逝去,现在要借这个名义月月拿钱,经得起推敲吗?如果经得起推敲,也应由开滦矿务局支付养老金,与滦州矿务公司无关。当然要向开滦矿务局办这事,那可是难如上青天。

救急要紧。祖父从恕道出发,不念伯祖父被软禁北海公园的往事,也不念北洋工业集团内部宿怨,慨然应允,为"瘫太子"在滦州矿务公司月支 200 元薪金,什么名义说不上了。直至 1949 年以后,滦州矿务公司已名存实亡,祖父已无权无钱再批为止。据说袁克定生活费后来由中国文史馆发给。如果我记得不错的话,他 80 岁终老于北京西郊。

更重情义

盘点祖父一生,更重情义,几十年如一日承担照料妻儿重托,应是一生最大的亮点。

这事还要从年轻候补道那年月说起,祖父经常赴端方的酒宴,在杯光酒影中和端方爱将万德尊成了好朋友。万德尊是湖北潜江人。虽然不是官二代,却也是书香门第,世家子弟。比祖父长了一岁,多了一个镀金的经历,是日本留学生,本来去的时候,要学理工科,但到了日本,受强国必先强兵的思想影响,他进了日本士官学校。在校期间,恰恰和阎锡山是同班同学。阎锡山参加了同盟会,就问他参加不参加;如果参加,阎锡山就做介绍人。万德尊坚决拒绝,他还是君主立宪派,也正因为这个政治观点,他成了端方的爱将。端方入川,万德尊也就在武汉无影无踪了。两位好朋友多年都没有联系。

岁月无情亦有情,当年一起在端方酒宴上碰杯的黎元洪成了民国副总统,而且成了远亲。祖父去黎府赴宴,恰和万德尊碰了个正着!他成了黎元洪的秘书。祖父就说:"你到天津怎么不找我?"万德尊抬不起头来,说:"我比不了你呀,你候补道一变就是众议院议员,再变就是华新纺织公司总办,够得上风云人物了。我现在是代人舞文弄墨,公文也好,私函也罢,全得看人家眼色,按人家意思下笔。看着满意就算交差，看着不满意就得另起炉灶。我这秘书成了侍候人的了。比侍候人更难受的是，秘书还成了管家，妻妾争风的事也得我连劝带说，我成什么人了，挂笑脸的大管家吗？我一生错走了一步棋，不该进士官学校，做了杀人的行当！如果像你似的走实业救国之路，多好多好！"

从清王朝末年转型到北洋政府时代，万德尊也够得上青云直上。文官做到察哈尔都统，武职挂上中将的星花。说不清他是属于哪个派系了，失势之后这才来黎府屈就。当然文官与武将都没白做，手里还是有钱的。祖父说："你要参加实业救国之路还不迟。实业最缺的就是资金，你投资吧！"万德尊下了决心，除在当时的意租界留下一墙之隔的两座小楼，一座自住，一座出租外，其余的房产和资金全部交给祖父，投资实业。他信得过祖父，祖父也对得起他，给他年年发息，发年年股息都高于银行利息的滦矿股票与启新股票。万德尊的生活绝对有了保证，从此成了北洋工业集团的一员，在经济上万家和周家同呼吸共命运了。黎元洪病故，他也就丢下秘书兼管家，做起了寓公。不仅和祖父常来常往，还和好写诗的七伯祖父周学渊有赋诗唱和之约，称得起是优哉游哉了。

人生多变，好景不长。万德尊不仅在留学上错走一步，还错走了在烟榻上吞云吐雾之好。抽大烟抽到一定程度，如果染上腹泻，俗称烟后痢，必然难逃死劫。万德尊久泻不止，自知死劫已至，就把祖父找到病榻前，说："我们在端方的酒宴中一见如故，记得端方对你有个评价，为人老实，待人诚实，是最靠得住的人。我就依照端方的评价，再凭我们的一生友谊，把我的妻儿托付给你。留下来的、年年生钱的两份股票都在你们周家的掌握之中，你就帮他们母子取息，帮他们母子生活下去吧。"祖父慨然应允，立即和万夫人见面，说："请你立一本账，到取股票时，你记个日子；还股票和股息时，再记个日子；如果股息没发下来，你有急需，我先垫付，你也记个日子。你家的事就是我家的事。"

祖父的慨然应允也是传承了家风。祖父的祖父就受好友托孤之事，帮他料理香油作坊多年，直到孤儿成人。还帮他娶妻成家，这才把作坊的账本交结，帮他子承父业之后，另寻出路去了。这也是我从小就听说的周家故事。

万夫人薛咏兰

薛咏兰是万德尊的第三任夫人。第一位夫人生在湖北，死在潜江，育有一子，这个儿子以后也来到天津。第二任夫人是薛家大小姐，为万德尊生下第二个儿子，生下来没几天就因产褥热，丢下嗷嗷待哺的幼婴去世了。急如星火，在父母之命别无选择的情况下，薛咏兰成了万德尊的第三任夫人，实际上是小姨嫁姐夫，既无思想准备，也无爱情可言,一切都是为了这个幼婴。

万德尊不仅在留学时错走了一步,而且还染上了日本军人的霸气,再加上在中国官场上传来的官气,总是板着面孔,说话就像下命令,凡事都是他说了算,绝对没商量。能诗能文的薛家二小姐嫁的不是丈夫,而是一位长官!她受得了吗?受不了也得受,她无法反抗,也不思反抗,只能寻找一个宽松的环境,安慰心灵,寻找寄托。几乎天天都是这样:安排好家务,过午就带着不是亲生也恰似亲生的儿子进剧院看戏去了。这个孩子在没上家塾上学之前,就已经在剧场入学了,薛咏兰能诗能文,当然对京剧很爱好也很理解,场场都是把剧情和人物讲给儿子听,无意中为小小心灵打下了爱好戏剧的基础。这个儿子就是万家宝,也就是后来享誉剧坛的曹禺。

薛咏兰的奉献是巨大的。但某些文章为了提高曹禺少年时如何孤独与冷淡,讲述他得知母亲不是他生母时受了极大刺激。从母亲从小带他看戏、为他讲戏来看,这恐怕不是事实。倒是有个耳闻,万德尊对待儿子非常严厉,往往对儿子使用军人式的教育,每日都是慈母般的薛咏兰拦住,甚至演变成夫妻之间的争吵!还有些文章出于同样的目的,描绘少年曹禺如何苦闷与彷徨,父母双双倒在烟榻上吞云吐雾,根本不关心他。这恐怕也不是事实。倒是也有个耳闻,薛咏兰持家勤俭,不但大烟不抽,就连纸烟也不吸。

偏偏薛咏兰又在家教中出了新点子。对从家塾走向南开中学的少年曹禺,薛咏兰说:"学费很高,你又在外面吃午饭,又参加话剧演出,这要多少钱!你先到九爷那里借支吧。"她的用意就是借钱手背朝下,到祖父这里借支,控制他花钱。少年曹禺就从意租界到英租界的中心。实际上这也是那个年代的天津市中心。英租界的戈登堂、利顺德大饭店、开滦矿务局和泰安道大楼都是紧邻。祖父的住处就在泰安道大楼。少年曹禺惊了。其实初来乍到的人都会惊住的,院落之大,楼房之大,在小洋楼林立的租界里称得起绝无仅有了。对少年曹禺来说,他还多了嘉宾的享受。客厅之大,他没有见过!沙发之大,他没有坐过!再加品着香茶,实在是一种美的享受,使他印象深刻,使他忘记了手背朝下的拘谨。大大出乎薛咏兰的预料,祖父是把钱装在信封里给他的。更出乎预料的是,曹禺的第一部剧作《雷雨》的第 幕的外景就是源自这座客厅。应该说,薛咏兰又无意中助曹禺成名。多么了不起的小姨兼继母!

被《雷雨》抹黑

《雷雨》定稿,拿到文学刊物上发表。却意外的接连碰壁,退稿的理由完全一致:这是伤风败俗之作。哪有一家两次乱伦的?哪有这样一个完全超出中国女性本色的女主角?太离奇了!为《雷雨》奔走发表的曹禺好友,既是南开中学的同学，又是从天津走出去的作家。他信口开河，说："怎么太离奇了，这就是天津周家的事实啊。周家和李鸿章的关系，周家和袁世凯的关系，周家和开滦煤矿的关系，财大势大，他家不出这样的事那才怪呢。"还真把编辑说服："是啊是啊，这种离奇的事也只能出自周家。"剧本发表，轰动一时，谎言也就变成珍闻，传遍京津沪三地了。

第一位被抹黑的是伯祖父周学熙。他在周氏家族中名气最大。连袁世凯的头像落在银圆上，俗称袁大头的，也是他的杰作。中国近代史上，安徽有五大名人，他名列第三：分别是李鸿章、周馥、段祺瑞、周学熙、胡适。一部电视纪录片《雷雨》的故事被安排在他家，还配了一张楼房照片。事实上，那根本不是伯祖父的住处。更可气的是，伯祖父与伯祖母白头偕老，这里硬给安排老夫少妻的经历，纯属编造！

第二位被抹黑的是祖父周学辉，这可是有依有据。万德尊托祖父照看他的妻儿，没错！祖父一直和薛咏兰保持联系，没错！曹禺从少年到青年，多次到祖父家来，没错！祖父因祖母是扬州名门的徐家小姐，家里有一定的扬州风味，没错！研究曹禺的专家学者于是纷纷大驾光临，根据剧中人物对号入座，问我："你祖父做过包工头吗？修过铁桥吗？"我说他做过候补道和众议院议员，做不了包工头，也修不了铁桥。有人问我："你祖父祖母是一夫一妻吗？"祖母先行，祖父随后，相差只有几年，都是高龄辞世，不可能续弦。有人问我："你祖父家雇着年轻的使女吗？"祖母出嫁之时，从扬州带来两位陪嫁女佣，和祖母相伴一生。几十年后，一位告老还乡，一位就终老在祖父家。从来没有用过年轻的使女。应该说，所有对号入座的问话全落了空。但误传依旧风行。我印象最深的是，一次外出，同行中一位画家，初次见面，他照直问来：《雷雨》是你家的故事吗？"还有一位来自上海的电视台记者，照直提出：《雷雨》和你们周家的关系，请你介绍一下。"好像谎言已成定论，谁都信以为真。

第三位被抹黑的竟是我这周家的后代人。过错出在我的处世准则上：来访者不拒，有问者必言。这当然也就传承了周氏家族中讲究礼数的家风。那是"文化大革命"刚刚结束，一位南开大学中文系高才生，对曹禺剧作有兴趣，准备写《曹禺传》。这当然是有意义的事，这之前还没有人为曹禺写传呢。本来早就有人建议我为曹禺写传。两家关系这样深，我又有至亲在北京人民艺术剧院工作，找他太容易了。但下笔却太难了，万德尊的一生怎么写？他的恩师张彭春怎么写？他的前妻郑秀怎么写？他的小姨兼慈母薛咏兰怎么写？他的父亲和母亲争争吵吵怎么写？这大概是曹禺最不愿说也最不愿留下的。既然他心有隐痛，为什么我偏偏去触他的伤疤呢！还是由一位局外人，不必瞻前顾后，从另一个角度来写吧。这位高才生来得正是时候，祝他成功吧。虽然我们只见这一面，凡是能说给他的，统统说给他听了。留在嘴边没说的是：万德尊临终前对祖父有重托；从抗战以前到抗战胜利以后，曹禺有十多年没回到天津，没照看过他母亲，都是祖父照料，还兼及他同父异母的哥哥万家钦。

几度春秋过去，高才生的《曹禺传》问世了。为念一面之缘，还送了我一本。使我大吃一惊的是，书中竟将《雷雨》剧中的两个乱伦的故事全都写成周家的"丑事"！与那位为《雷雨》发表而编造谎言的作家起了遥相呼应的作用。何况白纸落黑字，更加以假乱真，更加有说服力，似乎铁证如山！但是铁证不铁，语境不完整，经不起推敲。周家的"丑事"，他曹禺怎么知道的？没有交代。他又怎么知道曹禺知道的，是曹禺说给他的？没有交代。当然没有交代，也并无根据，完全踩着那些荡来荡去的误传落笔，完全无视戏剧创作的艺术规律，完全不是以严谨的治学态度写传。

又是几度春秋过去。《曹禺传》的作者今非昔比了，已经荣登研究曹禺的专家学者行列了。遗憾的是，他沐浴在改革开放的春风中，却未能让春风吹散他留在《曹禺传》中的偏见。在一篇记者对这位专家的采访中，居然这样讲："我曾经访问周家的后代，著名的儿童（文学）作家周骕良。他就说《雷雨》写的是周家的故事。"不仅有了人证，还口中留德，没把书中的"丑事"搬到访问中来。我被抹黑了，而且迎来许多责难。周氏家族人多，各支各系被震动了，就先后拿着报纸来问："我们都在否定《雷雨》的故事和周家有关，怎么你却承认下来?"我说我能这样讲吗?人家成了专家就敢乱说乱讲,记者就深信不疑嘛!专家之言大如天嘛!

砸碎谎言

大如天的专家之言,终于被砸碎。谁来砸碎?曹禺!

一位演过《雷雨》的演员和我讲:"《雷雨》的故事原来和你们周家无关,曹禺有文章发表在文史资料的刊物上。"我急去新华书店找,没有找到,不过我也没有空手而归,找到一本《曹禺自述》,是曹禺自己写的文章剪辑而成。书中有这样的语句:"有人说《雷雨》的故事是影射周学熙家,那是无稽之谈。周家是个大家庭,和我家有来往。但事件毫无关系,只不过借用了一个他们在英租界一幢很大的、古老的房子的形象。"虽然文字简单,点到即止,毕竟一句"那是无稽之谈"做出了最确切公正的回答。

当然我也在思索,难到万家和周家的关系只是轻描淡写的来往吗?怎么"一幢很大的、古老的房子"的主人都不提吗?怎么曹禺去了多少次都不说吗?

我终于和曹禺面对面了,我也是周家后代唯一和他坐在一起谈过话的人。那是1956年薛咏兰辞世之后,曹禺应邀到天津来。他已无家可归,只能待在招待所里。下午领导有会,就要我去垫个场,还说:"你们一定很熟吧?"其实我们没见过面。

在招待所的客厅里对坐下来,这位知名的剧作家也是有功底的演员。他先是板着面孔,扮演北京人民艺术剧院院长的角色。忽然他发现我是周家的后代,脸色又是一变,急切切忙问:"九爷是你什么人?"我说是我祖父。他仿佛见到自己人,亲切地说:"1949年以后仅仅见过九爷两面,也仅仅谈过两次,使我深深感到他完全跟不上时代了,还是先前的老思想、老礼数、老古板,可惜可惜!"从这三老的评语,我体会到曹禺对祖父还是充满感情,牢记着过去的经历。这才能有这样中肯的评价。但话到此急转,明知祖父还住在泰安道大楼里,却不问他的近况,而是问起中国实业银行。原来曹禺也在那里拿钱。他指点着说:"九爷好气派,上得楼去,九爷批个条子,到了楼下营业厅就把钱拿走了。"也很关切中国实业银行的大楼近况,问:"现在做什么用了?"我说改成一座医院了。他没再多问,仿佛陷在沉思之中。我也陷在联想之中,曹禺的另一名作,《日出》剧中是不是也在中国实业银行借景?我当然不能直问,好在他已经结束怀旧的心绪,另起话题了,给我留下了他的健谈,他的热情,他的对周家难说又难割的热情。

从这一面之后,我们两家再无任何来往。

再为《雷雨》说上几句

作为历史背后的历史,我觉得对《雷雨》的来源还应再说上几句，这些言语都是偶尔得之。

其一，对西方戏剧十分熟悉的李健吾有言，他在读过《雷雨》剧本之后，在撰写的剧评中指出："作者隐隐中有没有受到两出戏的暗示？一个是希腊的欧里庇得斯的《希波吕德斯》，一个是法国拉辛的《费德尔》。二者用的是同一故事，后母爱上前妻的儿子。作者同样注重妇女心理分析，而且全要报复……"

其二，后起之秀、南通大学文学院胡斌在《跨文学改编与中国现代戏剧进程》一文中，有这样的话："无论从理论上看，还是从实际上看，中国现代戏剧均诞生于改编。"有这样的话："《雷雨》是由无数条异域金线织成的。不能否认的是有条来自高尔斯华绥，剧中的劳资矛盾便是从《争强》中直接移植过来的。工人罢工，董事长想对策。最后工人妥协复工，态度强硬的工人被开除，《雷雨》中的这些细节和《争强》如出一辙，不但劳资线索直接搬来，连双方主要当事人的性格、面相和装扮等也都承袭了过来，如罗大为衣着，蓝色工人服，头发散乱，神色可畏，而鲁大海则身体魁伟，粗黑的眉毛几乎遮盖着他的锐利的眼。"有这样的话："至于繁漪人物的原型，是欧里庇得斯笔下的美狄亚，奥斯特洛夫斯基笔下的捷琳娜，还是易卜生笔下的娜拉，在这里我们没有必要细致辨析，笔者倒觉得她更像是《冬夜》里的阿慈。自从嫁到顾家，阿慈就犹如生活在监狱一般，在这里等于住在监狱。这些年我已经够了。繁漪在周家已经十八年啦,早已被磨成了石头样的女人,生活环境与阿慈的基本相当,只不过她具有新女性的反抗特质,大胆冲破封建伦理的勇气。周萍、周冲同四凤的关系,大多数人会认为来自《天边外》,但我们从《冬夜》中照样能找到相关线索。弟弟继贤和妻子阿慈没有爱情,而哥哥继光却深爱着阿慈,病了十年的继贤撒手人寰后,继光大胆地向阿慈求爱,而阿慈的心灵早已枯竭,拒绝了继光,最后继光走到马号开枪自杀。继光和阿慈在冬夜里激烈的对白,能让人想起周萍与繁漪的那段对话,不过角色似乎互换了,周萍同样也是用枪解决了自己。"

其三,曹禺自己又有经验谈。他这样说:"所有知名作品的创作也不排斥艺术的借鉴。"他还这样说:"其实偷人家一点故事,几段穿插,并不寒碜。同一件传述,经过古今多少大手笔的揉搓塑磨,变为种种诗歌、戏剧、小说。"这是曹禺的创作经验谈,精彩之至,《雷雨》的前因后果也就更加脉络分明了。这段话出自何处,专家学者自然明白。

守业守的是气节

祖父对万德尊的临终重托,坚守承诺是他一生的亮点。在守业中守的是气节,既不辱民族尊严,也不辱家风。应该说是他一生的又一亮点。

段祺瑞亲日媚日,本来走的是当大汉奸之路。但他悬崖勒马,一走了之,但中日密宗研究会并未散摊子,副会长王揖唐就二把手变一把手,继续为即将为枪炮架起的"华北国"网罗知名人士。他和祖父有乡谊又有友谊,邀祖父入会。祖父以信守儒学挡住。后来王揖唐做了华北沦陷区第一号大汉奸,曾邀祖父参加社会名流联谊会,自然是变相的亲日组织。祖父坚决不参加。

汪精卫叛国投敌,组织伪国民政府之后,一度来天津,和各界知名人士见面并设晚宴。祖父作为北洋工业集团的代表人物非去不可!不去就要惹大祸。祖父从泰安道大楼到利顺德大饭店也就二百米路程。他手持请帖,却是走走看看,错过五时到会的规定,这才走进利顺德大饭店,在签到簿上报到。走进大厅,汪精卫已经演过和来宾一一握手和谈话的前场戏,开始立在台上,歪嘴和尚念他的歪经了。大家还得鼓掌,鼓掌之后还得举杯。祖父自然不能例外。但未和汪精卫握手,更没有谈话,总算保持了本来气节。

这事,我是从北洋工业集团内部人员中听到的。大家引为奇谈,说祖父从来不惹事也不出格,怎么在这非出席不可的宴会上这样做?说祖父能忍能让,怎么在压力重重的宴会上这样做?说祖父一生守业,按部就班,从来没有随机应变的本事,怎么出奇地这样做?似乎百思不得其解。其实祖父是规规矩矩的官二代,受曾祖一生护国、建国、救国的影响极深;祖父又是富二代,踩着伯祖父的脚步走,对他影响也极深,在讲究气节上必然会这样做,何况这仅仅是小动作呢。

手足情深

回顾祖父的守业一生,都和伯祖父息息相关:从华新纺织公司创办开始, 到后来出任华新天津纱厂董事长、卫辉华新纱厂董事长、中国实业银行常董、北京自来水公司董事长、耀华玻璃公司董事长、滦州矿地公司董事长、滦州矿务公司董事长、启新洋灰公司董事长。只有启新洋灰公司董事长稍有例外,是在颜惠庆董事长病故后继任的。但追根溯源,和伯祖父密切相连。他一生都是踩着伯祖父脚步走的。手足情深,当然也是周氏家族家风。

伯祖父在 1947 年深秋忽然中风病倒。祖父赶去,他已是只能睁眼、不能开口了,只几天时间就紧闭双眼远行了。人群中,哭得最伤心的就是祖父。

送葬那天,祖父穿着一件白布孝袍,长到盖住脚面,直愣愣地走着,一不小心也许就会绊住脚步,摔倒在地。我一直被分配在他身后,以防不测。送葬要走一段长长的路程,从屯绢胡同到出城门就够走的,四位孝子走不动了,和送葬亲友全都坐车走了。他们也请祖父上车,他坚持不上。从城门到墓地,这段路也够走的,走到中途,又专派车来接他上车。祖父坚决拒绝,一定要步行送葬到墓地。谁劝也不行。我们几个孙辈只好陪着他走到墓地。我年轻时能走路,都觉得路太长了。祖父从候补道起,先是坐轿,后是坐双马拉着的马车,最后是坐汽车,极少步行,这大概是他一生中走得最长的路,他能不累吗?实际上是顾不得累,即使累了,他也要坚持,这是他的感情,也是他一贯保持的礼数。在墓地还亲自校正墓穴的子午线,要伯祖父躺在那里,永远面对日中天。其实这座墓地前后不靠,按风水的说法并不讲究。祖父会不明白吗?手足情深,尽心尽力而已。

结束守业的一生

祖父是天津市第一届政协委员。他穿着长袍前去开会,成了会场上唯一的长袍先生,引人注目也招人笑。正像曹禺对我讲的,九爷完全跟不上时代了。虽然跟不上时代,时代还是给了他正确评价,认定他是北洋工业集团当中仅存的资历最深而又年龄最高的人物,尊重他的代表性,组织会议的同志说他年事已高,以后就不必参加会议了。所以他就只参加这一次会议,以后再未出席,

形势在发展,到了史无前例的"文化大革命",祖父处境大翻盘了。红卫兵闯进了泰安道大楼,将他扫地出门。临行时,红卫兵还给他头上放了一块砖。从此祖父一贫如洗,靠家人供养。他倒是胸襟开阔,单等着落实政策了,但他没有等到就去世了。没留下遗嘱,也说不清楚他有多少财产。我只知一项,曾祖一生的奏折副本,全部抄写得工工整整,

就像印出来的。究竟是多少副本，说不清楚了。一位文物收藏家估计，单这些副本就价值几百万元，是了不起的文物。可惜祖父一本也没收藏住，被红卫兵当作四旧，统统付之一炬了。

追思他的一生，虽然只是守业并无创业，但他对搞实业的都愿帮上一把。有两件事应该作为亮点为他留下来：其一，中小企业时兴时衰，凡是凭着关系找到他的，他都认股，结果自然是红红绿绿烂纸一堆；其二，与北洋工业集团齐负盛名的永利久大化工集团在扩建中急需资金，为之融资的是金城银行，几十万元贷出了还不够用，经理就找到在筵席上见过面的祖父，请他帮上一把。祖父和金城银行素无来往，他和永利久大化工集团也只是遥相呼应，他立即从滦州矿务公司拨去20万元。这在当时是一笔惊人的巨款，如果折合成现在币值，不到一亿也够八千万。一生守业、一生谨慎的祖父，拿出了少有的大手笔。这并不奇怪，和他的实业救国的思想息息相关。

祖父的家庭生活也和伯祖父十分相似。不购金银财宝，不收古玩文物，就连曹禺欣赏的那座大客厅也没挂过一张字画。他没有也不想有。他有的，只是不能挂出的大厂小厂的股票。有些工厂已不存在，但这些股票仍然保存得好好的。这不奇怪，这也和他的实业救国的思想息息相关。

也为泰安道大楼留笔

祖父的一生和泰安道大楼无法分开。泰安道大楼承载着历史背后的历史,也远比《雷雨》客厅的借景更丰富。

泰安道大楼是天津少有的俄式建筑,出自于沙皇的一位郡主。她雄心勃勃,要在天津为沙俄侨民建立一个基地。这座大楼正是活动中心,楼大院大,是租界林立的小洋楼中的绝无仅有。仅有中的仅有是大楼左侧还有一座塔楼。塔楼成为我们儿时的乐园。我们顺着楼梯上上下下。爬到塔顶还有西洋景可看,原来被木栅栏分开的左侧院落还有一排俄式的高台阶平房,那是郡主留下来的议事厅,往往有长满大胡子的俄罗斯人到那里议事。在议事厅右侧的空地上,安装着双杆、单杠、吊环。每天,都有不少年轻的俄罗斯人来这里锻炼。

既然是俄罗斯侨民活动中心,雄心勃勃的郡主怎么还租给了祖父呢?缘于选址失策。英租界在天津众多租界中处于中间地段,前有德租界,后有法租界,除了小白楼,再无发展余地。不似哈尔滨,那里没有租界地,富户去了可以随便买地、建房、开店,凝聚一批人力财力。心灰意冷的郡主移民美国去了。当时要租这座大楼的人不少,都是有头有脸的人物,郡主何以看中这位年轻的候补道?郡主的政治观点是沙皇一系。沙皇对李鸿章的印象最好,推崇他的联俄拒日战略思想，因此李鸿章在沙俄政权中声望极高。郡主摸清周家和李鸿章的密切关系，自然对年轻的候补道看得起也信得过。泰安道大楼和祖父结缘并非偶然，和那个时代的国际关系有关，和他的官二代身份有关，也算历史背后的历史吧。

时光如逝水，岁月很快把中国推到了1947年。这年深秋，为伯祖父送葬的祖父归来，迎来当头一棒，年老的郡主依然政治嗅觉灵敏，委托她的代理人向祖父提出：他必须买下泰安道大楼，如果不买，那就赶快搬家，她将在1947年底，或1948年初售出。住了这么多年，人也老了，东西也多了，搬家搬不动了，再说到哪里找房子去！只好买下。水涨船高，泰安道大楼处在黄金地段上，光是那院落的地皮就够得上寸土寸金。这是多大的款数，何况还要折成美金！好在祖父买得起。他的难处是，定期存款舍不得动，保持董事席位和话语权的热门股票不敢大动，一时凑不齐款数，只好暂借股票一用了。但堂堂九爷，是场面上的人物，是拨巨款支援永利久大化工集团的人物，哪能开口向朋友借用股票？他张不开嘴，也羞于写借据。唯一可行的就是悄悄和薛咏兰商量。当然一说就成，无非在用了多年的账本上，写下了一笔提前取走股票就是。泰安道大楼的归宿，想不到也为两家的友谊添了光彩。

岁月无情。进入老年的泰安道大楼迎来唐山大地震，经不住地震波的冲击，二楼、三楼和塔楼全被震裂，只好统统拆除,仅仅保留了一楼和地下室。光秃秃地立在那里迎风沐雨。

多年之后,改革开放的春风吹拂,大楼又重修二楼、三楼和塔楼未能重生,变动更大的是,楼前双向台阶拆改成直筒式,地下室后门移到前面口下,临街的院落又被切出,修成另一条车道,已无先前楼大院大的气派,也无俄罗斯建筑特色了。总算千好万好,泰安道大楼改装之后,还是留在了人间。被木栅栏分成的那座议事厅和那片体育场,都被新建的楼房埋在历史的尘埃里,不复存在了。

泰安道大楼既然留下来了,祝愿承载着的历史背后的历史也能日久天长。这里没有《雷雨》剧中闹鬼的故事,只有诚信与友情几十年如一日的光彩。

伯父周叔弢

伯父周叔弢

大伯祖父周学海有五子。大伯祖父因心律不齐,病死扬州,于是家庭分散,兄弟五人,有的去了上海,有的北来京津。伯父周叔弢排行第三。他是北来,投奔伯祖父周学熙的。

伯祖父经历丰富,自然善于识人,在他们兄弟五人当中,最看重的就是叔弢三伯。正赶上筹建华新青岛纱厂,就委他以常务董事名义监督筹建,在实践中培养他成为北洋工业集团的接班人物,作为周氏家族接班人。他不负伯祖父的期待,做到了这一点,他后来的社会声望与政治地位都很高。

坏事变好事

叔弢伯父一生中最能让人回味的一句话,就是坏事变好事。他没有想到他会长寿,没想到他能得到那么响亮的名声。

大伯祖父周学海小时经受了兵荒马乱,逃过难也挨过饿,所以身体不好。叔弢伯父的处境已经大大不同了。但他十来岁时却得了肺结核病,大口吐血。在那个年代,治疗肺结核病无特效药。好在家庭条件大大变好,曾祖指定要他上庐山静养,靠空气治疗。为了让他心静,也为了求菩萨保佑,就给他带了几本佛学书去,实际上也是做了最坏的打算,万一新鲜空气治不好他的病,那就让他带着佛学书去极乐世界吧。据说送他上山时,长辈们当着面笑脸相送,背着他却泪流满面,只怕他睁着两只眼睛上山,未必还能睁着眼睛下山了。对一个大口吐血的少年,能有什么奇迹出现!

偏偏奇迹出现,一个春夏秋冬过去,他又睁着眼睛回来了。不仅吐血止住,还靠那几本翻了又翻的佛学书,对他的思想、性格、修养与生活都产生极大的影响。按他的话说,思想上凡事看得开也看得远,不争强好胜,能耐得冷淡与寂寞;生活上严于律己,打牌、吸烟、熬夜以及风月场上的事,绝对与他无缘,而且从此吃素,绝对不杀生,但又绝对不烧香拜佛。

进华新青岛纱厂之后,由于既抓生产管理,又抓营业运销,他身体顶不住了,这才接受医生劝告重又吃荤。由于华新青岛纱厂是青岛最大企业,为了应酬方方面面,他必须经常赴宴,在宴桌上不吃也不行,甚至还要喝一盅。不过他很能自律,从来不多吃多喝。多年以后,有一位研究名人美食的专家特来问我:"你伯父有什么最爱吃的私家菜吗?"我想了又想,这才交出答案:"他经常吃醋伴生姜丝,也许是他最爱吃的私家菜吧?"美食专家大失所望,连声惊呼:"万没想到他会这样!"

结识卫礼贤牧师

对伯父来说,万没想到幸逢奇迹的事还有许多。结识卫礼贤牧师应是其中之一。

卫礼贤来自德国，这是他到青岛之后才起的名字。他来到中国，没有忙于传教，而是忙于研究中国的哲学，老子庄子讲些什么，孔子孟子讲些什么，佛学的四大皆空又是什么？谁能把这些基本观点讲述给他？找来找去找到了伯父。据说是德国领事馆推荐，说周叔弢是周馥之孙，周馥和德国人打交道最多，又有一首诗译成德文，断定伯父必是文化根底深厚。卫礼贤主动找来。恰好伯父也对德国哲学有着强烈兴趣，康德学说的重点是什么？黑格尔的论点是什么？都是他对照中国的儒学与佛学，急欲弄个清楚明白的问题，正好相互传授。卫礼贤向他学中文，他向卫礼贤学德文。他俩还合作出版了一部中文本的康德学说。如果我的记忆不错的话，这应是最早的版本了。卫礼贤也用德文写了几篇有关中国哲学的论文。

在互相学习、文化交流的基础上，他们还进一步结下了患难友谊。伯父的长子、堂兄周一良出生了。就在他出生几天之后，伯母去世了。大概是产褥热吧，丢下嗷嗷待哺的幼婴就走了。伯父又是悲痛欲绝，又是手足无措，这可怎么办？伯父还要掌控刚刚建厂成功、开工生产的华新青岛纱厂，纺出的纱又必须卖出去！卫礼贤夫妇伸出手来，抱幼婴到他们家去，用牛奶喂养，直到断奶，第二任伯母到家，这才又抱他回来。

遗憾的是，这段中德人民友谊未能长久。是卫礼贤先回了德国，还是伯父调离了青岛，说不清楚了。只知道天各一方,从此未再见面,也无书信往来,难怪难怪,伯父写不了德文信件,卫礼贤写不了中国的象形文字。据说堂兄周一良成长为专家学者之后,出国机会颇多,曾经寻访卫礼贤夫妇,遗憾的是,卫礼贤夫妇都已结束人生之旅了。堂兄只是和卫礼贤的后人见面了。

练就意气功

伯父离开青岛,到哪里去了?到华新卫辉纱厂去了,这个厂在华新四座纱厂中年纪最轻,伯父有在青岛建厂的经验,正好到这座新厂建章立制,主持开工生产,这个调动合情合理。当然历史背后的历史还是有的,这就是伯祖父用两个人挡住了外祖父在他的家乡办厂插一手,由伯父亲家言敦源出任董事长,另派伯父周叔弢出任经理,牢牢把仕。抹黑周家的闲言碎语沸沸扬扬:说伯祖父有私心,把建成的华新青岛纱厂给了自己的儿子!说伯父毕竟只是侄儿不是亲儿,调他到偏僻的地方,只能委委屈屈地上任。这是对传儒学家风的周氏家族的最大诬陷。且看事实怎样说明吧。伯父兄弟五人。上面的大哥、二哥和下面的四弟,伯祖父都没有安排,只有最小的五弟,也就是我们称之为祥五叔的进了华新银号,但祥五叔买空卖空,把旱涝保收的银号搞垮,伯祖父代他补上亏空也就从此再未安排。家族经济同样也要用人选才,不堪重用的不用。叔弢伯父是堪重用的。华新卫辉纱厂生产正常之后,他又被调到华新唐山纱厂。这里人事关系复杂,但他处理得比较稳当。稳当是他的最大特点,也是他的最大才能。祥五叔我没见过。他的情况还是听伯父讲的,说他为人做事不谨慎。

由于堂兄弟先后出世,伯父为了子女受教育的问题,这才落户天津,他在唐山与天津之间穿梭往来。又由于华新唐山纱厂的人事关系稳住了,祖父又把他掌握的华新天津纱厂经理桂冠戴在伯父的头上,伯父就成了华新所有四家纱厂全部做过的周氏家族中的唯一能人。这还不算最有力的说明。当启新洋灰公司夺权之争的最后谈判妥协时,协理陈一甫自动让位,条件是安排伯祖父的儿子接替。伯祖父没这样做,只要求在董事会上安排侄儿周叔弢做个监察人,寄希望于侄儿身上。所以北洋工业集团内部人士有共识,伯父是周氏家族的新一代接班人。

这个接班人很难担当。伯父成了北洋工业集团派系之争的目标。我从二舅父那里听到的都是对他的恶言恶语。岂止恶言恶语,华新天津纱厂的人事矛盾格外激烈,现代化的机械生产居然还横着一道封建把头的用工制度,形成厂长不能与工人直接沟通,必须通过把头才能沟通的局面。把头往往又和职员勾挂在一起,职员又往往和一些董事关系密切,矛盾重重,阻力重重。能忍能让的祖父生气,讲究稳当可也要求工作上轨道的伯父也生气。这里要说的是著名盐商,与北洋工业集团有关系、与周氏家族有世谊的李善人。他特别器重伯父,说:"你兼顾两大纱厂,又奔走津唐两地,在忙乱中用心,在用心中呕气,长此下去,身体如何支撑得住!"于是向他传授了在忙乱中求得宁静、在呕气中求得解脱的意气功。

意气功源自佛教的面壁修行,也就是让大脑休息,多少难事苦事也不思不想,进入超脱境界。方法很简单:灭了灯光,落坐方凳,挺直上身,面对墙壁,用毅力控制住心猿意马。练起来却很难,谁能有这么大的毅力呢?伯父有这毅力,他从一分钟练起,最后达到超半小时的训练强度,获益颇深。可惜经常住旅馆开会,既不能带方凳,也不能熄灯面壁,他把意气功丢了!当然作为伯父的一生优点,稳当源于谨慎,谨慎源于克制,克制源于毅力,毅力源于识见,这是他留下的处世之道。

忽然接到一封信

伯父在华新唐山纱厂天津办事处的经理办公室,忽然接到一封信,信封上款是周叔弢经理亲启,下款是武汉周缄,他很奇怪,周氏家族已经没有在武汉的了,这是谁寄来的呢?拆开看来,惊得他两眼大睁,竟是一份油印的《共产党宣言》!出于好奇,他看了下去,而且是看了一遍又一遍。他被《共产党宣言》吸引住,居然拿给副经理,说:"你也看看。马克思的剩余价值论还是有道理的,指出了资本家的利润来源,是从工人那里剥削来的;不然的话,这钱又是从哪里赚来的?"副经理接过来,一眼没看,这就用火柴把这份油印的《共产党宣言》烧掉,还说:"这话万万不可再说,这事万万不可再提。太危险了!"

伯父有研究德国哲学的兴趣,既然研究康德和黑格尔,为什么不可以研究马克思呢?他又开始一惊人之举,悄悄到英租界的唯一一家英文书店,买了一部马克思的《资本论》英译本,凭着他在南京两江总督府学过的一点英文基础,借助英汉词典的译文,硬是用了一年的时光,每天都读一点,把《资本论》读完。这是他一生的最大秘密,伯母不知道,堂兄堂姐不知道,成了他的绝对秘密。

1949 年以后,伯父已经身居高位。我有一次去看他,闲谈之中,他忽然兴之所至,问起我来:"你这周氏家族中的第一名共产党员读过《资本论》吗?"我实话实说,没有读过。他这才口吐真言,还说英文版《资本论》在天津未必有几部,本来也在他的藏书之列。1942 年"珍珠港事件"之后,美日战争爆发,鬼子兵进了租界,他担心鬼子兵搜查,急忙扔进火炉烧了。可惜可惜!这事对我来说,是一大收获。我成了唯一知情人,也对伯父一生的优点有了进一步了解。可以这样定论了,稳当源于谨慎,谨慎源于克制,克制源于毅力,毅力源于识见。

待机而动

华新天津纱厂被迫低价售给日商，伯父赋闲了。华新唐山纱厂又在冀东伪政权重压之下，与日商合资经营，他当然不能屈就，赋闲再赋闲了。除了藏书收书，他在待机而动。

机会终于来了。就在日本侵华战争进入败亡阶段，启新洋灰公司的豫系人员有了极大的变化。先是袁八公子辞世，后是二舅父暴卒。袁六公子失去了左右手。本来助他夺权的还有袁世凯的师爷娄家之后与名士庐家之子。娄某买空卖空失败，袁六公子把他的董事都撤了，从此散伙；庐某则远在重庆，伸不出呼应之手。袁六公子面对形势，决定二舅父出缺的协理不补，只补一名董事，给了大伯父周志辅。这样一来，周家虽然是启新洋灰公司的创办人和大股东，叔侄三人，两个董事，一个监察人还有什么话说？无话可说，风平浪静了。

志辅大伯，原名周明泰，是伯祖父周学熙的长子，国学底子深厚，还会德语。据说这是曾祖父的指示，说洋务运动要发展，最要借重的就是德国技术。他曾任北洋政府参事，后又转任农商部参事。由于他有德语基础，便奉命去德国考察，历时半年，著有《德国战后经济与实业》一书。但考察归来，除了留下这部书，却无任何实际效果，他大失所望。北洋政府又走马灯似的换来换去，他也就辞去参事，远离官场,回到天津,组建平安房产公司,出任董事长。公司只有小楼几座,只租不卖。对他来说,仅仅有个名义就可以。他最要努力、也最有兴趣的是研究京剧,著有《几礼居戏剧丛书》,多达九部,都是线装书版。有《京剧近百年琐记》《五十年来北平戏剧史料》《杨小楼评传》等等。但更可贵的是他收集了许多京剧戏单,多达五百多份,其中有些是京津两地堂会戏的戏单,名角齐聚,剧目众多最是难得,可惜这些戏单没有影印,恐怕已经随他离开津门而散失了。留在天津一直不动的只有那座面对民园的紫色红砖楼房了,这座楼房是天津五大道名人名居之一。他移居美国之后,仍有有关京剧的著述问世,在美国的华裔京剧票房中流传。

话说回来,袁六公子安排伯父周志辅进了董事会,自以为妙计安天下了。万没想到仅仅是启新洋灰公司董事会监察人的伯父叔弢,他单枪匹马走进袁府。伯父先讲大道理,说战局的形势已经摆在这里了,请问启新洋灰公司又将迎来怎样的前途?如果有人指出八年生产的水泥都在资敌怎么解释?如果有人问董事会里有了殷姓的董事又怎么解释?殷某人的名字和身份都说不清楚,只知他是当时负责华北建设的大汉奸殷同之弟。这自然是权钱交易与通敌铁证。这话说到袁六公子的痛处,他哑口无言!后讲小道理:"现在协理出缺。你不补也就是将来少个说话人,你要补就得补周家人。也许周家人凭启新洋灰公司的创办人之后,又在沦陷时期从来没和汉奸打过交道,可以理直气壮说话,保住这家艰难创业的企业,又不至于被没收,你想这是不是最好的救急方案?如果你把协理安排给别人。谁能争一争?"这话又捅到袁六公子内心深处,他又哑口无言。

哑口无言只能抵挡一阵,不能久拖不决,还是保住启新洋灰公司要紧,六公子终于依照伯父的建议,请他坐到协理的座位上。这事在当时成了北洋工业集团内部人士津津乐道的话题,总结为三大高明论,说伯祖父周学熙高明,他以退为进,只要求一位能干的侄儿做监察人,到该出手时再出手;说伯父周叔弢高明,他八年抗战隐姓埋名,除了收书,不做任何失节之事,最后这才"因势而为,顺势而动";就凭这一番大道理和小道理,他就进入启新洋灰公司的高层。两家关系虽然密切,毕竟家风不同,周家以书香门第与儒学精神处世,显然更为高明。

更上一层楼

伯父虽然坐上协理的位置,但和袁六公子的作风截然不同。两个人一台戏绝对唱不在一起,再加上袁六公子绝对不放手,伯父就忍着、看着、等着。

也就几个月的光景,抗战胜利!日本投降!一直代销马牌水泥的日本公司立即从印钞票厂运来一车新印出的防伪钞票,并附上一份声明书,声明终止商业代销合同,欠账也全部结清,成了中国惨胜的一例。比起这个惨胜更惊人的是,国民政府的接收大员迅速飞来,要接收民营的启新洋灰公司。比起日商八年中的掠夺,这可是更加沉重的一击,要整个端掉!公司派人到机场迎接这位大员,送他进了利顺德大饭店,还递上一个大信封,信内有一份启新洋灰公司的简历和一张支票。休息一天之后,总理、协理再请他赴宴。就这张银行取现的支票的款数是多少,说不清楚了。看来,这张支票起了大作用,当宴会见面时,接收大员已经官脸变笑脸,陈旧的中山服换成笔挺的西服了。但那份简历并没起作用,说国民政府资源委员会在北方只准备接收耀华玻璃公司与启新洋灰公司两个大厂。耀华玻璃公司原来是中比合资,后来变成中日合资,现在只要把日商股份接收过去就行。启新洋灰公司虽然没有与日商合资,但八年抗战,你们和日本当局的关系,是不是通敌的关系,值得考虑。袁六公子哑口无言了。伯父端出了日商取消代销合同的声明书,这能算通敌吗?这位接收大员,居然还和从未谋面的伯父扯上了远亲,但话却硬硬朗朗,说请示翁主委之后再说吧。他心里有底,这家中国最大水泥厂自然要劫收在手,他是奉命而来!

翁主委何许人也?国民政府资源委员会主任委员翁文灏是也。有名的大学教授,被蒋政权拉进去,作为开明政治的标志。他也确实比较开明,看了简历,看了日商结账的声明,说:"既然日商只是代销,并无任何投资,这就不好硬拿了,再说袁家周家是近代史上占有一席地位的家族,影响还在,最好不要大动。"袁六公子虽然和汉奸殷同拉拉扯扯,毕竟没有参加敌伪组织,告退就是;周家既是创办人,又在敌伪时期隐姓埋名,没有任何活动,那就还由周家人主持。在接收的怨声不断中,也可以名正言顺,本来要做总理的接收大员只好屈就一步,请伯父更上一层楼,由协理改任总理了。袁六公子与袁九公子双双离职。启新洋灰公司夺权之事终于多年之后大翻盘了。

翁文灏的手段相当高明。既然协理是他的人,便表面上不属于资源委员会,实际上已在资源委员会控制之下了。果然这位屈就协理的接收大员在劫收了董事会董事和协理的序位,接收了为他提供的一座小洋楼,吃得满嘴流油之后居然还要进一步增加他的控制能力,把更多的资源委员会的人塞进来,建议启新洋灰公司扩大经营范围,将没收的日本小工厂收购几个进来,改成启新实业公司。他的建议立即遭到全体董事的否决。启新洋灰公司是有名的大户,绝对不能改名换姓。伯父总得给他面子,说你就另建一家实业公司好了,选哪些厂?找哪些技术人才?经营的把握有多大? 资金的来源又在哪? 你先拿出个方案来。这下子可就难住了接收大员。他只有劫收的本事,并无创业的本领,竟然连写在纸上的方案都没能拿出来。接收大员原来是个光说不练的家伙,他的气势败了下去。

接收大员更加势败的自然是解放战争的迅猛攻势,他不言不语了，束手束脚了，成了北洋工业集团内部人士茶余饭后的磨牙佐料。我几次想问伯父，1949年以后接收大员的结果，几次话到嘴边，还是开不了口，讲究恕道的伯父是不会说这些事的。

两大巨头合作

在惨胜中伯父迎来由重庆归来的李烛尘。

李烛尘和伯父是老朋友，他是草根出身，在闭塞的贵州山村中，是唯一一位中举的秀才，也是山村唯一的留学日本的留学生。他学的是化学专业，学成后来到北京，在求职期间发表了一篇用海水提炼精盐的文章，被正在创办永利碱厂的范旭东发现，与他见面。两人从此成为搭档。李烛尘来到塘沽，既肯实干，又敢负责，不仅成了厂长，而且与范旭东一起创办久大精盐厂与黄海化学研究所，形成永久黄化工集团，成为中国化学工业诞生的基地，与北洋工业集团并列，在全国都是数一数二的大型企业。这自然是侵略中国的日寇必然掠夺的目标。范旭东先期而行，李烛尘坐守天津，与日寇的合作谈判虚与委蛇，就在卢沟桥响枪期间，趁其不备，李烛尘按预定计划，将永利碱厂的最好机器、久大精盐厂的关键设备、黄海化学研究所的珍贵资料雇用英商轮船运走。李烛尘到了重庆继续生产，还在内迁的企业中绽开一朵奇葩，黄海化学研究所研究出汽油代用品，范旭东与李烛尘成了响当当的人物。范旭东内向，李烛尘敢闯，敢于问政，他还追求进步，是周恩来在重庆主持的座谈会上的常客。稍后，李烛尘成为政治协商会议的代表，参与了所有协议文件的讨论和制订。但所有的协议全被蒋介石用内战的炮火轰碎。范旭东病死重庆，李烛尘带着伤心，也燃烧着怒火，又返回天津。

北洋工业集团与永久黄工业集团虽然各有各的领域，发展方向不同，但无形中的关系密切。我在祖父的生平中已经留下了他调滦矿二十多万元巨款给金城银行，转而支持永久黄工业集团的扩建之事。这事自然成了两位老朋友相交的一大基础。另一大基础是李烛尘的长子李文采了。他在南开中学读书时就受鲁迅影响，思想进步，到上海交通大学读书时，他成了党的地下工作人员。毕业之后，党就派他进苏区做无线电台的培训工作。临行之前他有信致李烛尘，说他要到一个神圣的地方去，请不要想他。李烛尘自然明白他是到哪里去了，绝对保守秘密。万没想到不到一年的光景，李文采穿着破衣烂衫回到天津家中，对父亲实话实说，他去了洪湖，负责办无线电台培训班。第一期顺利结束，第二期正在进行中受到白军袭击，学员分散了，他在芦苇丛中躲了几日，被渔民护送出了洪湖，逃到武汉，回到上海，再找党的领导找不到了，只好回到天津。李烛尘又惊又喜，说："你的路你自己走，我不拦也拦不住。只是你在天津不能久留，你会被捕，我会一个跟头栽到底，连永久黄工业集团也会被日本人夺了去!"他立即作出决定,要李文采去德国留学。李文采英语还能说说,怎么偏偏让他去他不会说德文的德国留学?说怪不怪,有个可靠的德国人可找。启新洋灰公司的总技师昆德对周家人有面子,当然对有名的李烛尘也有面子。是昆德回国时把他带走,还是经他介绍,李文采到德国有了落脚点,说不清楚了。能说清楚的是两位老朋友的关系很铁。李文采到了德国改学钢铁,并在德国找到党的关系,抗战时赶奔重庆,做了许多地下工作。如果时光还允许的话,我将为他另撰一文。他够得上传奇人物了。

当前还是说两位老朋友的重逢吧。一位对蒋介石的言而无信、撕毁政治协商会议决议、发动内战怒火熊熊,一位对接收即劫收,大搞房子、车子、金子、票子、女子的五子登科,也在怒火熊熊。两人迅速商定,由他们两位出面,联系其他工商界人士,组织天津工商界协会。这是惨胜之后,天津工商界人士为了自救,为了发出自己的声音,不经国民党插手的纯属跨行业的民间组织。这个组织自然是对发动内战、倒行逆施的蒋政权敲起了对台锣鼓。

反击"偏枯北方"

对台锣鼓从轻敲到小敲,再到大敲的是反击"偏枯北方"。何谓"偏枯北方"?这是蒋介石发动内战、从攻势到守势、屡战屡败的必然产物。已知北方难保，为了使共产党打下来的城市，都是无法生产的空城，蒋政府决定将工业全部南迁，真是恶毒之极，荒唐之极。作为北方最主要的工商业城市，自然迎来搬迁的第一刀！蒋政权特派大员来天津部署这事，说得严厉，令出如山，非搬不可，而且是要立即行动！到会的天津工商界人士仿佛迎来一颗炸弹，这比劫收还厉害，能搬得动吗？能异地生存吗？这不是把整个北方的工业全部毁掉了吗？不是焦土政策，也恰似焦土政策！会场上的人们个个怒目而视，却又个个闭口不言，谁也不敢公开反对。

敢说敢讲的李烛尘发言了。他问那位南京来的传达荒唐决策的大员："你们想了没有，这样做的后果将是什么？把中国的北方毁掉吗？让中国本来就落后的工业更加落后吗？让中国更加衰败吗？"问得那位大员张口结舌，无言以对。

一向沉着应战、不说不讲的伯父赶忙呼应上来。他是另一种攻势，说："政府既然决定'偏枯北方'，我们只有服从，只是具体问题怎么解决？试以启新洋灰公司为例，水泥离不开石块和坩子土，请问我们能搬到哪里去？我们拆机器、运机器、建厂房、装机器、建厂房、建办公室、建职工宿舍、建食堂，甚至还要建职工子弟学校和菜市场，请问这笔款项从哪里来？这是一笔巨资，我们拿不出也借不出，只有向政府借款吧？"说得那位大员再次张口结舌，无言以对。

多么难堪的场面，不能让南京来的大员下不来台，天津市长杜建时赶忙救场了，说："这个决策关系战乱救国大局，大家一定要从大局出发，努力去做，拼命去做，想方设法去做，有关生死存亡，困难再大也要自动克服的。关键在于想通。你们先想通吧。会先开到这里。"

这个会搅起了轩然大波，已掌握华北军政大权的傅作义，从北方自身利益出发，公开顶住中央政权，禁止工厂南迁，贴出了布告。这个荒唐透顶的会议也就无声无息了，只在天津历史上留下令后人费解的名词"偏枯北方"。

三五俱乐部

经过这场锣鼓对敲的大会，两大工业集团的声望更高了，但国民党的地方掌权人更加冷眼斜视了。与冷眼斜视同样紧要，有些企业家虽然躲过"偏枯北方"的浩劫，却不敢再参加工商界协会的会议了，怕引起国民党的注意。国民党确实也派人在侦视协会的活动，盯住这对台敲锣鼓还怎么敲。

对台锣鼓不能再这样硬敲了，还是把更多的工商界胆小怕事的人士聚在一起要紧。李烛尘搬来周恩来在重庆召开座谈会的做法，略加变通，成立一个经常聚会、互通信息的俱乐部。俱乐部需要一定规格和条件，在内战的困境中还能建起来吗？好在现有一座，正好改组利用，这就是开滦煤矿的开滦俱乐部，就在开滦大楼附近，专供开滦煤矿高级员工从唐山回津度周末之需，可以会见亲友，可以吃西餐，可以跳舞，平常时间闲着，利用率不高。一座缸砖的洋式平房，又没有俱乐部的门面装修，也不引人注目。李烛尘一眼就看中这个地方。天津缸砖建筑并不多见。这是个很高贵也很别致的场合，于是两大工业集团再次合作，开滦俱乐部改称三五俱乐部，即每星期三和星期五上午聚会，连座谈会都不开，三三两两聚在一起，随便交谈，互通信息。中午凭会员卡，可以免费吃一份西餐。西餐是英式品味，在当时是天津最高级的西餐，成了当时工商界人士最自然、最高规格的社交场合，而且样式繁多，既有星期三、星期五的聚会，互通信息，又有开滦高级员工必有的周末晚会，知名人士的下一代也可以到这里参加舞会，人多了，社交活动也多了，在风风火火的音乐节奏中罩起了一层面纱，莫测高深。

三五俱乐部聚会为李烛尘树立了极高的声望。本来他在抗战初起，立即迁厂重庆，支援抗战，已是天津人绝无仅有、引以为荣的事，现在大家可以和他握手，领教他那敢说敢讲的豪爽风格，看着听着打心眼里佩服，自然而然大家就被征服了。同样，这也为伯父的人品增光添彩。本来他在天津就以藏书家驰名，在这种众说纷纭的场合，他不牢骚，不指责，保持一种持中的态度，讲究说理，自然也就以理服人。有人评价他是学者型的资本家。这个评价是十分贴切的。学者型资本家有这样一件事:抗战胜利后成立的中国纺织建设分公司拥有六大纱厂,是当时天津的一大企业,经理和副经理自然都是在三五俱乐部又吃西餐、又发议论的人物了。这里言论自由,大家畅所欲言又无纷争。保持着绅士风度。偏偏那位副经理把共产党是"杀人、放火,共产共妻"的谣言搬上餐桌!李烛尘很不满意,可又不能当面批评,那样一来可就暴露无遗了。学者型资本家的伯父餐后和那位副经理说:共产党是个政党,有一套理论,不仅中国有,世界各国都有,你这么一说岂不有失身份?这话把那位副经理压住,以后再也不敢胡言乱语。三五俱乐部从此少了噪音,这可是一大收获。

"敲周叔弢门,进李烛尘家"

1948 年深秋,我奉命从上海北归。面临北平、天津两市解放在即,我这一直属于华北局城工部学委会的地下党员,自然要回到人熟地也熟的故乡尽力了。我坐海轮先到天津,走出码头,就到哥哥嫂嫂家住上一晚,转天再赶回北平父母家中,等候上线领导来接线了。万没想到转天一早,刚刚吃了早点,还没动身,我的上级领导、学委委员宋汝棼就找上门来。这就成了难解的谜,他怎么就知道我哥哥的住处了呢?当时顾不上问,现在只能做这样解释,周家在天津有名,一提天津周家,很容易打听到周家人的住址。

老宋没有说他是怎么打听到的,急切地说,他们学委委员刚从"姥家"回来。说为了适应形势的发展,南方城工部学委会在北平、天津两市的地下党员和外围群众,全部移交过来,形成俗称的南系北系大合并:北平以北系为主,成立北平工作委员会;天津以南系为主,成立天津工作委员会。天津人数较少,负担的任务却特别迫切,战争形势摆在那里,必须仍是关门打狗的战略,先攻下天津,再解放北平。天津又是工商重镇,稳住工商界人士就成了重点工作。这个工作必须以党代表的身份和两大工业巨头、众望所归的李烛尘与周叔弢谈,和他们面对面,既要谈政策,又要谈工作。当时《大公报》一位记者和两大巨头都很谈得来,他就是后来做统战工作成名的李定。只是他无法再进一步,记者怎么摇身一变,作为党代表去谈工作呢!这个突破上层的工作又十万火急。老宋就说他为天津做最后一项工作,完成突破吧,我没转过弯来,问他怎么完成。老宋反而笑着问我:"你是周叔弢侄子,由你去谈,又自然又稳当,这个战略部署在'姥家'就定下来了,叫作'敲周叔弢门,进李烛尘家'。还要告诉李烛尘,请他参加准备召开的全国政协会议呢。"当然这是更高层的指示,由城工部负责转告他。

我很振奋。这个任务很重要,也很容易完成。我当时和伯父接触不多,只有两点最明显的印象:其一,我在沈阳的职业生活结束,到天津拜见祖父母,当然也要拜见伯父。堂兄一良也在座,他问我东北战局将是谁胜谁负。我当然说得斩钉截铁:共产党必然大胜。伯父两眼大睁,听得十分入神,使我心里一动,原来伯父是关心时局发展的。其二,1948年初夏,伯父伯母双双来到上海。当时南迁之风已经很盛,我问伯父是否也准备南迁。他说:"你大伯病重,是来见最后一面的,马上就回去,绝对不南迁。"既然留下来不走,而且有"绝对"二字加重语气,自然必有应变的准备,虽然当时对他在暗学《资本论》,他在"偏枯北方"的反击,他在"三五俱乐部"的风采,我还一概不知,但是深信,这门好敲。

额外多说几句,病重的这位大伯,我没见过,只知他有个绰号,"邮票大王",谈藏集邮极多。东至县有一份《周氏家族研讨会》的报道资料,介绍他收藏的珍品很详细。他的本名叫周明焯,是曾祖的重孙,也是周氏家族中有所成就的一员。

话说回来,明知伯父这扇门好敲,我却不敢上阵。一来我在天津没工作过,更和伯父没有事业上的往来。二来我刚从大学校门走进社会,又没结婚,在他心目中还是个孩子,他信得过吗?三来亲友经常搬用这样的成语评价他:"诸葛一生唯谨慎,吕端大事不糊涂。"如果他听了只说"考虑考虑",怎么办?现在要的是积极应变,而不是消极应变。我想了想,建议由我哥哥去敲门。哥哥原名周骏良,别名周慰曾。祖父为他起这个别名,就是"宽慰曾祖喜得重孙"之意。他用别名不用本名,正是家族观念深、有继承祖业之意。他当时在天津开设一家贸易公司和一家证券行,搞得红红火火,有一种说法,认为他可能是周家新一代的接班人,是能和伯父说话也能商量的人。宋汝棼也认为这样做更稳妥一些,他的要求只有一个:必须立即突破!

额外多说几句,天津工作委员会由五人组成。南系三人为黎智、魏克、李之楠。黎智担任书记。应该为他多留一笔,他是闻一多侄子。这就说明他的不凡经历了。他对天津不熟悉,又在天津 1949 年后南行,在武汉市市长任内结束人生之旅。天津人知道他的不多了。北系二人为王文化、林尔昌,林尔昌我没见过,天津 1949 年后就调离了,后来却成了我的表妹夫。但成了亲戚也未谋面,人已早逝,不清楚他担负什么工作了。王文化可是老搭档,1943 年他一度代替宋汝棼领导过我。所以老宋的安排是由王文化和我联系。这段突破上层的工作,都是他以党代表身份做出的,可惜研究天津解放史的陈以德,我曾建议他去专访王文化,但还没等他去专访,王文化已经远行了。

话说回来,老宋走后,我立即和哥哥嫂嫂说:"今天我先不走了,到劝业场一带看看。听说到处是伤兵,到处是标语,我也开开眼界。"确实大开眼界。有这样的标语:"攻三年、守三年、攻攻守守又三年!""我们共坐一条船,我活你也活,我死你也死!""共产党来了就共产,你的房子是他的,你的票子是他的,你的妻子是他的!"类似的标语还有很多,但我记得的只有这三条,也就只能留下这三条了。从这三条不仅看到他们制造的谣言有多么低级,也能看出他们守城的绝望心态。

话说回来,傍晚归来,我仿佛碰上一大奇事,在劝业场碰上了一位大学同班同学。他是三年级就退学了,后来就不知所踪。他这回告诉我是去了解放区,现在回来主要是找我,在北平没找到,说我从上海回来先到天津,所以又到天津来找,想不到在劝业场不期而遇。他的任务是通过我见周叔弢,再见李烛尘,稳住工商界人士,一起迎接天津解放。我说我愿意做这件事,但我说不上话,必须找我哥哥。我就问我哥:"你愿不愿做?这可是一件好事。"家族观念极深的哥哥就说能做这样的事。晚饭吃过,他就打电话给伯父,说有事要和伯父商量,伯父要哥哥转天九时到启新洋灰公司见他。我恨不得他当晚就去,但当时已是不可能的事,家家户户闭门,已是夜无行人了。

转天,哥哥很快就去了,又很快就回来。据他轻松描述,伯父听了毫不意外,而是一拍座椅,说:"我猜他们也该来找我们了。"要哥哥转天陪着这位党代表见他,然后由他陪着去见李烛尘。显然两位工商界巨头早已有了思想准备。我立即按指定地点找到王文化。王文化当天下午冒充我的同学和哥哥见面。他们先是一见如故的样子,谈得很直率,然后转天一早又来,由哥哥陪着他去见伯父,伯父又立即陪着他去见李烛尘。这部"敲周叔弢门,进李烛尘家"

的大戏,在两天之内顺利完成。

党代表与两位工商界巨头历史性会晤之后,王文化异常兴奋地说:"想不到你伯父的头脑特别清楚,天天都收听新华电台广播,对战局的形势洞若观火;还说人民政府成立之后,他将了却他的心愿,把收藏的古籍捐献国家。"还兴奋地说:"我们也不了解李烛尘,这位重庆政协代表已经在做准备了,准备为和平解放天津奔走,不能任由北方最大的工商城市毁于炮火!"王文化说这比稳住工商业界人士的目标又扩大了一步。这当然是地下工作中最大的目标,可惜我不能参加,必须回北平,必须结束我们的再次合作,握手告别了。

三五俱乐部展开攻势

万万没有想到,也就十天多的光景,我又从北平回到天津。

事出意料常八九。我回到北平家中,单等宋汝芬来联系。等来等去,没有等到他人来,等到的是一封暗信,说小鲍夫妇双双得了伤寒病,速去姥姥家为他俩筹医药费。我当然明白这些暗语:这两个人被捕变节了。我领导过他们,又是他们的入党介绍人,自然要供出我这个引路人。但我想了又想,可以躲过去!在北平时,他们的关系已经交出去,离开北平去沈阳时,我还特地去告别,有缘分已尽之感。后来我从沈阳回来，又从北平去了上海，他们全然不知了。如果特务要抓我，只能去沈阳，沈阳已经解放，特务去不成了，我的这个论断必须取得宋汝棼的同意，但他是上线领导，住在哪里我不知道，只好找到另一位老宋。宋硕也是下线找不到上线。他说这是少有的大案，经过紧急通报，他清楚过程，说："这两个人毫无警惕，把马列主义书就放在书桌上，被查户口的发现。据卧底的线人告密，他们在严刑下供出了六个人，人名不详。虽然人名不详，他们从头招供，你必是黑榜的第一名，又是真名实姓的朋友，不是上线下线的关系，不论是否还在沈阳，特务来个有枣没枣打上三杆子再说，也来个清查户口，你还躲得过去吗？据说北平市委已经进驻颐和园，你在天津要个路条，绕道去报到，岂不稳稳当当？"我当然接受这个建议，赶回天津，向王文化伸手，给个路条吧。

王文化向我竖起两面盾牌，说："天津正在迎接从香港来的民主人士，一批接一批的，哪还有路条给你！天津解放在先，任务紧急而又缺少人手，你还要到颐和园风光几天吗？"他把我留下来了，从此成为天津地下工作委员会组长一级的干部。有个材料说我是文化组组长，其实方方面面都有，最重要的还是做了王文化上层工作的联络员。这是家族关系注定了的。

言归正传，三五俱乐部的变化与发展归功于李烛尘与伯父的双双表态。他们绝对不走，要求大家也别走了；然后再次表态不但不走，还要为保住天津工商业做些事情；后来又一次表态，要保住天津工商业，就必须保住天津市，绝对不能任天津市毁于炮火之中，目标越来越大，底气越来越足。虽然两位巨头并未透出和党代表见面的底线，但人们还是听出弦外之音了。参加三五俱乐部的人越来越多，三五俱乐部变成烈火一团了。

一份奇妙的电文

就在俱乐部沸沸扬扬中，一份奇妙的电文诞生了。由两大巨头带头，其他工商界人士签字，为了保住天津工商业，为了保住天津市，大家要求蒋介石下令，国民党守军撤离天津，要打到外面打去。电文当然不能直接打给蒋介石，而是请胡适代转，希望这位大学者在转发电文中附上他的意见，这就更加有力了。

何以要请胡适代转？因为两大巨头和胡适友谊很深。李烛尘在重庆是为抗战提供了实力支持的人物，当然和胡适有见面之缘。有的文章说胡适是永利碱厂的董事长，这大概是无稽之谈，胡适重学术插手政治，但从来没听说他插手经济。胡适和伯父的关系则是同乡再加赠书之谊。伯父赠送胡适几部书，其中有一部有关《水经注》的书，是绝本，胡适一直带到国外，据说后来胡适据此书写出论文。这种友谊不能说不深。

　　在这紧要关头,不得不另外加个话题。叔弢伯父何以赠书胡适,这和叔迦伯父有关。他是伯祖父周学熙第三子,受家庭从事实业救国的影响,学的机械工程,在天津设普育铁工厂,制出的机械销路不畅,只好歇业。转到武汉经商,又告失败。叔迦伯父家产荡尽,看破红尘,到北京研究佛学,只几年的光景,就成了佛学专家,著有《中国佛教史》,成了佛学界的名人。还有一篇有关佛学与辩证法的论文,更是广泛流传。他还在北京大学、辅仁大学等开设佛学讲座。我可以去旁听,但怕他认出我来,因此未去。现在想起来,遗憾之至。他开课讲的是佛学原理,如何入世与如何出世;还讲敦煌学,是否留下教材,说不清楚了。印象最深的是,当海峡两岸有了来往之后,有台湾少年儿童文学作家和编辑组团来京津两市访问, 我参加了在天津的座谈会。会后设宴会,在我就座的桌边,是一位信佛的编辑,她是特地要求和我坐在一起的。这样她就可以向我提问了。问:“周叔迦是你什么人?他为什么看破红尘、研究佛学?”我一一做答之后,才知道叔迦伯父写下这部佛学著作。她购买繁体版权,在台湾出版了。我惊喜交加,急问出版之后反应如何。她说台湾有高僧,但像周叔迦这样深入浅出,对信佛与不信佛的人,都能起超脱作用的高等教育心理学作用的书尚且没有。台湾没有周叔迦这样高规格的佛学专家。这是对叔迦伯父多么中肯的评价。可惜他已远行,听不到,也见不到了。

首攻陈长捷

还是言归正传。胡适无论对叔迦伯父在北京大学开高规格的佛学讲座，还是对叔弢伯父所赠绝无仅有的善本书，他都应该有个回复，但他没有！胡适不能因为友情照转这份电文。也许另有一种可能，在蒋政权大量南迁大学教授之时，胡适或许已经南飞了呢。

对天津工作委员会来说，胡适的沉默早在意料之中。即使电文发出，那也是空炮一声，蒋介石会听命撤兵吗？电文用意本来就在一语双关。最大的用意还是在电文的底稿上落着几十位工商界人士的姓名。每位姓名都是一颗子弹，可以向陈长捷攻来了。

陈长捷是福建名门之后，宣统小皇帝的老师陈宝琛的族人，但他却没一点文气，而是一介武夫，在阎锡山的麾下带兵。"七七事变"之后，他带兵抗战，不计得失，拼出一个大胜仗。阎锡山公开授奖，私下里却骂他："驴头马脑，怎么把兵都拼光了，是抗日重要，还是保住实力重要？"陈长捷怒火熊熊地离开了晋系，从此成了没兵的杂牌，只在兰州做个小小的后勤司令。有人给他送了个绰号"犟鬼"。傅作义脱离晋系，自成体系，又掌握华北军政大权之后，调他出任天津警备司令。他和天津各界知名人士见面，杀气腾腾地喊出两句话："兄弟我是打仗来的，守城来的。"

说到守城，这城是在"偏枯北方"的荒唐决策之后，出现的又一荒唐决策，硬是征用天津的人力物力财力，修建了一座横跨海河两岸，长达82里的斜长方形的土城。城高10米，城上修有水泥碉堡276座，城外挖出一条深3米的护城河，城内修有一条可以通行军用汽车的环城大道。工程之大，在国民党军队构筑的守城工事中称得起首屈一指。但这仅仅是前期工程。

"犟鬼"上任之后，他又搞了个后期工程。增建135座碉堡，但只修成40座，称得起是碉堡林立了。护城河外又增加了电网，电网之外还为扫清视野，砍树、拆房。最突出的是宜兴埠，整个村镇都被荡平！这个扫清视野的破坏工程，直到1949年1月15日天津解放也未完成，当然也就永远不能完成了。

话说回来，李烛尘见到陈长捷，念了电文底稿和签名诸多人士，照直提出，既然没有得到复电，正好请你将在外自作主张，为了保住这座北方重大的工商业城市，要打，到城外打去。当然也可以不打。为什么中国人非打中国人不可呢？"犟鬼"沉下了脸色，说："你们要相信国军守得住城，你去看看街上的标语，'攻三年，守三年，攻攻守守又三年'。还用等上九年吗？第三次世界大战早就打响了。"别以为这是笑谈，这确实是当时国民党守军的一大盼望。就凭这荒唐的盼望，他把李烛尘支走。

为李烛尘挂桩

按事先的约定，王文化到李公馆听取首攻陈长捷的反应。依据地下工作经验，总要前看后看，左看右看再叫门。于是很快就发现异样的黑衣人了。他迅速离开，要我通知哥哥，哥哥通知伯父，伯父通知李烛尘，请他看看门外斜立着个什么人。

碰了陈长捷的钉子，一直怒火熊熊的李烛尘索性一不做二不休，坐车出门，找到警察局局长李汉元，说："咱们可是老朋友啦，你怎么还在我的街门口楔个钉子！"李汉元是英语教师出身，后来考进英租界巡捕房，熬来熬去熬成巡捕房头头，和李烛尘就有来往。抗战时期，两个人在重庆重逢，互帮互助，自然关系更加密切。现在双双回到天津，李烛尘声望大了，李汉元官做大了，两个人的交情也更深了。李汉元照直说来："我能监视你老朋友吗？概不由己啊！陈长捷下的命令，我不能不听他的。好在给你挂的是明桩，正是请你在楼上望见，从此闭门家中坐，修身养性，不再去人越聚越多的三五俱乐部。当心人多，混进了共产党分子。"李烛尘反问："天津即将兵临城下，是毁于炮轰，还是毁于粮绝统统困死？前途如何？谁能修身养性？你能吗？我能吗？他'犟鬼'能吗？我看他板着一张铁脸皮，嘴硬心虚。如果不是心虚，为什么他把最不能离开身边的太太都送到上海去了？我劝他不成，你去劝他吧。我们是多年的朋友，肝胆相照，实话实说，共产党地下组织的党代表已经和我见了面，争取一枪不响，和平解放。保住天津老百姓，保住天津工商业，难道不是我们应尽的责任？"

稍等片刻，李汉元也回个肝胆相照："实话实说，天津是守不住了，天津的工商业应该保住，天津的老百姓更应该保住，绝对不能不是炸死就是饿死。可是我无能为力，我是中央系，陈长捷是傅作义系，我们上下级之间只能讲官话，不能说私话。这样吧，我把明桩给你撤了，你出入自由，谨言慎行就是。估计陈长捷也不会再问这事。再问这事，我说明桩改暗桩，也就应付过去了。"

转天，李烛尘看得清楚，街对面的黑衣人撤了，于是立即给伯父打电话，伯父立即给我哥哥打电话，我哥哥立即告诉我，我立即告诉王文化，可以按战略部署，继续进李烛尘家了。

再攻杜建时

杜建时是国民党天津市最后一位市长，据说1949年后还拍了一部以他的事迹为原型的电视连续剧，折射天津的解放，但未能播放。杜建时这人的经历够得上传奇。

杜建时出生于武清县杨村。始祖杜金、杜银兄弟俩在明代燕王扫北时移民北来，在杨村下船，以碾米粉制糕干为生。这在明清两代,对于缺奶的婴儿成了救命的珍品。杜家因此发家。杜建时受到良好教育,由南开中学而北京大学,还参加了"五四运动"游行。但在强国必先强兵的思想影响下,他投考了东北讲武堂北平分校。奉系军阀失势,他随分校师生进入东北。毕业后入奉军,由于他有文化底子,从班长迅速升为营长。东北易帜后,张学良和蒋介石拜了盟兄弟。在蒋介石掌握下的陆军大学,既能提高将领素质,又增强他的威信。张学良不得不派人参加。如果派将领担心被蒋收买,就派了杜建时去。营长不够资格,又临时提升为团副。团副就够资格吗?勉勉强强吧。但这位级别最低的学员却学习得最好,还代表全体学员在毕业典礼上讲话,讲得条理清晰又扼要。蒋介石非常欣赏,先是让杜建时留校做助教,后又派到美国留学,拿了一个军事学院的文凭,又拿了一个国际关系学院的文凭。直到抗战期间,这才赶回祖国,从此成了蒋介石的亲信,也成了蒋介石的左右手。蒋介石和美国将军谈判,参加《开罗宣言》会议,杜既是参谋,又是翻译。抗战胜利后,蒋介石为了抢夺胜利的果实,派他以中将军衔出任护路司令兼天津市副市长,协助美国海军陆战队抢进天津与北平两市,为蒋介石夺得本来无法取得的半壁江山。任务完成,恰巧天津市市长病故,他升任市长,成了蒋介石楔在北方的最大钉子。

我在地下工作听到的敌情分析,既复杂而又微妙。应该为他多留几笔,都是难得的历史背后的历史。傅作义掌握华北军政大权后,面对东北战局与华北形势,当然心虚,于是命令杜建时向美国驻青岛海军司令提出要求,请美国海军陆战队重新入驻平津两市,给他增加保险系数。明知这事办不到可又不能不办,杜建时还是拍出了电报。好在美国海军司令是杜的朋友,回了一份有趣的电报:"你让我也做败军之将吗?"杜建时气急之下,拔出手枪朝自己的太阳穴打来,只是轻响一声,脑袋并未开花。原来他的夫人知道他心事重重,早把枪里的子弹拿出去了。这位杜夫人不简单,她是宋美龄手下的人。这事很快传开去,于是谣言立即砸下来,说杜夫人是共产党的特工,在她的澡盆下面放着一台电报机呢。满城风风雨雨,闹得杜建时不得不向蒋介石打专题报告,说谣言制造者的意图是把他赶走,好让平津两市同归一系。蒋介石楔来的钉子岂能拔走!还是宋美龄出了主意,那就让杜夫人先到美国学习学习,如果杜是共产党特工,宋大概也是他们的特工了,还能信得过谁?这话给杜建时增加了忠心耿耿的浓度,可也从此拆散了这对夫妻。对国民党内部的派系斗争,想用谣言把他挤走,杜建时会心平气和吗?会齐心协力吗?天津工委同意李烛尘的意见,再向杜建时攻来。

比起陈长捷,杜建时理性得多,他和李烛尘够得上朋友,对伯父也十足给面子,凡事可以随时找他。这是典型的不打不相识,在"偏枯北方"的座谈会上,一位当面硬顶,一位用难题软攻,虽然当时很难下台,事后却觉得这二位都是识者。所以李烛尘找来，杜建时已经接到李汉元的报告，朋友相见，实话实说了。天津城防的前期工程是他主持修建的，明知挖一条护城河挡不住解放军架桥，修一座10米高的土城经不住解放军炮轰，碉堡都会随着土城的崩溃而崩溃。可是他不这样做，又能怎样做呢？作为一名中将，誓言不能忍受败军之将的羞辱，不能临阵脱逃，不能举手投降，更不能对不起有知遇之恩的蒋总统，宁愿城破之日做个战俘。李烛尘也朋友相见，实话实问了："你既然明知守不住，偏偏还要死守，作为一名中将，一名讲知遇之恩的人，我不劝你，可是你不仅仅是一位中将，还身兼天津市市长啊！市长在兵临城下之时，为了保护老百姓，为了保住工商业，他可以举着白旗出城，做到和平过渡。这不是耻辱，而是义不容辞，是国际公认的理性行为，市长应尽的最后责任。"

沉思再沉思，杜建时被理性攻克。只是他也不能和陈长捷说私话，力所能及，市长只能做出这样的部署：所属机关一律不准自行破坏，一律不准离开岗位，一律不准销毁档案，就差说出等候共产党接收了。这个部署起了作用，确实使所有机关平安过渡，丝毫无损。

这段史料无人提及，所起的作用也无人提及。好在中共党史人物研究会编写的《中共党史人物传》，第74卷为李烛尘传。我有幸得到这本书，书中有这样一段文字：有一年，毛主席请他吃饭。席间，主席向他征求对共产党的意见。而他却说，主席，我早就有个愿望，想参加中国共产党，不知够不够资格？对于这位德高望重的高级民主人士，毛主席是有考虑的，便对他说："说条件的话，你不差了。早在抗日时期，你就欢迎我赴重庆谈判。后来到天津，你为我党控制这个华北重镇出力不少，起到了我党有些党员起不到的作用。不过，我认为暂缓为好。"这个评价当然还包括对杜建时的攻势告捷吧？除了他谁也做不到。

李汉元立了一功

在杜建时部署一律三不的会议上，最先听出弦外之音的自然是警察局局长李汉元了。他明白李烛尘和杜建时达成了某种默契，会后立即找到李烛尘，说攻城与守城打响之时，警察局一律不离岗，维持治安，防止抢劫，要使他们无后顾之忧，家里能揭开锅，还有饭吃。请李烛尘向党代表请示，可否将联合国救急总署支援天津的面粉从库存中取出，发给每个警察两袋。面粉袋相当大，一袋足够中国面粉袋两袋半。这部分物资不小。

李烛尘和王文化商量可行性。王文化认为，维持市内治安很重要。何况让警察分走，比让守军拿走划得来。他同意分给。事后，王文化笑着和我说，他这个党代表好威风，已经接受国民党警察局局长的请示了，多么开心！

李汉元就因为这一项工作请示，在被俘之后，提出：这件事,算不算投诚?这时,李烛尘已是轻工业部部长,王文化已是鞍山钢铁公司技术处处长,都已无法再见面了,当然也就无法商量了,但都不约而同地写了同样的证明。李汉元摘下地方战犯的帽子,戴上投诚人员的帽子,恢复自由,投奔他的儿女,去了沈阳,被安排为沈阳市政协委员,直至终老。

留住两位收藏家

还是言归正传。就在大家议论纷纷,天津解放是速战速决,还是拖延时日才能攻下之际,一个意外的捷报传来,解放军四野大举入关了!唐山这座工业基地不响一枪就解放了!开滦煤矿、启新洋灰公司、华新唐山纱厂全都安然无恙了!一向沉着应战的伯父也出头露面,通知我哥哥,立即约见土文化,越快越好。

王文化立即去见伯父。伯父向他要两张去唐山的路条:一张给开滦煤矿魏总工程师,他正在天津休假,必须赶回去主持生产;一张给派出去的职员,带着金条为启新洋灰公司职工发工资。战争时期的洋灰滞销,发工资是个大难题。王文化明白相告,请伯父放心,职工的工资不会发不出去,也请魏总工程师安心,煤矿的生产也会运行。共产党会负责的。虽然路条没有拿到,人没有走成,但这事却传了开来:周叔弢和共产党有联系!

这个传言有多大,说不清楚了,只是天津知名的收藏家徐世章来找伯父。他是民国总统徐世昌的胞弟,虽然官职不大,却是天津名人,又是津沽大学的董事长,一生无他好,就是好收藏砚台,他拥有的珍贵砚台之多,在全国属第一,名列天津三大收藏家之一。他不问唐山解放伯父是否要过路条的事,只是问他该怎么办。伯父反问:"你又打算怎么办?"徐世章打算带几个最珍贵的砚台,先到上海,暂栖一时。伯父反问:"上海解放了,你又怎么办?你带去的砚台卖不出去又怎么办?"徐世章满脸愁云,说:"正因为前途茫茫,这才来问你啊!"伯父说:"你就留下来,守住你用一生心血收集来的砚台,根本不用离开;将来再做出一生的最大贡献,全部捐献国家。"伯父说他已做好全部捐书的准备。徐世章同意伯父的建议,决定留下来,1949年之后,他紧随伯父分次分批捐书,也把收藏的砚台全部捐献国家,安度晚年,善始善终。

天津除了收藏古书的伯父,收藏砚台的徐世章,还有一位并列三大收藏家之一的张叔诚,他是专门收藏玉器的。他和周家的关系超出友谊的范围。他是被迫出卖开平煤矿的张翼的幼子,论亲戚辈分,他还高出伯父一辈;若论识见,他面临大事从来都是请教伯父。他急急切切地找上门来,也是同样思路,打算带几件最珍贵的玉器,先到上海,暂栖一时。伯父也同样反问:"上海解放了,你怎么办?你带去的玉器卖不出去又怎么办?"张叔诚则是睁着大眼,说:"正是来问你,你说怎么办,我就怎么办。"伯父说:"你就留下来,守住你的玉器,将来捐献国家,做出一生最大的贡献。我的藏书,不少都是孤本与珍本。我都决心捐献,就看你肯不肯下这决心了。"张叔诚决心留下来不走了。只是他决心不够大,玉器捐献了,却留下一个绿色小玉人在床边的柜橱上,临睡前看上几眼,他就能一夜安眠;起床后看上几眼,他就能一天愉快。中国之大,历史之久,文物之多。这样的绿色小玉人却没听说有第二个,太珍贵了!万万没有想到的是"文化大革命"爆发了,红卫兵闯进来抄家了,一眼就盯住小玉人了,一巴掌就把它摔在地上了。绝世珍品从此粉身碎骨!

抢救敦煌书简

虽然绿色小玉人没能留下,但张叔诚为国家留下的文物还是很多。他和伯父一起抢救敦煌书简,应该格外留一笔。敦煌是中国的传统文化宝库,蕴藏的文化艺术多种多样,壁画仅仅是最为人们熟知的一项。做全面综合研究的有敦煌学,方方面面,范围广泛。除了壁画之外,周氏家族多有涉及。伯父周叔迦、堂兄周绍良都从佛学兼及于敦煌学。在我看来,贡献最大的还是伯父周叔弢,他倾尽全力截住了敦煌书简的外流。

在衰败的清王朝末年,在列强的纷纷入侵中,敦煌也遭到蓝眼睛强盗的魔爪。法国汉学家伯希和到了敦煌,用低价收购了大量敦煌书简,不声不响地运往法国巴黎,小部分运到北京。毕竟蓝眼睛汉学家对书简上的文字不够明白,要请中国专家做个解读与鉴定,开了个并不公开的展览会,于是六千余件敦煌书简流失的大事这才被揭穿。但是中国专家不敢抗议,也不敢追回,清王朝只能劫后补救,封死藏经洞,将残余的敦煌书简,由派去的押运官押运到北京。这位押运官押着一车劫后的书简,没有进学部大院,却怀里揣着红包,运进了学部大臣的住宅。早有算计的学部大臣请来他的岳父李盛铎。李盛铎是知名的文物鉴定家。他又约来同为文物鉴定家的两位好友,四人密集一室,将一车残存的敦煌书简全部瓜分,据为己有。还在分得的书简上留下自己的印章。这件贪污大案居然无人过问,随着清王朝的灭亡而消亡。

但残存的敦煌书简,也没有在四大贪污分子家中长眠。他们的后人迫于生计,纷纷出手,最早出现的是钤李盛铎印章的敦煌书简被书商拿到伯父眼前。伯父大吃一惊,嘱咐书商有多少就收多少,绝对不能卖给外国人。于是陆陆续续钤着另三人印章的敦煌书简也来到他的眼前。伯父的财力不及了,借了一笔大钱继续收购。但借钱收购都应付不及了,于是找到张叔诚,让他参与抢救。张叔诚说他只懂玉器,不懂敦煌书简,他不能收。伯父问他懂不懂爱国?如果爱国就应该收,敦煌书简留在中国的也就这一批了。

张叔诚这才参与义举,两个人通力合作,未使外流。后来全部捐献给天津艺术博物馆,达350卷。天津从此成为敦煌书简留在中国的最后归宿地,也就成了天津艺术博物馆镇馆之宝。上海古籍出版社,针对350卷敦煌书简出版了《天津艺术博物馆敦煌文献》,多达7卷本,成了研究敦煌学必备的书,也是对伯父和张叔诚的贡献的最好留念。

最大的贡献

较之敦煌遗简的贡献,伯父更大的贡献还是捐献他的全部藏书。他的藏书不是绝本,就是珍本,都是哪些书目,我是线装书门外汉,没法说清楚了。这里只提几个听到的故事,来说明他的人品与抱负。

伯父的藏书很大一部分来自山东某藏书家。这人死后,他的后人不识书也不爱书,纷纷出手,由伯父低价购入。这使伯父感慨万端,私人藏书不能传代,要把书保留下来,只能捐给国家。所以他早就有了捐出的决定。有人说他捐书是为了换官做,有人说他是被逼迫不得不捐,好像人间就不能有好心人无私奉献似的。

足以说明伯父藏书无私境界的,还有这样一个故事。有年,他因事去北平,忙里偷闲,去琉璃厂书店看书。书商见他来了,就说正好有一本不成套的宋版书,你一两金子就拿走。唯一的条件,绝对不能转手卖给赵万里。赵万里是京城的一位学者,也是有名的藏书家,他有这部宋版书的其他几本,独缺这一本。与书商讨价还价中,两人争吵起来,书商堵这口气就是不卖给赵万里。伯父就找我哥哥,为他代借一两黄金,转天就把这本宋版书拿到手。只是这本书在他手里也就留了一个多小时,他就送到赵万里手中,使这部宋版书整齐成套。赵万里又惊又喜,逢人便说,周叔弢这人境界之高,少有少有!这话传来传去,传到书商的耳朵里了。他来到天津,向伯父兴师问罪,说:"你是有头有脸的人物,说话应该算数,怎么转手就卖给赵万里了!"伯父说:"我从来说话算数,我答应你的唯一条件是不卖给赵万里,我没卖给他呀,而是送给他了。"书商大惊,他绕不过弯来:"你一两黄金买的宋版书白白送给了赵万里,为的是什么?"伯父回得叮叮当当响,说:"尽了一份能尽的责任,保住了一部全套的宋版书,为中国的传统文化做了一件好事,何乐而不为?这件好事有我一份,可也有你一份。如果你不负气一两金子低价出手,能成就这套宋版书完完整整留给后代人吗?"书商豁然开朗,双手抱拳说:"我服您啦,您是藏书家中心胸宽大的第一人。"这事知之者不多,伯父从来不讲。

传说多多,起了轰动效应的是1952年他向国家图书捐献的第一批藏书,也是他最珍贵的藏书。国家图书馆负责接受这批藏书的正是赵万里。他惊喜交加,说这可不是一两金子的问题了。赵粗估计人民币约八百万元。这在当时实在是惊人的数字,也是国家图书馆空前绝后的珍本孤本古籍捐献。国家图书馆决定为伯父出捐书目录专辑和周叔弢藏书展。伯父同意,并自定书名《自庄严堪善本书目》。书名在俗流中独抒己见,为人之所不为,借一个"堪"字展示他藏书下的功夫。他不仅是知名的藏书家,也是知名的版本学家。堂兄周珏良在专辑的后记中,记述了伯父对版本提出"五好"的要求:版刻要好、纸张要好、题跋要好、收藏的印章要好、装潢要好。达不到这个标准的一般不收。所以他收藏的古籍都是质量最高的善本。我听人讲,八百万元的出价还是低估了。其实还有一批并未估价的善本,那是捐给天津图书馆的,估计书目也不少,书价也不低。

未免遗憾的是,《自庄严堪善本书目》拖到 1985 年才出版,那时伯父已经远行,未能见到。"周叔弢藏书展"拖到2012 年盛夏这开幕。事先我毫无所知,事后才从外甥女口中听到,总算为伯父的抢救古籍与捐献古籍留下一笔亮彩。

绝妙的奇闻

话还是回到天津解放吧,这是当年人人都关切的事。不能用一片废墟换来天津的解放,天津工委在继续努力,三五俱乐部在继续发声,李烛尘在继续劝说杜建时。

就在不断劝说过程中,杜建时接到了来自北平的一个电话,通话的人是他多年前在陆军大学学习时的学友,两个人关系不错。杜建时被蒋介石看中，从此进入蒋家王朝，成了中央系。这位学友却一直是杂牌，混来混去混到了傅作义的麾下，是一位参谋人物，既能知情又能建言，可又不是傅作义的嫡系。杜建时正好续友情，把老学友当作一根钉子楔在傅作义身边，为他通风报信。这回的消息最紧要，说："傅作义和共产党的代表正在秘密谈判！你可要心灵眼活，别从死胡同里出不来！"杜建时又恨又气，急忙大转弯，一面向蒋介石急电告密，报答他的知遇之恩；一面找到陈长捷，这回官话不说，说私话了："北平的当局可是正在秘密谈判，讨价还价啊！当心有朝一日，北平的是座上宾，天津的却是阶下囚啊！"陈长捷其实也有耳闻，只是他还犯犟，他也要报知遇之恩，说："傅先生把我从兰州调到天津，既是器重我，也是依靠我，我能不听傅先生的吗？有话直接和傅先生说。傅先生要我起义就起义，要我死守就死守。"杜建时能和傅作义说私话吗？不能不能！虽然向青岛美军司令官搬兵的谣言已风平浪静，但杜建时心里还横着一道山呢。

解放天津的战役迅速拉开序幕。指挥作战的刘亚楼将军先礼后兵，送过来一封劝降书。陈长捷依然犯犟，复信以军人放下武器为可耻，碰了回去。"犟鬼"当时打着两挂小算盘。一挂算盘寄希望于解放军攻城，傅作义派兵增援，这就形成守军前面顶住，援军后面攻来，对解放军形成夹击之势，自然可以解围了。另一挂算盘落在水深三米的护城河。正是隆冬结冰的季节，"犟鬼"利用电力把冰水化开。解放军只能架桥过河，在物资奇缺而又耗费时间的情况下，守城的把握大大增加，只要解放军不能多点进攻与一拥而上，碉堡的火力就会压住的。"攻三年，守三年，攻攻守守又三年"那是鬼话，守上半个月总不成问题。有这段时光，北平的秘密谈判还不能公开了吗？

刘亚楼将军自然棋高一筹，他也打着两挂算盘，看准了不结冰的护城河是攻城的最大障碍，于是亲自到上游地区察看，通过老百姓的指点，找到运河的闸门。原来，护城河水是从这个闸口引过来的。他立即下令关住闸门。水深三米的护城河立即降了下来，河道也就变窄了，架桥过河的办法也就多了。这当中，最勇敢也最快捷的莫过于这一招了，把一辆坦克开进河中央，坦克就形成架桥的支柱，一块板子搭在这边，又一块板子搭在那边，桥搭成了，战士立即跑了过去。我遇见过这样一位坦克兵，这些是他轻轻松松向我介绍的，这就成了我一生中特有的奇闻，终生难忘！

在解放军攻城打响的当晚，街上静得没有一个过路行人。王文化也真敢想敢干，要一位同志在电话杆子的电话线上接一根线到他临时屋里，他举起电话话筒，收听各方面的反应，知道究竟战事进行到怎样程度了。王文化无意中听到这样一段长途电话中的对话，这边喊：他们已经攻进来了！那边说：怎么让他们攻进来了？顶住顶住！时间不长，这边又喊：他们是两路进攻，都攻进来了。那边又说：问题不大，原来只是两路进攻。那就两路顶住。这边又喊：顶不住，他们攻得很猛，怎么支援？那边又说：还是顶住。这边加大声音在喊：顶不住啊！现在明白他们是要把天津拦腰斩断！那边还是车轱辘话照说：顶住，坚决顶住，拼命顶住，一切一切全靠顶住！电话中断了，再无告急之音。后来才听说，陈长捷的那挂依靠傅作义派兵驰援的算盘打碎了，他赌气摔了话筒。

绝妙的奇闻听不到了，绝妙的电话却传过来，竟然是李烛尘的声音。李烛尘怎么知道王文化的电话呢？原来是立在他身边的杜建时提供的情报，找天津工委负责人就打电话给大公报。大公报社里有共产党员。杜建时还是掌握情况的，但他已经不敢下令抓捕人，他要留后手。大公报接电话的恰好是王文化领导下的党员。听了李烛尘受陈长捷与杜建时之托，要求停止进攻，他明早出城进行谈判。这是市区免遭战火破坏的好事，他就把电话号码告诉李烛尘。但已经听到"顶不住"呼唤的王文化，碰碎了李烛尘的想法，说解放军已经打进来了，我们无权也无法和解放军联系，无能为力了。电话中断了，李烛尘也无能为力了。

立在李烛尘身边的杜建时再做挣扎，急忙赶到广播电台，写下了《和平宣言》，要求解放军停止进攻，表示愿意放下武器，进行和平谈判。播音员播出了，杜建时这才走开。

杜建时是否还和陈长捷有什么联系，说不清楚了。只知陈长捷在解放军攻势勇猛、北平只用空谈顶住、《和平宣言》又是空炮之后,下令停止战斗。但传令兵还能把败将命令传到多远,不好说了。据我所知,不属于南北对接的主攻方向,从尖山攻来的解放军就和守军展开血腥的白刃战,死了好多本可不死的士兵。这还不算,当解放军逼近天津警备司令部大楼了,他还放不下架子,只在楼顶上挂白旗,却不派军官出来摇白旗,士兵也没有主动放下武器,这是真投降还是假招数?结果解放军一攻到底,在地下室里活捉陈长捷。引导解放军战士进地下室的是他的警卫连连长王亚平,这人是地下党员。多么奇妙!我多年后准备访问他,也好把这段鲜为人知的事情弄得更清楚一些。但他坚决不见,说情况都已说清楚,不必再多说了。这段历史背后的历史丢掉了,但有些耳闻还留在记忆里。陈长捷被捉了,让他和傅作义委托的谈判代表邓宝珊见了一面,最后再报知遇之恩,向傅先生讲:"北平守城之战绝对不能打,就做个座上宾吧。我在天津刷了一条大标语'攻三年,守三年。攻攻守守又三年',结果是连三天都没守住,也就一天多一点,我就成了阶下囚。"

但陈长捷的阶下囚生活并没多久。他是福建的名门望族,是大儒陈宝琛的族人。陈宝琛是宣统小皇帝的老师呢。他文化底子相当深厚,曾经写信给他躲在上海的妻子,为他买一部《资本论》来。战犯读《资本论》的,他是唯一的一个。当然,不仅仅是因为他主动学习改造,而是下停止战斗与挂白旗的命令都有了确证,于是他迅速从阶下囚也变成座上宾，和他的妻子团聚，被安排为上海市政协委员。

杜建时后来居上

李汉元成了立功人员，对杜建时的刺激不小，但他还能听之任之；陈长捷居然也成了起义人员，那他又受到怎样的待遇呢？他思潮翻滚，既表示不服，又不肯表白自己。这位蒋介石的嫡系等了又等，这才等到名列特赦名单之中。由于他留学美国，英文又好，在全国政协文史资料委员会做了一名对外宣传的专员。直到"文化大革命"结束，改革的春风拂面了，他终于彻底转向，向组织上提出他也应按投诚人员来对待的问题。

本来事实很清楚也很简单。杜建时播出《和平宣言》之后，先躲到一处，觉得不妥，又躲到一处，还是觉得不妥，最后躲到他的秘书长梁子青在桂林路暂住的家，转眼之间，天光大亮，街上出现了解放军战士，也多了看解放军战士的市民，问这问那，编织起天津少有的一道街景。拖到下午，杜建时这才带着市政府的大印去了市政府。接见他的是秘书长吴砚农。吴妙语双关，说不需要这个大印了。他们被分别关押起来，稍后，双双又以地方战犯的身份，和陈长捷碰在一起，果然应了"我们可是阶下囚"那话。

杜建时的投诚人员复议遇到了极大的困难。岁月无情，把许多证人都送到另一个世界里去了。李烛尘不在了，读《和平宣言》的播音员不在了，就连和他一起投案自首的梁子青也不在了。好在王文化从鞍山回到天津，但他不知《和平宣言》这事，问我听到了没有，我说："我还会半夜听广播吗？"

倒是有一个人听到了，那就是伯父周叔弢，他一直在收听新华广播和天津广播，捕捉战事进展情况。岂止这份《和平宣言》，就是杜建时如何找到李烛尘，做最后奔走，他也清楚，是难得的见证人。至于办案人员怎么走访他，他是不是写了材料，这就说不清楚了。他当时已是全国政协副主席，我见他已经不能随意多问了。

杜建时的投诚人员身份被确认了。投诚人员就是起义人员。由于他和李烛尘的关系，以及保证把一个完整的天津交给共产党，因此他的待遇后来居上了，较陈长捷和李汉元都高了一层，被提升为全国政协文史资料委员会副主任，并被选任为全国政协委员和国民党革命委员会中央委员。他意气风发，做了只有他才能做的工作，那就是做蒋家王朝的宠臣吴国桢的工作。这位曾任上海市长与台湾省主席的人物，因和蒋经国不和，导致和蒋介石分裂，躲到美国避祸。就这样还不行，还有文字上的交锋，与开除国民党党籍的惩处，是不是也有被谋杀之忧？杜建时先是写了长信，叙述自己的思想转变过程；后是寄去《邓小平文选》，请他了解中国的改革开放政策。吴国桢回复长信，告连读《邓小平文选》两遍，认为按这样的理论去做，中国会很快富强起来。杜建时又有信去,请他归国看看。吴国桢回信说他可以研究。为了解除不必要的担心,我方决定先请他儿子吴广修以大学教授身份和他的美国妻子到中国讲学,实际上是为吴国桢打个前站。这个前站打得顺利,吴广修听了杜建时的言谈,看到了杜建时的待遇,回去之后大大鼓舞了吴国桢,吴国桢决心回国看看。但就在做准备时,他心脏病突发,永别人间。

至于活捉杜建时的误传,则几乎成了民间故事。有人说他躲在天津名绅李希明家被抓,有人说他被潜伏在国民党市政府的地下党员带人在家中抓住,有人说他躲在桂林路一家挖出的地下室里被抓,有人说他在化装出逃时被解放军抓住。误传竟然成了事实。记得有一位同志瞪大了眼睛和我说,不论他是怎么被活捉的吧,反正他不可能是投诚人员。多亏我还有一点书面材料,证明杜建时是投诚人员,证明李烛尘确实做了他的思想工作,也就证明地下工作还是起了微妙的作用吧。由杨成武将军做序的《民国高级将领列传》第三集中有《杜建时传》。现在摘抄其中两段文字如下:其一,"杜建时的老友李烛尘来访,动员他向解放军投降。杜说:'我受国民党和蒋介石多年栽培,不能忘恩负义。我是军人,军人是不能投降的,但可以尽最大努力,将天津完整地交给共产党。'"其二,"1983 年起,杜建时被选任为全国政协委员以及国民党委会中央委员,参加了更广泛的社会活动。同年,最高法院撤销 1961 年度特赦通知书，认为根据当年情况，不应以战犯看待。"虽然文字简约，毕竟为历史背后的历史做出明证，澄清无稽之谈。

步入政坛

1949 年之后，天津对于两位工业巨头人物自然都必须做出应有的安排。李烛尘先是在天津成立民主建国会，成为工商界人士的组织。这个组织，他在重庆几次申请，几次都被蒋政权压住不批，总算在天津完成心愿。民主建国会在中华人民共和国的各个阶段都起了极好的作用。稍后，民主建国会的总部移往北京，李烛尘也出任轻工业部部长，从此离开永久黄工业集团，也离开了天津。在我的记忆中，他再也没有回来过，我只是和他有过一面之缘。这人的爽朗，这人敢作敢当的风度，给我留下深刻的印象。

政府要安排叔祖伯父出任天津市副市长。但他坚辞不就，谁来劝说都不成。由大公报记者一跃而成为统战部负责人的李定就找到我说："还是你这侄儿上阵吧。"他究竟为什么不答应呢？这也是我第一次和伯父谈正事。伯父说："你知道吗，我是大口吐血，在死亡边缘上把命捡回来的，做官就要开会，开会多了身体顶不住！你也知道吧，我这启新洋灰公司总理得来不易。如果我从政当了副市长，是不是有人就会说，你还顾得过来吗？让出来吧！我还对得起你已故的四爷爷吗？"我说："天津解放前夕，你和党代表见过面，这已是公开的秘密,现在又出任副市长了,谁还敢哄你下台?"

伯父恍然大悟,豁然开朗,说:"好吧好吧,我出任副市长。"他从此走入政坛,负责天津市的绿化工作。战后的天津百废待兴,绿化一时提不上日程。伯父在绿化工作中,最突出的应是动员李善人的后人把李家花园捐献,改称人民公园。据说在栽一片树林时,他还亲自来查看。

"文化大革命"十年

在史无前例的"文化大革命"中,由学者型资本家变为红色资本家的伯父自然在劫难逃!天津工商联干部跟风紧上,召集了全市知名的资本家到那里开会,实际上是接受批判。岂止接受批判,还喝令下跪。可把大家难住!伯父却泰然处之,带头下跪。既然他跪了,所有接受批判的人也就跪下来了。伯父后来开导跪下的难友,说我们跪的是马克思剩余价值论,跪的是真理,没有什么羞辱与难堪。好在跪听批评的场面只此一回,天津工商联的干部,笑脸变冷脸本来也是做表态文章。既然有了革命行动。也就不必再有下文了。

经受这一批一跪之后,伯父没有参加任何批斗会,没有招来任何大字报攻击,主要是受到周恩来的关照。说不清是毛主席哪一次在天安门接见红卫兵了,一辆汽车把伯父接到北京,送上了天安门。这大大出乎一般人的想象。开滦煤矿的造反派来到天津,厉声质问:"是谁让你资本家也上了天安门?"伯父说:"不知道有车来接我,我不能不去。"造反派厉声又问:"你见到谁了?"伯父说见到周恩来了。造反派厉声再问:"你还见到了周恩来!他说什么了?"伯父说:"周总理说看见你来了,我就放心了。"就这一句话砸得造反派厉声变无声。伯父从此未再过关。遗憾的是,就连伯父见周总理的细节也有人胡编乱造,硬说伯父是被剃了头去的。只是语境也不完全,交代不出哪个造反派在哪个地方下的手,居然任他这样上了天安门。虽然谎言一片,但伯父从此平安。

在造反派到处造反,抢占名人住处的情况下,伯父的小洋楼自然成了造反派的管地,老夫妻俩被挤到楼上去。楼下统统成了造反派的天下。说来也巧,我的内侄女婿王士诚领导的天津钢厂造反组织就驻扎在这里。自然而然对伯父起了保护作用。"文化大革命"过去,我在解脱囚禁、修正主义分子的帽子取下、重又恢复自由之后,这才重登伯父之门。这时楼下客厅与饭厅已经恢复原来的样子,已无半点造反派留下的遗迹了。当然造反派的动作还会留在传说里,传说命令伯父只准吃棒子面窝头,不准吃大米。但伯父只字不提,只提王士诚对他多有照应,要我谢谢他。我想问问都是怎么照应的,却是难以启齿。后来见到王士诚了,他会主动说出这段照应的事吧。他也只字未提,好像根本就没在那里安营扎寨,根本就不认识伯父似的。我又难以启齿,也只当不知有这回事。

又上一层楼

"文化大革命"结束了,邓小平复出了,改革开放的时代开始了。

一直关心国家大事、闭门家中坐的伯父,这天家门前忽然出现从北京开来的一辆汽车,请他去北京开会。开什么会?接他的人说不知道。伯父也就不再多问,反正不会再上天安门参加接见红卫兵了。伯父进了人民大会堂,在一间会议厅里遇上了远亲荣毅仁、好友胡愈之。这究竟是一个什么会?他们也不知道,好在答案很快就有了,实在惊人:邓小平接见!更加惊人的是,在会议室里四人对坐,邓小平要他们诉苦。这三位在"文化大革命"中受了一些冲击,在忧国忧民的胸怀中还算一回事吗,谈的都是如何恢复经济,发展生产。三位的观点基本一致。更加惊人,邓小平说:要恢复经济,发展生产,就必须国营、民营、集体经营一起上。资本家的称号就此取消,改称企业家,你们同意吗?他们三位当然同意。就此,企业家的桂冠经住了风吹雨打,一直通行到当前。伯父参加的会议太多了,但最有影响、最具有历史意义的应是这次资本家改称号的接见会了。

仿佛更上一层楼,伯父的心胸更开阔了,更老当益壮了,更尽力而为了。记得有次我去看他,赶上天津人大常委会组织视察活动。他已经老到迈着碎步走路了。我说要不就不要参加视察了，他用手杖戳地，话说得响亮："以我的身份参加，声势就大，一些厂长就更重视一些，职工就更振奋一些，看出的问题也许更多一些，改进的措施也许更有利一些。"他完全是在尽最后的心力。

我们下一次见面，已是两年之后了。正赶上伯父参加一场大会归来，我问他大会都是谁讲话，都讲了什么。他说麦克风的声音刺耳，他从始至终都没听清讲些什么，只是在主席台上就座，尽应尽的职责。这当然是很高的思想境界，尽力在发热发光。

没过多久，他就病倒了。京津名医一起会诊，又用飞机从香港运来特效药，但都未能抢救他那不治之症。原来还打算移往北京救治。伯父很豁达，说："不必了，人总归有远行的一天，我已经是高寿而终了。"

伯父早有遗嘱，更能表达他晚年的思想境界：骨灰火化后抛入大海，开民俗风气之先。他的骨灰不是洒向大海，而是骨灰盒加固沉海。更重要的是遗嘱中，表达了他一生中最大的操守，这就是待人处世不说假话。

这个遗言实在深远，越想越是重要，假话不仅包括谎言，而且包括大话、空话与无稽之谈，大者误国误民，小者误人误事，这是伯父积一生经历有感而发吧？愿遗言和他的藏书一起永留人间。他逝世时的身份，是全国政协副主席与天津市人大常委会副主任。

伯父周志俊

伯父周志俊

伯祖父周学熙共有五子。依序是周志辅、周志俊、周叔迦、周志厚、周志逊。周志逊早卒,实际上是四个儿子在他膝下。这当中,他只选中了志俊二伯肩挑重担。周志俊伯父的爱国精神,他的做事魄力,他的开拓行动,出乎一般人的想象,令人吃惊。周志俊伯父是周氏家族内部,也是北洋工业集团人士公认的新一代创业人。他在上海开拓了一大分支:久安工业集团。

也从坏事变好事中走出来

伯父周志俊在青岛长大。青岛先后为德国与日本所侵略,他自然耳闻目睹。特别是曾祖周馥在青岛时,他随侍右侧。曾祖对孙儿的教育抓得很紧,除了讲儒家的处世之道,凡事让三分,以退为进,也讲他的切身经历,如何治水,如何推进洋务运动,如何参与甲午战争,如何奔走与八国联军议和。这些故事对他的教育极大,充满了家族自豪感,立志要有所作为。

偏偏他身体也不好,但不是吐血的肺病。伯祖父于是让他上崂山疗养,早晨必须爬山,归来必须读书。书目极多,既有儒学,也有西学,特别是经济学,凡是能找到的书,都让他带上山去。读了必须做笔记。伯祖父在百忙之中,还要看他的读书笔记,实际上已是在培养他做接班人了。

从崂山归来，伯父已自学成才了。同时也学会了生活自律，不吸烟、不喝酒、不打牌，更不涉足风月场合。有人就搬用西太后对伯祖父的批语评价，"有其父必有其子"，这爷俩确实一脉相承，都是工作狂。这个工作狂也源于伯祖父的身教。他随伯祖父进了北京。伯祖父一面做财政总长，一面遥控他掌握着的企业，一天忙到晚，自然对他的影响极深，凡事敢做敢当，而且是能多做就多做。

伯祖父还为他请了一位英语教师。教师是爱尔兰人，以猎奇心态来到北京，一句中国话也不会说，只能指着桌子说英文，再指着椅子讲英文。伯父就像小儿学语似的，先学会口语，然后再识字，效果比先学字句、后学说话来得容易和自然，于是他成了明字辈唯一一位能读能写能说英语的人才。

伯祖父因反对帝制和袁世凯翻脸，从软禁中逃回天津之后，立即重启与比利时公司合资、建立耀华玻璃公司的谈判。谁来担任谈判翻译呢？志俊二伯上阵了。比利时公司的代表在斜视："你这年轻人靠着父亲的声望上阵，能负重任吗？"二伯有一份美国函授学校的毕业证书，够得上是个没出国的留学生，谈判桌上完全胜任。后来华新青岛纱厂与美国厂商谈判引进机器，也是请他做翻译。为了做好翻译，他必须阅读很多有关纺织机械的名称。这就促成了他对纺织企业的知识与兴趣，从此一生没有离开纺织业。

接任华新青岛纱厂

伯父周叔弢在调任华新卫辉纱厂之后，志俊二伯接管华新青岛纱厂，这就成了他开创一厂变多厂的事业基础。

这里要针对抹黑周氏家族的另一项无稽之谈，再说几句。青岛是大城市，卫辉是小县城，两个纱厂的规模也不一样。卫辉纱厂是四座纱厂中纱锭最少的厂。原因很简单，因为财力不足；原因又很复杂，这个厂是北洋工业集团中系别之争的是非厂，伯祖父如果派志俊二伯去，他性格强硬，势必火上浇油，只能由谨慎稳当的叔弢伯父去顶摊，何况他还有创建华新青岛纱厂的经验呢。青岛纺织工业是日商纱厂的天下，有九家之多，形成包围之势，不怵洋人的志俊二伯正好到那里孤军作战。伯祖父还是会识人用人的，提拔了侄儿，侄儿不负他的重托，果然成了北洋工业集团接班人；重用了儿子，儿子不负他的期望，果然另创一片天地。能说他有私心吗？有些人这样说来说去，无非为周氏家族抹黑。这个家族很大，有的已不相往来，但传承儒学，而又文风极盛的周氏家族从来没有互争互斗的事。比起其他大户人家，这是一大特色。

在众多日商的重压下，唯一一家中国纱厂的生存十分困难。志俊二伯胆大而又心细。他找到日商强势中的弱点：日商并不高明，只是大进大出，主要靠的是赚走中国廉价劳动力提供的利润,进的是印度棉花,棉花质量并不高,出的是纱布,也不是高档次的。志俊二伯反其道而行之,这就促成了他的独立自主的民族纺织企业之路, 他的特点是,不用外汇,也不买外汇。棉花不靠进口,而是派人到农村收购。他们几乎踏遍山东,一开始是临时收购,后来就建立了据点,年年到据点收购,长来长往了。为了保证质量,纱厂还推广优良棉花种子,设立棉花基地,培训棉农种植技术,逐步织起一张大网。他还在当地办厂,改变当时流行的封建式的学徒制,改为自行报考,愿来就来,愿走就走。他还建立三级培训班,不识字的必须进识字班,已识字的择优进技术班,已进技术班的择优进高级技术班。在高级技术班学习之后,有的成了技术骨干,有的成了车间技术员,先前的工人,后来竟成了技术员,这在那个年代是绝无仅有的新鲜事。车间风气为之一变,这就成了顶住九家日商纱厂的动力。这是日商纱厂绝对不肯去做的事。只有中国的智者才这样做!

当时,中国的民族纺织企业号称"三新天下",即荣家的申新、杨家的广新、周家的华新。荣家和杨家是儿女亲家,杨家和周家又是儿女亲家,亲套亲倒是各不相扰,各有千秋,但处境艰难,而又经营出色的却是志俊二伯。他在纺织业中,已是公认的行家里手。多说一句,1949年之后,一位工业领导对志俊二伯讲,你的办厂经验很好,基本上有两条:一是自力更生,二是走工农联盟的路子,遍地开花。

如果不是年纪大了，一定请你出来指导。这应是志俊二伯得到的最恰当的评价了。

结识管易之

志俊二伯不仅胆大心细，还极力捕捉新知识。从哪里补起？这就是经常听学术报告。已是纱厂常董，位列青岛绅士行列了，但他没有这个架子，经常不声不响地坐在听众席内。这次是坐到管易之学术报告会的席内。

管易之是何方人士，又是从哪所大学走出来的精英，说不清楚了，能说清楚的是，作为乡村改革运动的热心人，他特地来到人生地不熟的青岛，把这个响亮的号召送进这座闭塞的城市。他讲得铿铿锵锵，只是怎么开始，谁发工资，谁给饭吃，统统没有交代。结果是一片掌声响过，听众无能为力地走散。只有一个人坐在座位上不动，当然就是志俊二伯了。

两个人面对面，三言两语之后，就成了知心朋友。志俊二伯照直问来，千里之行始于足下，请问你下一步怎么走？管易之实话实说，他只有布道式的宣传这一步，下一步怎么走，就不敢说也不敢想。谁发工资，谁给饭吃，这个问题连他自己也没解决。志俊二伯的大胆必然铸就他的豪放。二伯请管易之进厂，先解决吃住问题，再借纱厂分散在各地的棉花种子推广站与棉花收购站，通过那里的人到农村迈出第二步。

管易之走进华新青岛纱厂，下了几个棉花种子推广与棉花收购站，说不清楚了。反正一步也没有走成，倒是在厂内起了作用。由他负责建起职工子弟小学，组成职工工会。华新青岛纱厂在开明办厂上从此迈出一大步。

面对五卅运动

1925年步入盛夏前夕，上海日商纱厂的老板进厂视察。迎面走来几名工人，没有向他鞠躬致敬。日本人认为，这是不服从的表现，立即下令开除出厂，本来就燃烧着被轻视与被奴役怒火的工人立即从车间涌出，向日本老板提出抗议。日本老板更加蛮横，用手枪打死带头抗议的工人顾正红，还打伤十多人。全厂工人立即宣布罢工，并向社会各界求援。整个上海怒火熊熊了！两千多大学生上街游行示威了！中国工人被开除，被打死，被打伤，必须依法严惩凶手，租界地的蓝眼睛统治者同样蛮横，不但挡住游行示威的队伍，还抓捕了一百多名带头呐喊的学生，不啻火上浇油，愤怒的中国人民喊出最响亮的口号：打倒帝国主义！收回上海租界地！五卅惨案激起的风暴就此席卷全国。

同样忍受着被轻视与被奴役的青岛九家日商纱厂工人，立即燃烧着埋伏已久的怒火，冲出了紧锁的厂门，举行了青岛有史以来第一次反对帝国主义游行示威，华新青岛纱厂工人当然立即响应。不过他们不是冲出紧锁的长门，而是走出敞开的大门。志俊二伯还做出有力的支持，计件工资的按计件工资平均数，照发一天工资，按月算工资的自然不在话下了。

五卅惨案的风暴平息下去了。日本纱厂的日本老板个个都在心头记着一笔账，陆陆续续地以各式各样的借口，把这些带头冲出厂门的工人清除出厂。爱国的工人反而没了生活之路。志俊二伯再次做出了有力的支持，敞开大门，凡是来投靠的，一律收留。华新青岛纱厂的工人早已定额满员，如何容纳得下这多的人？好在识字班和技术班都在继续开班，在抽调与轮换中全都解决了问题，仅仅是增加了工资的开支。这是志俊二伯拿得出也顶得住的。人们交口称赞他是"爱国实业家"。

支援抗战

爱国实业家就是盯住青岛九家日商纱厂，锣鼓对敲吗？志俊二伯的视野当然更宽广，抱负当然更远大。面对中华民族的大灾大难，志俊二伯早就做好支援方案。日本侵略者在卢沟桥响了枪，他立即决定拆装机器，远赴重庆，华新青岛纱厂更名华新重庆纱厂了。但拆迁工作必须夜间进行，必须先到上海，然后再沿长江上行。战局变化太快，机器设备刚刚拆运了三分之一，青岛就沦陷了，上海就失守了！残缺的机器设备已成了烂铁,华新重庆纱厂已成了永远做不成的梦。比这做不成的梦更急人的是,随着三分之一的机器设备一起来的还有几百名技术优秀的爱国工人呢,他们的生活又怎么安排?工资可以缓发,一天三顿饭总要保证吃上口。形势逼人,已处绝境的志俊二伯,凭着他的敢想敢干,居然在已成孤岛的上海租界地创造奇迹,成立了信和纱厂、信孚印染厂与信义机器厂。虽然三个厂子都不大,但买地、建楼,把残缺不齐的机器设备补齐,这需要多少资金,他怎么妙手成春的?

促成他在上海闯出一番天地的,主要是他把原是一座纱厂的三个相对独立的部门分成三个各自招股的企业,各自成立董事会。想当董事吗?请花钱入股,想当董事长吗?请花更多的钱入股,志俊二伯自然也是大股东,但他只居常务董事席位。所以人们当面和背后,称他为常董。光是招募股就能买地、建楼。补齐残缺的机器了吗?不够,远远不够,更主要的是这一条,他和志辅大伯联合在天津建立了中美平安房产公司,规模不大,只有小楼数座,没有来过天津,他为什么要在天津投资房产呢?据说这是志俊二伯面对当时中国的混乱局面,做出的安排。美国人是何许人?也成了难解的谜。志俊二伯为了把已失守的纱厂变成在上海建厂的资金,派人拿着一份编造的买卖合同,以一百万元代价将华新青岛纱厂厂房,和未拆走的机器和库存的棉纱,全部转移到中美合资平安房产公司,再派人向九家日商纱厂出售这份合同。理由充分:房产公司经营不了纱厂,只能加价转售;招牌铁硬,美国人合资,当时不仅能唬中国人,也能唬日本人。另外,当时青岛市市长沈鸿烈在撤退之前,仓促中还派兵炸毁九家日商纱厂机器。只是炸毁得不够彻底,还留了不少完整的机器。正好和留下三分之二机器的华新青岛纱厂搭配在一起,于是转售迅速敲定。当然,日商以低价收购,还是捡了大便宜。但他们做梦也没想到,中美平安房产公司左手拿到钱,右手就转到志俊二伯手里了。日军占领中国之后,还曾通缉抗日志士周志俊呢。

志俊二伯的创业精神进入辉煌时期,他以北洋工业集团的一座纱厂做基础,在抗战年代中发展成了久安工业集团。有人也搬用了"有其父必有其子"这话。称赞这父子俩在不同时代的不同拼搏。何谓久安工业集团?这是在"三信"的基础上建立了久安信托公司,建立了利安企业公司及附属的证券行,建立了大沪百货公司。这些都是成长在上海租界的。还有利用华新青岛纱厂先前的普及棉花种子与收购棉花的站点,与地方上人士合作,先后建立了泰安工业社、惠民工业社、孚昌染织厂、均昌源染织厂与常安工业社。这些小厂的机器都出自信义机器厂。这个厂已发展了一大步,不仅从修补纺织器材到制造纺织器材,而且还能制造许多其他产品,这就埋伏下志俊二伯其他领域发展的雄心壮志。

终于支援了抗战

比起发展久安工业集团,志俊二伯的更大心愿还是支援抗战。迁厂是绝对不可能了,那么力之所及,他还能做些什么呢?

机会来了。一位英国商人来到上海来寻找合伙人,要求必须有财力,有魄力。找来找去,找到了一年之内建起三座工厂的能人。志俊二伯再次借助外力,说:"现在最应该做也最有发展前途的,莫过于支援中国抗战的大后方了,我们共同出资办一家运输公司,买英国的货车,插英国的小旗,运输各种货物到大后方,你看如何?估计做这种运货生意的人绝对少不了。"

英商接受了这项建议,在香港注册了一家中英合资运输公司,规模不小,先后有货车200辆,足见运输量的不低。为什么要说先后呢?自然是陆陆续续之意。往往是长长的一列车队去的,回来却是短短的几辆车了。大后方不仅急需货物,也急需货车,所以商人卖货,公司也就卖车,卖车就必须再买车了。

遗憾的是运输公司的好景不长,第一条运输路线是从广州出发,广州被日军攻陷,这条运输线路自然也就无法存在。第二条运输路线是走滇缅公路,绕道进入大后方,又因战局的变化,不得不再次中止运行。无利可图的英国商人带着货车无影无踪消失了,连一辆货车也没留给志俊二伯,损失不小!志俊二伯心焦的不是财产损失,而是如何继续支援抗战。他在思索,在寻找。

结识郭学超

郭学超是何方人氏,又是从哪所大学走出来的精英,我也说不清楚了。能说清楚的是,他实业救国,抢先一步到了重庆,参与组建了一家企业,正在尽力而为之际,不料得了必须开刀动手术的大病,急飞香港,再奔上海。等到开刀动手术,病愈出院,战局形势大变,香港已经沦陷,他回不去了。先是走投无路,后是生活困难,陷入绝境。志俊二伯立即和他见面。二位都是有抱负的人,自然谈得十分合拍。大胆而又豪放的志俊二伯说:"那就请你到我这里来吧,以静待变。"可是在哪里安排呢?

千巧万巧,管易之忽然来辞职,说:"朋友一场,我必须实情相告,要去解放区了。请将我开除出厂吧,免得连累了你!"志俊二伯大吃一惊:"怎么你走了这条路!"管易之旧事重提:"我们初次见面,你不是照直就问,乡村改革运动,在宣传之后,下一步怎么走吗?不是还指点我,在棉花种子推广站和棉花收购站试走一步吗?现在看来,最根本也是最有效的一条乡村改革运动之路,就是到解放区去。在那里,乡村改革运动和抗日救亡结合在一起啊!"志俊二伯收住了惊声,这话听进去了,只说:"我们朝夕相处,怎么忽然翻脸不认人,把你开除出厂了呢?不妥不妥!我们周家家风义字当头,这也不符合我的为人处世之道。"于是提出一个因病请假半年的办法。反正到时不来,也无人起疑了。这件事不大,只是为朋友远行打个掩护,却是他对共产党的第一步了解,为他后来的思想发展起了极其重要的作用。

话说回来,管易之的空缺,正好由郭学超补上,这是再自然不过的事。但郭学超在信和纱厂并未坐住,就转入久安信托公司了。信托公司实际上就是银行,是志俊二伯吸收资金与流通资金的窗口。郭学超上任,既不负责揽存款,也不负责放贷款,而是负责主持设计委员会。这个设计委员会挂在久安信托公司之内,实际上是为整个久安工业集团服务的,久安工业集团又是为面对日本帝国主义疯狂侵略、败局已定的形势,为祖国抗战胜利、复兴建国而服务的。怎么服务?自然是事在人为,先从网罗人才开始。当时上海的技术人才不少,有的不肯附逆,为日本侵略者做事,有的是战事萧条,出了校门就进了家门,读书得到的知识无法落在实处。他们当中有些人被请进了设计委员会。设计委员这个名义挺好听,任务也挺轻松,就是每周到久安信托公司的会客厅,坐以论道,针对久安工业集团的财力现状,跨出纺织业界外,还能做些什么,然后坐下来吃一顿饭,还有一笔车马费到手。这在战乱中的 20 世纪 40 年代的上海,称得起是志俊二伯的又一惊人之举了。

这个惊人之举很快就起了作用，久安工业集团不等抗战胜利，已经为迎接抗战胜利进行了提前创业，在信和纱厂、信孚印染厂、信义机器厂的俗称"三信"之后，又先后建成了新亚硫酸厂、新成电表厂、新安电机厂，俗称"三新"。何以不用"信"字，改用"新"字了呢？因为这三家的产品都采用了新技术，是以新一代产品迎接即将到来的抗战胜利。"三新"当中，以新亚硫酸厂的规模最大，只是发展前景说不清楚了。能说清楚的是，新安电机厂在奇迹般发展。在上海解放初期，蒋介石派飞机狂轰滥炸，企图致上海于死地。为了脱离狂轰滥炸，志俊二伯开始疏散最容易搬迁的企业，新安电机厂落户天津了。开初规模不大，车间与办公室都在一座楼里。产品很新，是天津前所未有。公私合营之后，改建新厂，规模壮大。在"备战备荒为人民"的政策指引下，机器和工人又落户到内蒙古了，再建新厂，规模更大，成了草原大地上的大厂，这是设计委员没有料到的，也是敢想敢干的志俊二伯没有料到的，好在千丝万缕总还一线相连，也算是一项贡献吧？

挨了一枪

志俊二伯在上海孤岛，也就是上海租界，一年之内建起三家工厂，自然令人侧目，在抗战时期是上海绝无仅有的事。俗称"76号"的日本特务机关，机关中俗称"混世魔王"的李士群觉得奇怪,这是哪一类型的资本家?一不抽烟,二不喝酒,三不进风花雪月场所。是不是另有抱负?李士群摸不清底细,既不知志俊二伯拆迁华新青岛纱厂机器是准备内迁重庆,也不知还和英国商人组建运输公司向内地运输物资,更不知青岛沦陷后日寇曾经明令通缉周志俊,只是有枣没枣打上三杆子再说。即使打不下"好枣",只要进了76号,就不能空着手出来,按身份论价,花钱买人吧。特务机关也是绑票机关。

这天正值信和纱厂办公楼下班时刻,志俊二伯走了出来。恭候他多时的特务走上前来:"周志俊先生,请你辛苦一趟吧。我们李老板有请。"志俊二伯转身就跑。大大出乎特务的意料,居然李老板有请,还有敢不去的!掏出手枪就打。志俊二伯应声栽倒在地上,千好万好,正是职员全都出来那刻,惊叫连连。两名黑衣人也怕人多,立即上车逃去,他们另有算计:挨了枪的大老板会烦人说情,烧香进贡的。

志俊二伯不仅胆大,而且硬气,他才不给李士群烧香进贡呢。在医院治好腿伤,悄悄避难到天津,重又和伯祖父住在一起了。好在他经营企业向来居中间位置,上有董事长挂帅,下有经理负责,他只以常董的名义掌控大局,所以所有单位的所有员工都能照常工作。常董离开,经理仍在,绝对不会乱套。

虽然不会乱套,但事业心极强的志俊二伯还是悄悄地回到上海,闭门家中坐,继续发挥创业之光。如果李士群侦察到他又回来了,又请他辛苦一趟,那还得了!爱子心切的伯祖父居然没有拦他,让他冒险回去了。这正是周氏家族中的家风,以事业为重,敢做就敢当。

凡事持乐观态度

冒着风险回到上海,志俊二伯足不出户,只在家中静观变化。仅仅几位企业负责人能见他,大家都为他担心害怕,这不是长久之计啊!万一嗅觉敏锐的李士群又派小鬼来敲门,怎么办?志俊二伯凡事持乐观态度,他不相信中国抗战会失败,也不相信汉奸特务能横行到底,事往前看,路往前走。等着等着,他真等到了!

李士群是个投机分子。他先投机共产党,认为共产党能救中国。在地下活动中失足落水后,他立即向特务头子戴笠低头俯首,认为蒋家王朝还是倒不了的。抗战爆发,日本侵略军攻克上海,搞起南京大屠杀,他又觉得中国必然亡国,别无出路了,戴笠交给他联络图和一笔巨款,让他潜伏上海,进行刺杀活动。他觉得,这不是让他自投罗网、活着送死吗?于是再次投机,献上了联络图,整个军统特务网变成日寇特务网。李士群从此成了76号特务机关的混世魔王。岂止讨好日本特务头子,他也成了汪精卫伪政权的支柱人物,还成了江苏省伪省长。特务加贪官,正好双手捞钱,就连日寇统购的粮食与棉花,他也先吃上一口。他的势力太大了，他太得意了。

抗战的形势在迅速变化。敌进我退的阶段结束了，敌我相持的阶段也前景光明了。投机取巧的李士群再想掉头转向，已经不可能了。汪精卫的左右手，上海伪市长周佛海却和戴笠取得联系。戴笠提出："你要摇身一变，成为地下工作者不难，必须先把李士群干掉。"戴笠恨李士群恨得牙根紧错。原来李士群潜往上海，带的那笔巨款中也有戴笠的私房钱，代他买一座楼房，以备抗战失败后躲进租界去。他也抗战决心不足呢。这个要求正中周佛海下怀，他手下有一帮特务，和李士群的手下磕磕碰碰，争争抢抢也非一日了。正好借题发挥，就派他手下的特务头子去见 76 号的日本特务头子，先咬一口，说李士群带着戴笠的巨款前来投降是诈降，是当面一套，背后一套。铁证如山的是，他连日本统购的粮食与棉花都先咬一口，这是帮助"大东亚圣战"，还是破坏"大东亚圣战"？这话宛如利剑穿心，日本特务头子一脸青绿。李士群在粮食与棉花先吃一口当中，他也有一份呢。事情捅开，他也吃得上黑枣丸呢。日本特务头子决定赶快干掉李士群，杀人灭口！密谋在日本特务头子的家宴中摆开，主题是为两家特务系统说和，以后有事好商量。李士群不能不去，话不能不说，酒不能不喝，菜不能不吃，反正酒是人家先喝才喝，菜是人家先夹才夹。最后一道是冰激凌，也是人家先吃才吃。可他没有想到，冰激凌却是一个碟子一个，当时吃了没事，转天到了苏州，耍官派与发官威都没事，直到后半夜才发作，闹了个一分钟死亡。

消息传到志俊二伯这里，他立即走出家门，联络各方，以合资与募股方式，先后办起久安实业公司、孚昌印染厂、华一工程公司、广利实业公司、久安信托公司、江阴利华纱厂、新业电化厂、大沪百货公司、久安房地产公司、久兴茶叶公司以及散落在山东各地的工业社，仅仅几年光景，就组成广大的久安工业集团，一时好有气派。

为华新青岛纱厂回归奔走

抗战胜利之后，国民政府作出决定，凡日商在占领地区以低价收购和强行占领的企业，对其增加的设备，经过评估，将敌产产值支付给政府，就发还。华新青岛纱厂符合规定，而且还多了两个条件：拆走的三分之一的机器是为了支持抗战啊！主持拆迁的周志俊还受到日寇的通缉啊！志俊二伯拿着这些证明上访南京，一趟又一趟就是办不下来。原来，官僚集团经营的中国纺织建设公司已经抢先在日商纱厂集中地的上海、青岛、天津、东北建立了四家分公司，吃到嘴的肥肉哪里还肯吐出来！华新青岛纱厂规模原来就比较大，纱锭五万台，织布机两千台，织染印染俱全，日商接办之后又增加了多少设备说不清楚了。政府提出一个拒交的理由，华新青岛纱厂的未拆走的部分连同厂址全部卖给了中美平安房产公司，这家公司就是周氏家族的，明明白白是连环套。志俊二伯敢干敢闯也敢说:"不错不错,正是连环套,这才从强占的日商纱厂里挤出一点钱来,扶起信和纱厂,这点钱也就只够库存的纱布钱,证明这是低价收购。"中国纺织建设公司又提出拒交的理由:"中美平安房产公司是真正的中美合资吗?美国人是谁?"千好万好,这个美国人还活着,他开来了证明。美国人出面,这事就好办了。即使好办,志俊二伯也还是一次又一次奔走南京,走后门,送红包,这才办了下来。这事给志俊二伯的刺激不小,明明有规定,却办起来这么难,没钱没门路,不给办事!

华新青岛纱厂终于可以回购了,但日商增加的机器设备评估下来,是一笔沉重巨款。只能重新募集资金,进行招股。个人投资中,志俊二伯是第一大股东;企业投资中,信和纱厂是第一大股东。其实久安工业集团的所有单位都是股东,或多或少,尽力而为吧。这就传承了伯祖父的以厂建厂、以厂养厂的经营作风。我初步统计,除了华新与信和两家大厂之外,二伯还创办了小型的与工业社型的纺织企业,足有十家之多,分布在上海与山东各地。体现了他生产与原料结合的分散经营的思路,和工农结合的思路。

传承勤俭家风

1947 年,我来到了上海。按照家族的礼数,我到二伯家去见他。这也是我第一次见这位又有创业精神、又有钱的志俊二伯。万没想到,他住的是一座普通的楼房,客厅不大,光秃秃的没挂一张字画,也没摆一件古玩。这使我自然而然想起伯祖父的客厅。这爷俩的朴素,如出一辙,略有不同的是,二伯的客厅多了一套沙发,二伯的身上多了一套西服。这在父辈里少之又少。他一脸严肃而又不失温和地问了我的情况,到上海做什么事。话不多说一句,只是嘱咐我,以后有事找他,就到茂华银行,不必再到这里了。说完,他就匆匆上班去了。

久安工业集团有个久安信托公司,何时又冒出个茂华银行呢?茂华银行开在重庆,本来是为了配合华新青岛纱厂内迁而设,内迁未成,银行孤零零地立在那里,不起作用。志俊二伯就把它迁回上海,原在上海的久安信托公司就迁到天津,顶替了被劫收走的中国实业银行,从此北洋工业集团各厂的账号全移了过来。这既是他的识见,也是他的打抱不平,更是他的饮水思源,不忘根本。

1947年盛夏光临了,解放战争的形势大好。志俊二伯是动脑筋的人,又是这么大的摊子抓在手中,何去何从,必然有个想法。我作为一名地下党员,又是他的侄儿,有责任也有可能让他在上海迎接新社会的曙光。我走上茂华银行楼上。楼上的客厅里已是高朋满座。志俊二伯急问:"你有什么事情?"我说:"没有事情,就是来看看您。"他大不以为然:"上海的早晨一向是繁忙的早晨,你没事怎么还来看我！"然后和大家说："我的侄子，刚来上海不久。大家但说无妨。"然后又指着一把椅子，让我坐下来旁听。我大开眼界，这些座上宾，有的是单位负责人，有的是同行业的朋友，谈来谈去，整个上海经济动态我都听到了。原来，这位常董是在这里眼观四路，耳听八方的，他抓消息，凭信息发展，不过没有谈到战局，涉及政治。人们大概有意不谈吧。

对于志俊二伯的领导艺术，我有幸还在一场宴会上有了进一步的领会。他对他团队中的头头脑脑人物都亲如一家。信和纱厂经理的女儿，是位娇气十足的上海小姑娘。志俊二伯和她有说有笑，看来见面不止一次两次了。和其他几位头头脑脑人物也是如此，绝对没有常董的架子。有着一个能商量又能一起做事的团队，怪不得二伯能把摊子铺得这么大。我也因此有个联想，在以儒学办经济的说法上，志俊二伯的创业与治厂之道，是不是一个典型？遗憾的是，我们伯侄之间距离太大，谈不上话。长谈不行，密谈，更不行。

面对翻天的巨变

1947年冬，将伯祖父安葬于北京西郊之后，志俊二伯转过年来，悄悄偕郭学超去了趟台湾。能把大厂小厂搬到这里来吗？条件太难，费用太高，再加上走后门就必须送红包，他力所难及。在走投无路中，他带着一家人，也带上一

笔外汇,暂栖香港,想回到上海又不敢回来,共产党政策是
什么?想了解又无法了解。他心焦似火。就这光景里,信和
纱厂董事长颜惠庆派他的秘书,持他的亲笔函,把二伯召
唤回来了。有份材料说是用电文把他召回来的,不对不对,
在那个年代那种环境下,怎么能用电文明说明讲呢?

颜惠庆,中国近代史上的名人,是与顾维钧齐名的外
交家。他生于上海,在上海同文馆学习外语,毕业之后留学
美国。在美拿到文凭之后,回国任教,又在商务印书馆做编
辑。后任驻英国大使馆参赞,归国之后任清华大学总办,已
是响当当的人物了。北洋政府时期,颜惠庆更上一层楼,先
后出任外交总长、内务总长、国务总理,几次组阁,还一度
代行总统职务,风云一时。国民政府时期,他与国民党没有
瓜葛,但作为外交界的能手,仍出任驻英国大使。由于他当
过编辑,办过教育,有文化人的底子,自然开明。在驻英国
大使期间,和苏联驻英国大使有接触,于是在他建议下,国
民政府与苏联建交,于是他在驻英国大使任满之后,又出
任驻苏联大使。在这一任内,他有惊人之举。与苏联方面协
商,以苏联文化团体名义邀请梅兰芳赴苏联演出,成为轰
动一时的大事。表面上是介绍京剧,文化交流,实际上是针
对日本侵华的形势,为支援中国抗日战争搭桥。此乃惊人
之举,也是远见之举。万万没想到,此举惹来蒋家王朝的怨
言,认为这会招来英美两国的不满。颜惠庆反问:"难道多
一个苏联援助不好吗?"顶撞的结果是,驻苏联大使期满,

蒋家王朝也就不再安排他做事。颜惠庆从此远离国民政府,结束外交活动,隐居天津。他在北洋政府时期就在天津租界里建有一座小洋楼,每次组阁失败,都回天津休息。他是北洋工业集团成员,也是启新洋灰公司董事长、江南水泥厂董事长。这就说明,他和周家关系何其密切。这位北洋政府时期的风云人物,还是大陆银行的董事长,志俊二伯则是大陆银行的董事,二位私人关系是至交。由于北方局势紧张,为了躲避日寇的搜捕,颜惠庆只好回到上海,闭门不出。"七七事变"爆发,志俊二伯迁厂重庆落空,于是躲在上海租界里,组建信和纱厂。颜惠庆为了支持志俊二伯的爱国行动,又出任信和纱厂董事长。爱国精神把他俩拴得紧紧的。

由于爱国,颜惠庆在晚年又有惊人之举。在《北洋政府总统与总理》一书中,对颜惠庆的记载,有这样的文字:"李宗仁代理总统后,派其政治顾问甘介侯前往上海与颜惠庆、章士钊、雷震、江庸等磋商,希望颜等作为中间人士前往北平,为国共两党和谈搭桥,随后李又偕邵力子同往上海,亲请颜惠庆。2月14日,颜惠庆等作为李宗仁私人代表团前往北平与中共商讨和平事宜。"遗憾的是文字到此为止,没有交代颜惠庆和党的地下同志怎样有了联系,没有交代颜惠庆率代表团怎样秘密进入解放区,没有交代在解放区和毛主席见面都说了什么,没有交代回来之后这些民主人士都起了什么作用。历史背后的历史,全被埋没了。

言归正传，颜惠庆在志俊二伯的身上起了作用，一说他用电文，一说他派秘书，把志俊二伯从香港召了回来。志俊二伯又惊又喜，还受了极大刺激：颜惠庆居然与时俱进，和共产党有了联系，周志俊怎么就不能与时俱进，接受新事物呢！志俊二伯从此思想大转变，也有了惊人之举。

顶住沉重的打击

蒋家王朝败退台湾以后不甘心失败，对上海狂轰滥炸。由于苏联空军支援，炸毁蒋家王朝在沿海岛屿上的机场，上海的空袭解除了。接踵而来的是，帝国主义支持下的经济封锁与打击。他们要把工商业密集的上海困死。久安工业集团面临从不曾有过的困难。有些单位停业了，有些单位虽然没有停业，却是在亏本经营。久安的职工人数接近一万，他们的工资必须照发，生活必须维持。志俊二伯坚决根据政策办事，不使一名职工走散。凡事不求人的实干家，只好也向家族伸手求助了。当时周氏家族已在分散中衰落，称得上富有的只有祖父和志俊二伯了。据说，祖父将上海的全部财产交出，以做支援。

志俊二伯根据当时的疏散政策，决定迁厂。除了新安电机厂迁津之外，信和纱厂一部分迁往河南郑州。这个厂规模多大，厂名是什么，说不清楚了，只知道这是久安工业集团的最后一个单位。志俊二伯的雄心壮志还在继续，又在济南找到一处空闲的厂房,可以再移信和纱厂的机器到这里来。本来合作的条件都已谈妥,但必须安排配套的办公用房与职工宿舍,对方又拿不出,久安工业集团也拿不出,这事只好成为空谈。

移厂就棉与迁厂就销

积几十年从事纺织企业的经验,作为爱国民主人士,志俊二伯曾写有华东地区纺织事业的移厂就棉与迁厂就销的意见书,建议青岛与上海这样来料加工与成品外销的纺织厂不再增加,今后应向产棉区发展,向中型城市建厂。实际上他多年来就是在这条路上摸索前进的,先后建立的泰安工业社、常安工业社、惠民工业社正是雏形。这个意见书得到陈毅将军的重视, 说:"你的建议不仅适合华东地区,也适合全国各个地区,我会向有关方面推荐。"

推荐没有结果。这倒是必然的,因为华东不是产棉区,华北产棉要盛于华东,因此需要在全国范围进行规划。大行政区撤销,私营工商业改造高潮掀起,志俊二伯认为这才是实现移厂就棉与迁厂就销的最根本保证。再加上,他思想上大转变,坚决跟着共产党走,建设中国,复兴中国,抢先响应公私合营,将久安工业集团全盘交出,大厂小厂分门别类纳入所属行业,就连他的那座小楼也交给房产公司,从此他永离上海,也永离他的团队,重又返回青岛。

资本家在公私合营之后，有定息可拿。志俊二伯能拿到多少定息呢？大厂小厂合在一起，这可是个惊人数字，年息超过了一百万。但更惊人的是，这笔巨款，他一块钱也没要，全部交公了，南南北北拿定息的资本家不知有多少，像他这样全部交公的就他一个。

结束了创业的一生，回到青岛定居之后，志俊二伯是闲不住的人，居然传承曾祖的学风，也开始研究《易经》，写下了《读易随笔》。二伯既和美国人组房产公司，又与英国人搞运输公司，骨子里却传承着中国文化的文脉。这应是志俊二伯最与众不同之处，是真正穿西服而又保持本色的中国人。

在青岛执笔写作的日子并不长久，山东省党政领导就派人前来，请他主持山东省工商联工作，说他是众望所归，在山东支援五卅运动，在"七七事变"中立即拆厂内迁，在公私合营后全部定息上交，这些光彩照人的事，哪个工商界人士不心服口服呢！只有周志俊能把工商界人士带动起来。这话说得好："人心齐，泰山移！"志俊二伯义不容辞，说："现在最要做的就是人心齐，我来试试我的号召力。"

志俊二伯从此告别青岛，定居济南，住进了省政协大院。在出任山东省工商联主委的同时，他也是山东省政协副主席，后来又改任山东省人大常委副主任。既然是山东省政协副主席，自然也是全国政协委员。每次全国政协开会，志俊二伯必然拄着拐杖，迈着受过枪击的伤腿去看望管易之。管易之从苏北何时转到中央,又在哪个部门工作我说不清楚了,只记得他有一篇纪念志俊二伯的文章。每次开会,二伯必去看他,相谈甚洽。

他们因乡村改革的演讲而相识,然后又合作办厂与迁厂,在风险中共渡难关,然后在救亡的道路上分手,最后在新中国建设的初期重逢,二位老友终究走到一起。

忽然摔倒

由于小腿受过枪伤,志俊二伯一直扶杖而行,十分吃力,十分小心。没想到有一天,他还是摔倒了。他身材高大,家里人一时扶他不起,找来邻居的年轻人,这才扶起来。二伯已经不能直立,只能倒在床上,仅仅支撑几天,就结束了人生之旅。噩耗传来,周氏家族各支各系都有人前去奔丧。这是继叔爹伯父辞世之后又一大事。我们这一系,自然是哥哥嫂嫂前去。他俩和志俊二伯的关系密切,我没有去,现在想来也是一大憾事。

好在哥哥嫂嫂归来,带来不少珍闻。二伯自知大限已到,大概是盘点他一生的创业,一生的贡献,一生的风险吧,浮着笑意闭上了双眼。没有留下遗嘱,也没留下遗言,更没有留下遗产,一个普普通通的家,连一件值钱的摆设也没有。最大的珍闻应属东至县两名吊唁代表,他们带来家族中我所从来不知道的两件事。在不同的年代,志俊二伯先后为东至县捐建了一所医院和一所小学。

对于周氏家族来说,对家乡的善举是一贯的。曾祖捐建经研书院,曾祖母购地千亩成立乐济会,救济无地农民。伯祖父先后捐建农林公会、中医传习所、秋浦医院、仁寿诊所、商业讲习所、秋浦第一模范工厂、秋浦电灯厂和一座长八十二米、宽四点五米、高八点二米钢筋水泥大桥。志俊二伯继承家风,续行善举,尽了自己的义务。

斯人已逝,风范犹存

对这位在战乱中崛起,具有一定传奇色彩的志俊二伯,写他的著述太少,只有《周志俊小传》一部。作者周小鹃是他的孙女,当然也是我的侄女了。可惜她在兰州,我在天津,没有见过面,也无法取得联系。这书以资料丰富取胜。久安工业集团星罗棋布,在大城市与小城市,在大厂与小厂,在工业与商业之间的发展情况,全都留存在这部书里。这是难得的一部从华新青岛纱厂拆厂起步的久安工业集团发展史,殊为难得,但对志俊二伯的思想、性格、作风都没有论述。这也难怪,孙女怎么敢论述祖父呢。

另一份有关志俊二伯的著述,就是由我匆匆写在这里的口述式文章了。既凭我的认识,也据长辈的无意中的评语,对他的思想发展与作风的形成,做了力所能及的论述,对他以中国精神处世,以传统文化办企业,做了一些剖析。

斯人已逝，风范犹存。但愿志俊二伯的创业精神，还能起到发光发热的作用。在周氏家族文化中独特的一个篇章，但愿也还有人继续研究下去。

姑母周仲铮

姑母周仲铮

作为官二代、又有候补道经历的祖父,他对外,讲究"和为贵",讲究忍让,讲究"礼多人不怪",讲究宴请,讲究对人对事绝对没有过不去的河;对内,祖父就像换了个人,是典型的封建礼教执行者,对子女管教极严。他有四子二女。长子夭折,二子就是我父亲,唯一伴他终老的人。三子四子,也就是我的三叔四叔,都因病早卒,病了都不敢告诉祖父。父亲见着祖父,总是垂手而立,从来没见他爷俩平起平坐、随随便便说过话。我们孙辈,更是如此。小时候,只要听说祖父来了,我们立刻垂手而立,浑身紧张,聆听他的教训。

谁知她是哪颗星星下凡

在祖父的封建礼数管教下,只有他的二女儿,也就是我的姑母周仲铮例外, 就连这个名字也是她后来自己起的。她总是斜视礼教,敢哭敢闹,祖母有话:"谁知她是哪颗星星下凡?"这就成了我们童年听讲周家的众多故事中,最为有趣的一个。祖父的严厉家教被姑母碰碎!她留下来的幼时的照片,直愣着两根小辫,亮着脑门,大睁着眼睛,仿佛要把人世间的不平看穿看透。周氏家族中的女性都是旧式的大家闺秀,唯独她例外,敢说敢讲,敢冲敢闯。

曾祖久经风雨,善于识人,看出这个小孙女的与众不同,特地给她写了个扇面。当时曾祖的书法,写条幅尚可,

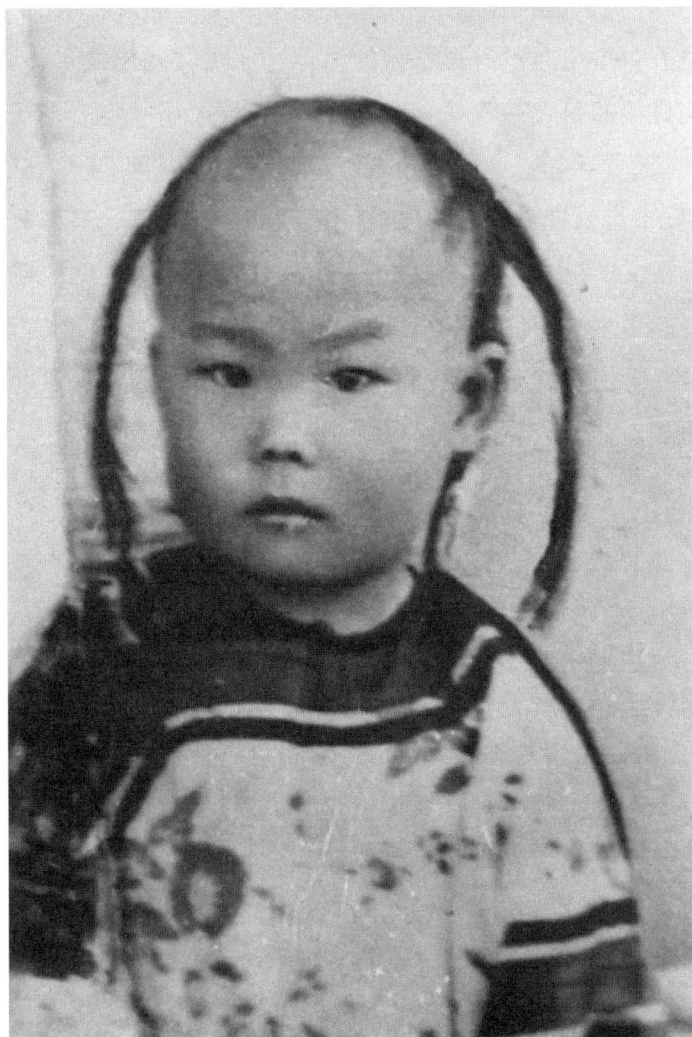

周仲铮童年照

写扇面绝无仅有，外界人士求不到，孙辈中也只有她有。这是对她的特别期许与鼓舞？

在家塾学习中，姑母从小学习英语。祖父请了一位外国女教师，可是女教师听不懂中文怎么办？于是又请了一位扬州的女士从中做翻译。这样一来，姑母既学了英语，又学了扬州话，她特爱扬州话。祖母是扬州人，不过祖母随外曾祖父在外地做官长大，她的扬州话有等于无了。在我的记忆中，老人家说的是北方话。姑母的扬州话，字正腔圆。外曾祖徐兆雄是画梅花的好手，姑母也跟着绘梅花，无意中打下了从事绘画的基础。

祖母发话了，要她学女红，说将来要嫁人的，要生儿育女，要为孩子制衣做鞋，还是赶快学女红的本事。姑母对于穿针引线毫无兴趣，也没有这个耐心。更加火上浇油的是，她哥哥从家塾中走出去，上了洋学堂，她还要待在家里，不见世面，实在难忍难熬。她提出到外面上学的请求。祖母说："大家闺秀应当懂得待字闺中。"祖父讲："女孩子家抛头露面成何体统？老老实实待在家里。"男女这样不平等，姑母气极了，可又没有办法外出求学。

《新民意报》带来生机

时代在进步，天津出现了一份宣传民主自由、提倡男女平等的《新民意报》。主编马千里不仅办报，而且在讲台上育人。在南开中学时,他是周恩来的老师;在直隶第一女子师范学校时,他又教过邓颖超。马千里老师没有教师的架子,下得讲台,和同学就能亦师亦友。在"五四运动"中,马千里就和周恩来并肩战斗,一起被捕,又一起在狱中领导了难友绝食运动,最后取得全体难友出狱的胜利。

马千里在天津又是达仁小学校长,又是主编,他忙得过来吗?不要紧,他有的是学生。他的得意弟子邓颖超走进了《新民意报》,并组织创办了女星社。女星社又成立女星成年妇女学校,专为不识字的家庭妇女扫盲,还为受婆婆气与挨丈夫打的儿媳妇解决苦难,能劝就劝,能说就说。邓颖超在《新民意报》里创办"女星"副刊,每期必有,特别注明欢迎女性投稿,诉说女性的苦难,如何追求自由。邓大姐的工作做得心细。遗憾的是,投稿的女性并不多。因为能诗会文的知识女性大都是大家闺秀。她们有的不愿写,有的不敢写,都在待字闺中,只求将来婚姻美满。

唯一例外的就是姑母了。她订了《新民意报》,"女星"更是她最热爱的副刊。她开始投稿,临时用了个笔名周仲铮,寓意她是父母的第二个女儿,为争取出外求学的机会,一定铁骨铮铮,百折不挠。本来投稿只是倾诉自己的观感,测试自己的笔力,万没想到稿子很快就登出来了,而且是写一篇就登一篇。她和"女星"有了感情,于是突发奇想,何不写一份求助信给"女星"编辑,也许他们会帮助她,虽然编辑是何许人,也全不清楚。

"女星"副刊的几位编辑万没想到,居然接了这样一封求助信,他们伸手不伸手?这可是超出编辑工作的范围了。邓颖超拿着这封求助信去见马千里,问应该怎么办。马千里看了信反问:"你说该怎么办?"邓颖超早有主意:"从她写来的稿件看,这女孩子有志气也有才气,我们应该对人家伸伸手,帮她走出家门,接受新式教育。"马千里说:"我也这样看,你们就伸手援助吧,无论出了什么事,我顶着!"

走出家里的大铁门

"女星"编辑部的李峥山开始和姑母联系,坚决支持姑母外出求学,但要等待合适出走的机会,万万不可轻举妄动。

机会很快到来。曾祖突然病逝,这自然成了家族的大事。祖父祖母每天一早就到曾祖家守灵,很晚才回来,对泰安道大楼的事也不闻不问了。当时大楼里形成两个天地。父亲在北京,母亲带着刚刚一岁的哥哥和我这只会吃奶的幼婴,除了照看孩子,凡事不问。另一个天地就是两位姑母和一位小叔叔。大姑母非常文弱,她从来不自作主张,小叔叔的本事也是只会垂手而立,但他俩都支持姑母向男女不平等的习俗挑战。三个人商量定了,这天中午,姑母打电话给中国实业银行,说九爷要你们送五百银圆来,交给二小姐,她有急用。偌大的中国实业银行就和周家的账房差不多。也就几分钟的工夫，五百银圆到了姑母手里。五百银圆实在太沉重了，她只带二百银圆走，另三百银圆交大姑母暂收，然后留下早就写好的信，要祖父祖母同意她外出上学：如果同意，她立即回家；如果不同意，她就永不回家。接着悄悄推开大铁门，离家出走。这年，她刚刚 15 岁；这天，也是她生平第一次，突破大家闺秀的束缚，独自上街走路。

姑母没走多远，来到蛱蝶影院，手持《新民意报》，寻找另一位手持《新民意报》的人。她一眼就找到了。姑母一怔：怎么"女星"副刊编辑李峙山也是一位女士呢！女士也能峙山？李峙山也是一怔：怎么文章写得这么洗练，竟是一位十几岁的女孩？两人一怔之后，跟着就握手，一见如故。

她们走到离蛱蝶影院并不远的地方，这里立着一位大姐姐呢，她就是邓颖超！邓颖超迎上前去。她不是一怔，而是一喜，说："你这么年轻，这么勇敢，了不起。"她紧拉着姑母的手一起走去。

走到哪里？走到达仁小学。马千里正坐在校长办公室里的座椅上，连香茶都准备好了。比香茶更重要的是他对姑母的赞扬："看来五四运动也吹进了官宦人家。你们周家出过人才，也该出个现代女性了。"这话对姑母的影响很深。

一件助人求学的事情拉开了序幕，可是下一幕戏怎么唱呢？周家是天津的名家，一位千金小姐出走了，会不会惊动官府？会不会找到《新民意报》报社？为了安全，三十六计走为上策吧。当场决定，由李峙山护送姑母到北京去。姑母后来回首这段往事，笑称自己第一次进北京城是逃进去的。

周仲铮事件

祖父作为一家之主，封建家教极严。怎么出了这么个叛逆的女儿，怎么还敢要挟父母，不准外出上学就不回来！他气极了，不回来就不回来吧。女儿只能待字闺中，绝对不能妥协。但是祖母一掉眼泪，他也就心软下来，还是把女儿找回来吧。怎么找？惊动官府吗？岂不是等于把女儿抓回来，不妥不妥！也猜出姑母的出走，或许会和她爱读的《新民意报》有关，只是无凭无据找去要人，不妥不妥！祖父也有办法，他派人在《新民意报》刊登寻人启事，只要姑母回家，凡事都好商量。

《新民意报》刊出寻人启事，还开了个专栏，以周仲铮事件为题，号召大家讨论，男女应不应该享受同等学习机会？女子无才便是德的观念应不应该被打倒？周仲铮为求学而出走应不应该得到支持？投稿者踊跃，有赞成的，有反对的，有既赞成男女学习应该平等但又反对这种伤了父母心的出走，有疑惑不解的，说大家闺秀，眼前是养尊处优，未来是相夫教子的阔太太，犯得上出走吃苦吗？意见五花八门，自然又招来不同的批评，于是各抒己见，很热闹了一阵。这是天津空前的一场思想论战。

在热闹中更添一点热闹的是，祖父祖母在寻人启事不见回应，又迅速打出悲情牌，用诗打动姑母。姑母确实被打动了，赶忙写诗回应，既是表达她的求学决心，也是暗示她在外过得平安。这诗在《新民意报》先后刊出。哥哥周慰曾著有《周仲铮传》，传中留下这三首诗。我照录在这里，祖母的诗是："鞋样将来比短长，挣挣忧自为儿忙。谁知汝志真坚决，求学心诚不念娘。"祖父的诗是："求神问卜复何能，都说十五归来前。匆匆今朝已十五，依然骨肉未团圆。"姑母的诗是："寒风刺我着衣单，半夜挑灯坐不眠。有志不为难苦退，女儿一样化儿男。"

三首诗对照起来，自然是姑母这首诗最好，够得上才气横溢。这年，姑母刚刚十五岁。

李大钊指点

姑母的这首诗随着《新民意报》来到了北京，落到时任北京大学教授的李大钊手里。他是这份进步报纸的热情读者，自然也是周仲铮事件的关心人。读了姑母这首诗，他无法再袖手旁观，于是打听到姑母栖身于青年会，就拿着《新民意报》做介绍信，以支持者的身份和姑母见面了。他鼓励姑母："你才十五岁，为了求学走出家门，勇气可嘉！你要求男女平等，敢于奋斗，志气可嘉！"然后话锋一转："你的家庭环境很好,是有名的望族,就应该很好地利用这个环境,不但到外面求学,还要出国求学,做一个有专门学识的女性。中国最缺少的就是这样的女性,最需要的也是这样的女性,你要把眼光放远,把心胸放大。只要允许你出外求学了,你就立即回去,切记切让!"他放下手中的《新民意报》,打了个告别的手势,转身就走。姑母急忙送出屋去,除了连声道谢,还想追问一句:"你是谁呀?大学教授吗?"却又不便开口。这人是谁?这就成了她多年难解之谜。

姑母笑说,多年之后,她从一张照片上发现,原来是李大钊!李大钊的指点,确实对姑母的人生走向起到了一定的作用,就是要把眼光放远,把心胸放大。姑母的性格越来越爽朗,越来越敢闯,越来越要为当时女性所不为。

马千里当机立断

曾祖出殡,这是轰动天津的大事,街谈巷议,尽人皆知,出殡之后还要归葬安徽东至周村。马千里断定祖父必然扶灵而行。一去一归,二十天未必打得住。祖母独守家里,这正是结束周仲铮事件的最好机会,也是姑母回家的最好时机。只要母女相见,在抱头痛哭中,到外面上学的事必然迎刃而解。只要祖母答应了,祖父回来还能推翻吗?当然不能。马千里给姑母写了封信,要她依计而行,赶快回来。信是交给邓颖超的,邓颖超又把信交给谁,又是谁护送十五岁的姑母回到天津,说不清楚了。也许还是李峙山吧?

姑母回到天津,她小小年纪也有自己的主意呢,没有立即进泰安道大楼家门,而是提出两大要求:祖母答应外出上学了,祖父回来又推翻了,不行;祖父没有推翻,但搬出封建旧礼教,又吼又叫,又批又训,不行。祖母全部都答应下来,原来祖母也有家教,她能管住祖父回来不吼不叫,不批不训。姑母笑眯眯地回家了。

祖父远道归来,走进家门,自然先和祖母见面。祖父听说姑母回家了,就召唤楼上的人来见他。母亲抱着我打头阵,大姑母跟在后面,姑母带着我哥哥,四叔跟在后面,然后一起行礼。暴君似的祖父仅仅说了一句:"这事以后就不要再提了。"

轰动北洋女子师范学校

姑母和大姑母双双走进了北洋女子师范学校,究竟入哪一个年级的哪一个班,要经过考试。这个考试十分别致,一位监考教员位居正中,两名考生分坐两侧。这本应是最寂静的考场,结果却成了最火热的考场。所有的窗户都挤满了人头,而且喊声一片:"谁是周仲铮?"姑母就向窗外招手:"不认识周仲铮吗?是我。"招来笑声一片。她成了轰动学校的风云人物。

同班有一位心思沉重的女同学,曾经问姑母:"你出家逃走,带来多少钱?"姑母伸出二指,说得轻松:"只拿了二百元,还没花完就胜利回家了。"同学发出惊声:"你能拿二百元!我连两元都拿不到。"又有一次问姑母:"你逃到北京,如果回不去家又怎么自立?"姑母说得铁硬:"早算计好的,母亲不会不依我的,父亲不会不听母亲的。"同学发出叹声:"你真幸福,我可怎么办?"这位同学是父母做主,包办婚姻,毕业之日亦即出嫁之时,据说那个没见过面的丈夫很不成器呢。她又愁又怕,终于有一天忽然栽倒,结束了短暂的一生。死了一位在校学生,校方自然感到无错也有责,赶忙召集全校师生开追悼会。校长讲话,一定要注意身体健康;教师有讲话,一定心里有话要说出来,说她坏在心思太重了;学生代表有讲话,十六岁的姑母上台了。她声泪俱下,讲出了女同学的真正死因,女同学无法逃脱封建旧礼教的重压,无法躲开包办婚姻,无法自立谋生,只有从愁死到病死!全场听众静得没了声音,然后惊雷似的掌声一片,连年轻教师也在内。唯一例外的是校长,他的脸都绿了,这个周仲铮讲得这么尖锐,她才十六岁!

从走读变寄宿

姑母是怎么与马千里和邓颖超联系的?起初,两位姑母是走读生,起个大早,坐着祖父的两匹大洋马拉的英国式的轿车,从泰安道大楼一直坐到学校门口,要一个小时;

中午休息两个小时,大姑母就坐在教室里休息,一动不动,姑母就小鸟似的飞出了校门,和马千里、邓颖超、李峙山见面。但她们必须从租界赶来,太费时间了,姑母不好意思让他们常来见面。赶车的两名车夫和两匹大洋马,他们来来回回要跑四趟,太劳累了,姑母也不好意思天天这样坐车,何况回到家里和锁在楼里差不多,太没意思了,姑母提出了变走读为住校。这自然是又一场风波,好在风波不大,祖母做了决定,都是女孩子住在一起,不会出什么事的,星期六就接回来了。祖父也就不同意也同意了。

走进南开大学

从走读变寄宿之后,大大出乎姑母的意料,原来是想节约时间,有更多的时间走走转转。万没想到宿舍里有位女监,女监命令只许在宿舍休息,不准外出。姑母单独出校门的自由被打碎了。星期六下午,只要从食堂走出来,祖父的两匹大洋马的轿车已经等在门外了。只能回家,只能星期一一早赶回来,实际上成了变相的大门不出,二门不迈,也从此和《新民意报》断了联系。姑母决定突围,上南开大学!

祖父终于又吼又叫了:"你师范专科还没毕业,怎么就能上大学,这山望着那山高吗?"祖母提醒祖父:"你没听说她在学校还登台演讲,一副天不怕地不怕的样子,谁敢娶这样的儿媳妇进家！不如依她的要求，让她功课跟不上，老老实实学习，老老实实毕业，老老实实嫁人，老老实实生儿育女。"祖父赶忙找了严复，严复又连忙找到了张伯苓。

严复是福建人，久居天津，是译《天演论》的名家，又是北洋水师学堂总办。这个学堂坐落在天津机器局东局的城垣之内，实际上是依附于天津机器局。曾祖掌握天津机器局，严复大事小事都要求曾祖支持，曾祖回回都开绿灯。严复就和张伯苓说，玉帅的孙女要上南开大学，绝对不能拒绝。张伯苓是天津宜兴埠人，实际上是南人北迁，祖先以航运起家，海运风险太大，发家之后就落户宜兴埠，亦商亦农了。但张伯苓还是入了北洋水师学堂，毕业后进入北洋水师，是甲午海战的亲历者。他认为知识不足、教育不兴是战败主因，立志兴办教育，先办南开中学，后办南开大学，全靠社会资助。北洋工业集团当然是其中之一。玉帅的孙女，当然应该入学，但又不能不经过考试就入学。张校长提出以旁听生的资格入学，学费加倍，考试及格就改为正式生，不及格仍然作为旁听生，仍然学费加倍。

姑母和大姑母双双入学南开大学中文系了。姑母不仅是全系，也是全校最年轻的大学生，那年她刚刚十七岁！

又一次风波

时光如流水。一晃，两位姑母从大一旁听生升为大二

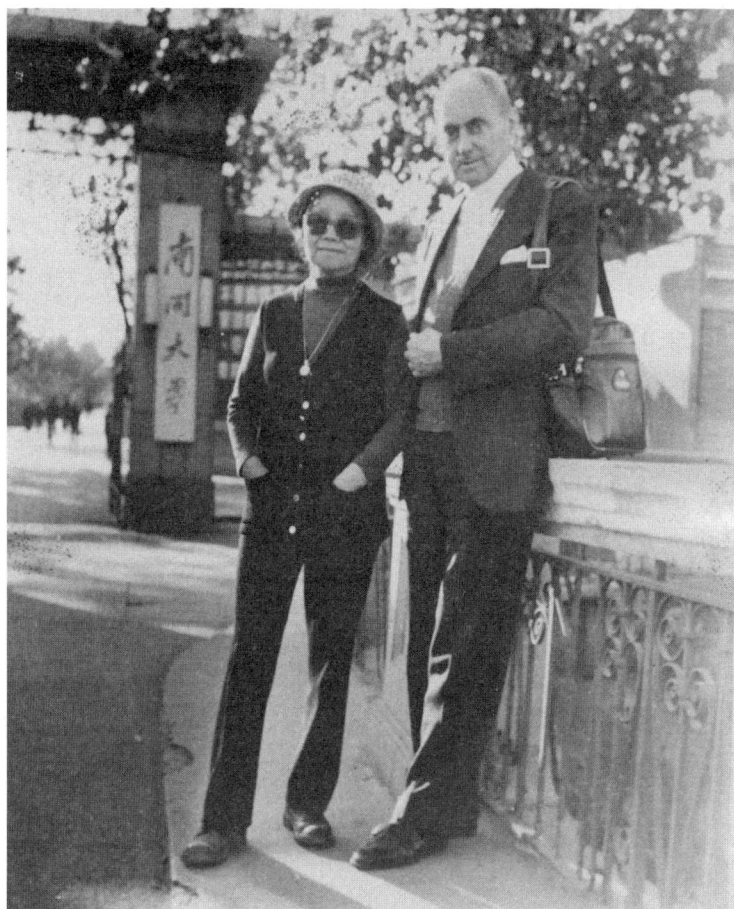

姑母周仲铮重返南开大学

正式生了;一晃,大二正式生越过大三年级进入大四年级,要准备写毕业论文了。姑母思考的可不是写什么论文,而是怀念平生第一次登台演讲,悼念那位毕业之日即是结婚之时、因而愁死的同学了。是不是她也正面临这一关!祖母的这张嫁女的底牌,她听清楚了,于是找到了张伯苓。这位张校长很器重姑母。姑母征求他的意见,如果她不交毕业论文,提前出国,可不可以?张伯苓说:"以你的能力、你的家庭环境,应该出国留学,这也是南开大学的光彩。我可以给你开学业证明。"

姑母的想法在南大过关了,但在泰安道大楼是又一场轩然大波!祖父又吼又叫,又批又训:"你这山望着那山高,现在又要出国了。周家的女儿也能出国吗?祖训里没有!孔孟之道里没有!"祖母也坚决反对,说:"你到了外国,处处都是洋人,洋人用洋眼看你,你不害怕吗?"

姑母不声不响,只是把七伯祖母搬了过来。七伯祖母何许人也?她的父亲是,醇亲王的门客,曾把小小的光绪哄进宫去,后来贵为开平煤矿督办的张翼。她传承了家风家教,能说会道。她问祖父:"你们家的事,嫂子我说几句行吗?现在大户人家的小姐出国留学,已经不是新鲜事情,怎么单单周家的小姐还大门不出,二门不迈!周家不光洋务运动出名,也是办外交出名,连西太后都这么说呢。就让她出外见识见识吧。"祖母不声不响了。"就让她带着个洋文凭回来,为周家挂起一副洋务运动的门面吧。"祖父不吼不叫了。七伯祖母不仅能说会道，而且还能把事情做实做好，她召唤姑母下楼来，说："你父亲母亲总算给我个面子，同意你出国了，好吧，我也得做个面子。"伸手就把套在手指上的钻石戒指取下来，套在姑母的手指上，说："到了外面，万一遇上青黄不接，那就拿它换面包，至少够吃一年的。"

虽然姑母留学已成定局，但祖父祖母还是做出硬性规定，不考虑姑母的志趣，而是必须去英国学医。之所以这样决定，也许是要减少她在社会上走来走去，也许是让沉重的学业把她压住。此外还约法三章，不准坐飞机，不准学游泳，不准学开汽车。不过除了飞机不得不坐之外，好奇心盛的姑母，终生未学开汽车，也未学游泳。应该说，姑母重诺言。

留在巴黎

姑母出国留学，要走长长的一段路程，先从天津坐船到上海，再从上海坐船到香港，再从香港坐船到巴黎，再从巴黎坐船到伦敦。但到了巴黎，她就舍不得走了，被这座城市的文化气息深深吸引。

当然更主要的是人的因素。从天津上船，她立即认识了也是出国留学的李雄飞。这人是官宦人家的子弟，长得端端正正，人也老老实实。两个人先是互相鼓舞，后是无所不谈，到了巴黎，两个人已是友情加恋情了。李雄飞止于巴黎,在法国留学,学的是经济,这也是家长规定的。他眼泪汪汪地望着姑母,问什么时候还能再见她。姑母也眼泪汪汪地瞅着他,说寒假暑假一定到巴黎来看他。

人生总是充满了巧遇和偶然,就看会不会灵机一动抓住了。姑母到了伦敦,走出码头,坐车直奔汇丰银行,先把汇款取出来,这是留学的第一步。汇款取出来了,惊得姑母两眼大睁,这是多少钱啊!姑母喜上眉梢,这些钱如果拿到巴黎,交一年的大学学费,住一年包吃包住的学生公寓,绝对绰绰有余。姑母出了银行,立即返回码头,正好有船开往巴黎。也就两天的光景,她又见到了李雄飞,也见到了在巴黎一见如故的中国人。姑母说:"你们赶快给我找个大学吧,我也好有个交代。"

很快,姑母考进了巴黎政治大学文学院。她还不会法文,只能要求用英文答卷。大学同意了,就给了她一道英文题:"你为什么来法国留学?"姑母的答卷是她从南开大学中文系来,要把西方文化学回去,再与中国文化结合起来。这本是她的急就章,却从此成了一生从事文化艺术的信念。就因为考试题写得好,她成了这座大学的唯一一位中国留学生。学校非常重视,还派了一位教师用英文教姑母法语。也够得上奇迹了,经过三个月的光景,姑母已经能够正常听课了。四年过去,她拿到大学学士学位。七年过去,她拿到博士学位。周氏家族中拿到外国大学博士学位的不少,姑母却是第一人。

在法国留学的中国人大多有勤工俭学的经历。唯独姑母是个例外。她一天打工的生活也没经历过。七年包吃包住的公寓费用有多少,祖父怎么就同意汇款了呢?

据说姑母先后有两封信说服了祖父。这两封信恰恰也是姑母满怀爱国热情的最好体现。一封信上说。周氏家族以平乱起家,以洋务运动起家,以办外交起家,做的都是治国大事。学医仅仅是医人而已,她应该传承家风,也做医国的大事,因此改为留学巴黎。另一封信上说,她在巴黎政治大学又成了风云人物,所有的同学都以猎奇目光朝她射来,问了许多有关中国文化的问题。姑母是入学的新生,却又有了几分教师之感,说了中国的象形文字,讲了中国的文化,还介绍了孔孟之道,主要是四点:人之初,性本善;和为贵;修身齐家平天下;己所不欲,勿施于人。问祖父,她讲得对不对。祖父看了信没有发火,只好每月到时候汇款。

博士归来

带着博士文凭,带着爱人李雄飞,还抱着个小宝宝,姑母还是回到祖国。比起可爱的法国,更可爱的还是中国。在泰安道大楼仅仅住了几天,已是旧梦难圆,旧友难寻,必须赶到北京住到婆婆家了。

李雄飞在法国留学七年多,自然也是大户人家子弟。他也带着博士文凭归来,又有博士儿媳进家,称得起双喜

姑母周仲铮和爱人李雄飞在北平

临门。由他哥哥在家大摆宴席,请来亲戚朋友,两家认亲。我也和哥哥随着父亲母亲一起赴宴。但见深宅大院,上房厢房摆满了麻将牌桌。更豪华的是丰盛酒宴摆满了院落,山珍海味,吃得我满嘴流油。但更豪华的是李家老太太对博士儿媳妇的见面礼,一枚贵重的宝石戒指,够得上价值连城。戒指我没见过,从见过的牌桌和吃过的酒宴就能体会出两家的不同了,是在伯祖父和祖父家中传承的儒家的传统导致的家风的不同了。当时我才十来岁,还在年幼无知的行列。但坐在酒席桌前,虽然吃得满嘴流油,却总觉得不适应与不舒服。那么姑母能适应能舒服吗?姑母从家庭里传承的文气,从巴黎带回来的洋气,必然与这些不一样。

姑母留学归来,是要报效祖国的,比起不适应与不舒服,最使她难忍难熬的是没有找到工作。在那个年代,文学博士不吃香,只能仍然走大家闺秀的老路,做个知书达礼的少奶奶。当然,这和一般的儿媳妇要操劳家务大大不同了。在不愉快中寻找愉快,那就只有到我父亲和大姑母家了。难得的是仅仅剩下他们兄妹三人,还在北京相处,我在姑母的带领下,去过跑马场,也进过唱京戏的戏园子。姑母更多的是和我父亲打牌,也说也笑。但,这就能解决她那内心的苦闷了吗?

既要自食其力,又要有所作为的姑母终于突破少奶奶的生活,走出豪门气息的李家。走得不够和谐,矛盾表面上在小表弟身上,更主要的还是出在婆媳之间的不和;婆媳之间的不和,又主要表现在新旧两种思想的碰撞上。博士绝对做不好少奶奶的角色,何况姑母根本不做,姑母决定搬进大姑母家住。

换了环境,姑母心松一大块,李雄飞却心紧成一大块。留学归来,不住自己家,对得起母亲和哥哥吗?从来听从姑母号令的李雄飞,变得恶语相加了。岂止恶语相加,还实行经济封锁,让少奶奶的皮包里摸不着钞票。没找到工作的姑母本来就横竖不顺,这就更加刺伤了自尊心,姑母和他大吵大闹:"你以为我要靠你活着吗?"李雄飞使出男权至上的姿态:"请问你现在靠谁活着?"裂痕已经无法弥补了。

从巴黎来了一封信

就在形势越来越紧张时,从巴黎来的朋友找到姑母,说:"到李家去找,这才知道你果然搬出来了。""果然"二字用得妙,似乎早有预见呢。姑母急问:"你怎么早就料到了呢?"朋友建议:"我们到中山公园今雨轩,边坐边谈吧。"

双双来今雨轩落座,不等咖啡上桌,那位朋友已经从手提包里拿出一封信来,笑问:"你猜是谁的信?"姑母登时脸色大变,说:"克本这个书呆,死钻牛角尖的书呆,他怎么样了?"那位朋友兜起一脸无奈:"克本失魂落魄,就像病了似的,非求我把信带到不可,我不能不带。这事怎么处理,我这无能的朋友无法帮助,你自行决定吧,好在你善想善做,敢想敢做。"姑母又一脸风平浪静,只是反复说着:"我想到他会这样做的,果然他这样做了。"

克本何许人也?哥哥在《周仲铮传》中,对他的家世有详细介绍。克本祖父是德国望族,后来又去莫斯科经商,发家致富后,门第又高了一层;祖母是德国贵族,母亲是波兰贵族。1910年克本出生在莫斯科。但优越的生活没有过多久,十月革命的枪声响起,克本随着家人逃回了德国。虽然在莫斯科的家产尽失,但在德国也还够得上大户人家,克本因此还能到巴黎留学。本来学的是法国文化,克本却爱上了中国书法,从中国书法又爱上了中国汉学,走进东方语言学校学中文。中文当时是冷门,光从书本上学很困难,必须向中国人请教。在巴黎的中国人并不多,能讲授汉学的中国人更是稀缺。姑母周仲铮自然是首选的人士。在交往中,姑母的口才,姑母的热情,姑母的汉学功底,都牢牢地把克本吸引住。他遇到问题必来请教姑母,后来没有问题了也来找姑母聊天,聊得非常愉快,刮风下雨天也来。从尊敬的老师到亲切的大姐,感情越来越深,距离越来越近。姑母十分理性,守住心心相印的底线,绝对保住自己的最大志愿,回国报国,做一些力之所及的工作。

最难忘的是临行那刻,所有送行的人都依依惜别,表情最沉重的是书呆子克本,他眼泪汪汪地问:"我们还能再见吗?"姑母极力宽慰说,会见面的,肯定会见面的。万没想到这句话却引来克本的求婚信,更万万没想到这封直愣愣的求婚信,恰恰为姑母在困境中开出了一条路。可这条路要用多大的勇气冲杀出去?姑母沉住气,只在克本求婚信的背面写了这样几句话:"中国文化的一大精华就是中庸之道。何谓中庸之道?我和你讲过,就是不要走极端,凡事三思而后行,看前看后,看左看右。你要多思,我要多想。"然后原信加上复信,又请那位朋友带回法国。

姑母重又住进泰安道大楼了,拿出当年"周仲铮事件"的勇气。这回可是面对面和祖父祖母摊牌,再次出国,再次结婚,组织新的生活。惊得两位老人家就像天塌下来似的,怎么出了这样的事!祖父祭起了他那老封建礼教的法宝:"周家的姑娘也能闹离婚吗?这事传出去,有失家风!"姑母回得叮叮当当响:"周家以洋务运动起家,难道光引进新机器,不引进新思想了吗?"祖父又祭起了他那守业的信念:"我们还是踩着先人的脚步走。没有过离婚的事,更没有嫁给洋人的事。"姑母继续叮叮当当响:"周家没有的事,正好由我破例。"祖父使出做父亲的最后招数:"父命不可违,我命令你老老实实回去做儿媳妇!儿媳妇还有不受气的吗?"

祖父开会去了。姑母也就收拾起她那叮叮当当响的语气,悄悄地问祖母:"您不是总说弄不清楚,我是天上的哪颗星星下凡吗?那我告诉您,不论是哪一颗星星,只要下凡就要发光,就不能做儿媳妇,就不能忍气吞声,就不能手背朝下接人家的钱,我不远走高飞还算什么星星!"被星星吓住,祖母和祖父商量:"现在连她自己都说天上的星星下凡了。下凡的星星还能不折腾吗？千万别再闹个满城风雨。她要远走高飞，她要嫁洋人，就依着她吧，我们只求个心静吧。"祖父的封建礼教防线终于被攻破,同意姑母远走高飞了。

拿到出国的旅费,买到了远航的船票,已是把握十足了,姑母这才写了一封长信给李雄飞。这封信很长,据说主要是解释她的追求妇女解放与妇女也要有所作为,应是姑母一生奋斗的誓言书。记忆中李雄飞曾经拿这信给我父亲看过。姑母还有一封短信给大姑母,托她照料她的小宝宝,生活安定下来就接他出国。遗憾的是,未能实现,小表弟因脑膜炎夭折了。姑母从此无后。

"生无离,死无别"

船到巴黎,姑母受到朋友们的笑脸相迎,都说她做得对。在法国传播中国文化吧。在笑脸当中还两眼汪汪的,自然是克本了,他发誓:"我们的结合就是中法文化的结合。"

克本和姑母结婚,在他那以高贵自居的家族中激起了轩然大波。他的长辈和平辈一律反对。克本说他热爱中国文化,又研究中国文化,就必须和这位有着丰富的中国文化传统的中国女性结合在一起不可。最后,闹得水火不相容。克本被家族割断了关系,他也回应得坚决而又彻底,声明从此放弃继承权,一家人不认一家人。

结婚那天,他们没有上教堂,姑母也没有披婚纱,只是穿着一件中国旗袍,手捧着一束鲜花,在几位朋友祝贺声中完成婚礼。宴会结束,两个人面对面地写下了他们的婚约:"生无离,死无别。"

婚后,他们去了荷兰。荷兰有一座汉学研究院,这也是欧洲唯一的研究中国文化的中心。克本在那里找到一份研究工作。姑母既是中国人,又有汉学的底子,随后也就进了研究院。两个人都做着他们有兴趣的工作,都为宣扬中国文化出力,生活很愉快。

婚后,他们有了个孩子,遗憾的是,这个孩子也夭折了。

在柏林迎接灾难

更为遗憾的是,欧洲的战云密布,第二次世界大战即将到来。克本断绝了德国家族的关系,却断绝不了德国的国籍,不得不离开荷兰了。姑母当然实践"生无离"的誓言,也跟着走人,结束了这段安定的生活。

柏林,对克本来说,举目无亲,对姑母来说,更是格外生疏,一句德国话都不会讲。他们俩租住在一间地下室里,靠打工苦度光阴。姑母的打工离不开中国文化,在瓷盘上刻中国画,在讲台上讲中国民俗。用法语讲,夹杂着刚刚学来的德国词,还挺受欢迎的。讲课是售票的,票款中有一部分是分给姑母的。

打工的生活很辛苦,但辛苦打工的生活也没能维持多久。希特勒的疯狂进攻,变成了慌张的后退,柏林天天都要响起防空警报。姑母最惊心的一次是,她从防空洞走出来,原来的几座大楼全都炸成废墟,这是多少人家被毁灭了啊。战争太可怕了,人类在自相残杀,姑母在深深地思考:"可怜的政治学博士起什么作用!"

疯狂的法西斯终于战败。劫后余生的德国人,不论是老是小,政府一律发给40马克让自谋生路去吧。他们夫妻共得80马克。姑母有个计划,靠中国人的本事,做包子卖,不仅可以糊口,而且可以发点小财,从卖包子发展到中国菜馆。这是中国人最能走的一条生存之路。姑母虽然出身大家闺秀,但要活下去,似乎也只能走这条路。走这条路不能单打独干,必须有帮手。克本正是最好的帮手。遗憾的是,克本吃包子绝对没问题,要他卖包子绝对有问题。他羞于端盘子,更伸不出手接钱。姑母唱不了独角戏,再说政治学博士也不屑于发小财,她要考虑如何拯救人类的自相残杀。

姑母有自知之明,她没有制止人类自相残杀的能力,力之所及,只能为和平添彩。于是决定执笔绘画。恰好克本有一位画家朋友,小有名气,还桃李满门,在一座美术学院教授绘画。姑母找到他,请他在课余再收一个人到中年的徒弟吧。画家认为这是异想天开,绝对不可能的事,就问姑

姑母与丈夫克本

母怎么想的。姑母说，劫后人们需要鼓舞生活的勇气，再说也要赚钱吃饭，绘画是最合适不过的了。又问姑母，有什么绘画的基础？姑母很自信，她临摹过外祖父徐兆雄的梅花，还在瓷盘上画过花朵。画家唉声叹气加以拒绝，说，画家都快要饿死了，还能美化生活？还能赚钱吃饭？姑母兜起一脸失望，她还能找谁学画，完成美化生活的愿望呢？画家又于心不忍，都是劫后余生啊，赶忙拐弯抹角，请姑母为他的全班学生讲一次课，讲什么都行。这堂课是付费的，也就等于帮了姑母和克本一把。当时，姑母打着中国汉学家的旗号，经常做演讲，介绍中国文化，题目大概是"绝处逢生"，然后用中国的否极泰来与众志成城的思想鼓舞人们重建家园。姑母的口才极好，这个题目又很符合人们思想的需要，听众还不少。这个讲座是要购票入场的。票数的一部分是演讲人的，这就成了姑母和克本在80马克以外的唯一收入。他们活了下去。

在讲了又讲的讲座中，收获最大的应属这一次了。学美术的德国学生都擦亮了眼睛，他们是第一次听到中国人探索出来的哲理，确实大开眼界，真正体会到劫后余生不是饿肚子，而是大有可为了呢。这当中，眼睛最亮的还是那位画家，他这才真正认识了姑母，赶忙向姑母表示歉意，说："原先谢绝你的学艺，是看到你这把年纪，又只有画梅花的这点基础，怕是枉费工夫，学无所成，现在听了你的演讲，你的乐观，你的决心，你的意境都深深打动了我。我决心收你这个大龄徒弟。凭你的中国文化的功底,也凭你能在德国与中国之间,溶化成属于自己的一个画派。"

果然自成一派

那位画家说的一点不差。姑母经过一段学习过程,以一个中国人的文化底蕴,将梅花流派与西洋的印象派画法结合,果然自成一派。在她的作品中,往往一眼就能找到这是中国人画的印象派画。姑母在这个方面还有不少的创举。她用中国毛笔画印象派画,怎么画怎么都带中国特色。她用西洋画笔在中国的宣纸上画,尽管还是印象派的路数,却是仍然充满了中国的特殊风格。

当然,姑母的作品中的中国特色,不仅仅在技巧上有创举,还在意境上有寄托。在画面上展现了她的追求,追求女性自由,追求个性独立,追求有所作为。给我印象很深的是一幅题为"枯树寒鸦"的画:墨色浓重,笔调苍劲中透出枯树依然挺立,正在迎接乌鸦展翅飞来。此画让人看了气壮,令人敢于迎风斗寒,自强不息。给我印象更深的还有一幅题为"婚礼葬礼"的画:一位新娘穿着婚服,手捧鲜花,似乎正向前走去,完成终身大事,可是越看婚服越像丧服,越看鲜花越像手铐。这幅画构思太巧妙了,寓意太深刻了,这是姑母对女性解放的呼唤,对女性只做家庭主妇和生孩子机器的哀鸣!我是在一份杂志上看到这幅画的,还附有一篇评介文章,评价极高,认为这是姑母最具感悟、最富思考的代表作。遗憾的是这份杂志没有保留,哥哥在编《周仲铮画集》时,也未能录入。原作栖身何处,说不清楚了,遗憾遗憾!

　　姑母的另一创举,是把中国诗纳入到印象派画作中来。堂兄周煦良建议姑母据《十二楼诗意图》,绘出十二楼的不同境界。这可是个大难题。姑母却激情喷发,一夜之间,她以"山雨欲来风满楼"的这一楼为核心,绘出了在风雨中的不同楼,又以风雨为重点,绘出了十二种不同的风风雨雨。这成了她的又一代表作。

　　姑母的代表作还有许多。她先后在德国、法国、意大利和西班牙开画展,好画随后就出售了,还先后在科隆、巴黎、罗马获奖,获奖作品当然也被买走。

画家也是作家

　　姑母作为多产的画家,已是很勤奋了,却是谁也没有想到,她还挤出时间,先后用德文写了六部书。她是怎么写出来的?简直不可思议。为什么绘画还写书呢?这和她经常演讲分不开。姑母的讲题不是中国文化,就是中国民俗,讲民俗时往往联系到自己的家庭,周家的礼数,周家的衣食住行,周家对子女的教育,特别是她为求学而出走的经历都很吸引听众。既然讲了,为什么不写下来呢?于是有了

第一部近似自传的小说《小舟》，这书成了当时的畅销书，很快译成了法文、英文、意大利文。当然后来还有中文本。从中文译本看，文如姑母其人，写得真实而又爽朗。书的封面和插图，都是姑母自己动手的木刻，特别是学生装的那幅，还有四个汉字"妇女解放"。这也正是她一生的追求。后来她和我讲，《小舟》既是谐音小周，怀念她当年求学出走时，热心人士对她的帮助，当然也是寓意她奋斗的一生，就像一叶小舟似的在破浪前进。姑母用夸张手法刻出的插图，别具一格。她是无师自通，还是另有传授，说不清楚了。现在最要说的是，姑母在中文本中多了一份后记，这样写着："我在二十八年前用德文写下《小舟》，附有木刻插图四十二幅，只是我童年和青年时代的回忆，这个回忆从某一角度反映了我国的一个过渡时代新旧思想的冲突。旧礼教的末日，封建家庭的瓦解，五四运动的产生，而我就是五四运动的产儿。没有五四运动，便没有今天的我。我是一个过渡时代的人，为了追求、捍卫新思想而洒下热泪的人。我的父母也是过渡时代的人，为坚持保守的旧思想也洒下了热泪。这是一个悲惨的时代。"我觉得这段文字，也是姑母对她自己的定位。

由于《小舟》一书的轰动，姑母又接着写出《十年幸福》，这是《小舟》的续集；《菊花奴》是写她的祖母的凄凉身世和不幸。我的女儿周启曼是学德语专业的，她读过她的姑奶奶的所有作品，说《菊花奴》写得最好，但这部书却不

《小舟》封面插图

畅销,也没有中文译本。具体原因说不清楚。

当身边的题材写尽,姑母的笔自然要向爱国与怀乡的领域进取。也由于母性使然,先后有《树王》《小金鱼》和《海阔凭鱼跃,天高任鸟飞》三部图文并茂的儿童读物出版;还有短篇童话《一块小布头》和《必须是红红的,必须是圆圆的》,全都附有她的多幅木刻插图。姑母也称得上木刻家和儿童文学作家了。

走进驻波恩大使馆

第二次世界大战结束,德国被切成东德和西德两个制度不同的国家。偌大的柏林也被切成东柏林和西柏林,中间还隔了一堵墙,也就是冷战时代的标志性产物,名震一时的柏林墙。姑母的住处在墙的西部,所以她是西德的国民,一直和中国接不上关系,搭不上调。

1972年,中华人民共和国和西德建交;1973年,驻西德大使馆开馆。已经移居在波恩的姑母立即走进大使馆,向接见她的秘书说,我到大使馆就像到了娘家,找到了亲人。那位秘书听了姑母的自我介绍,不仅惊声一串,说周家是个名门,听说出过清王朝的总督,出过民国财政总长,还出过藏书家,可是不知道还出过画家兼作家的小姐! 两个人越谈越亲近。姑母拿着回国探亲申请表去了。

也就过了一天,姑母又来了,说克本是研究汉学的,但他从来没去过中国,必须补上这一课,能不能让他也一起去?秘书说,本来就应该夫妻俩一起回去,于是又发了一张申请表。

又过了一天,姑母又来了。说十月国庆,使馆必有庆祝晚会,她能不能参加?秘书说已经列在名单中了,于是立即把请帖送上。

又过了一天,姑母又来了,说克本是研究汉学的,却和中国人接触不多,能不能也请他参加晚会,多见中国人,多听中国人谈话?秘书赶忙又把落着克本大名的请帖送上。

大使馆的国庆晚会,姑母还做了即兴发言,发言充满了激情。大使不得不另眼相看,从此常来常往,依重深深,凡是国家领导人造访波恩,华侨出面欢迎,姑母必是发言人,她已经成了领军人物。友情也深深,姑母和大使及随员都成了常来常往的朋友,有次还请他们到家中做客,由她下厨做扬州菜招待。

四十多年后归故国

姑母的梦想终于成真。1978 年的秋天,她和克本双双飞到北京。从走上飞机,她就异样兴奋,坐的是中国民航飞机,下飞机进的是北京机场,这都是她出国时无法想象的。她看什么都满意。当然在激情满怀中也有份伤感,许多亲人都看不到了,仅仅剩下我父亲和大姑母两个人。姑母到了北京,第一个去的是万安公墓,向长眠的祖父祖母洒下两串泪珠,告诉他们,天高远处飞的女儿回来看望他们了。

使我感触最深的是,姑母对下一代的殷切期望。她对侄儿侄女特别亲。我是稍后到北京见她的,但她已经把我的情况纳入心中, 打量着我说:"你长得多么像你的母亲!你小时傻傻乎乎;万没想到你长大了,成了共产党人,还有一段地下工作经历,那可是凶险万分!"姑母说得亲切,我当时就想,如果不是出国留学,以姑母争取自由的精神,敢冲敢闯的性格,和女星社的密切关系,是不是也会走上这条征途?

见到克本,是在他伤风感冒病好,父亲也从医院走出之时。他俩初次见面,我有幸列席。父亲担心洋姑父看中国贫瘠落后,印象也许不好,直问克本:"到中国来,你最感动的是什么?最要说的是什么?"克本说他最感兴趣的是石狮子, 都是大张着嘴坐在石台上不动, 如果动起来那还得了! 最要说的话是中国实在是人多,人多就是最大动力,会赶上来的。克本说得有分寸,讲得有深度,到底是汉学家,出语不凡。汉学家还有两件趣事。有位晚辈结婚,克本参加婚礼,亲自送礼还口颂赞歌"不亦乐乎?"又惹得哄堂大笑。克本的汉学,原来是古文更胜今文。

姑母只有哥哥和姐姐两个亲人了。相聚的日子苦短,有多少旧事要提,旧话要说?但姑母还是挤时间,要到天津看看,那里留下多少可以追忆的人和事啊!姑母早去晚归,看看她生活了多年的泰安道大楼，大楼已经破烂不堪，仅剩一层了；看看堂兄周叔弢，天津周家已是盛极而衰，只有堂兄叔弢一枝独秀了。

虽然来去匆匆，对姑母来说，却是一大发现，为她的后半生添了一道亮彩。既然堂兄叔弢能将藏书捐献国家，起了大作用，她为什么不可以买书捐献国家，也起大作用呢？德国是文化大国，也是科技大国，出版的图书都是高质量的，于是找到国家图书馆。馆长喜出望外，说正有个购书计划，在申请外汇当中。姑母说这个计划并不大。不必等外汇了，书费运费全由我们包了。克本说这个计划太小，他将加以扩充，至于扩充到什么范围，他将在书店看书之后，临时决定，他的原则是好书不怕多，越多越好。

回去不久，捐献图书活动就开始了，大包小包纷纷走进国家图书馆，很快就成了轰动图书馆界的大事。这种大事是怎么完成的呢？女儿周启曼到了德国波恩，她最清楚，说克本每天都是吃完早点就出门，步行到这家书店或那家书店看书。他买新书，也买旧书，旧书必须是八成新的，差一点都不要，有的时候带好几本回来，有的时候一本也没有。他的要求很高，总要看了再买。就因为看书用心，一次又一次，他的钱包被小偷摸走。

究竟买了多少书，克本说不清楚，究竟花了多少钱，姑母也说不清楚。只是在闲话家常中，姑母有次说，他们原住地下室，生活改善后，租住一座楼上。本来还准备改善一下,买一所小楼。但卖画的钱和克本的薪金节余,全部用在买书寄书上了,小楼计划成空了。

邀请回国观光

究竟收到了多少书,这些书又值多少钱,国家图书馆自然心里有数,书多得一时登记不过来了,必须找德文专业人员做这项工作。这是国家图书馆遇到的最大海外捐书家,为了答谢姑母和克本,请他们回国观光,视为上宾,原则上两年回来一次。稍后又聘请他们二位为名誉馆员。

这次,姑母在天津住了三天。在三天当中,她最要寻找的是当年助她走出家门求学的人。李峙山不在了,她的后人在哪里?马千里远行了,他的后人在哪里?都没找到。当然还有健在的,那就是邓颖超了,但她已是国家领导人,可望而不可即。邓大姐给她的影响最大。

人找不到,地方还找得到。姑母重又走进北洋女子师范学校。这里楼房依旧,只是门前的楼名变了,变成天津美术学院。变得好也变得巧,这不正和姑母的女画家身份合拍吗?天津美术学院也应是她的娘家。姑母立即与学院建立联系,为贫苦学生设立了奖学金。

转天又到了南开大学。这是姑母的第二母校。南开大学可是今非昔比,满眼新楼,过去的女生宿舍,找不到了;过去上课的教室,见不着了;自然,老校长张伯苓更是早已远行了。好在时任校长吴大任远接高迎,一直陪着走走转转,指指点点,对这位没拿到文凭的校友异样重视。姑母大量捐书的消息,已是传遍了大学学府。姑母对第二母校是否也有捐书,说不清楚了。她不会不回报母校的,这一点肯定。

转天,姑母造访了天津市艺术博物馆。她怀着个心愿,要为家乡留一批画,这画是印象派风格,他们肯收吗?如果还能办一个画展,那就更好,他们肯办吗?这话难说难讲。好在伯父叔弢已经提前等在那里。艺术博物馆馆长瞅着这些印象派的画,忙说请周市长选,请周市长定吧。伯父看了又看,选了又选,最后决定全部留下,说姑母的画有自己的风格。虽然是印象派作品,却看得出是中国人画的,有中国的韵味,百花齐放吧。还当场商定,两年后举办周仲铮画展。

在天津开画展

两年时光迅速飞过。应国家图书馆之邀,姑母和克本于1982年秋天再次回国。这次在北京的时间短,在天津的时间长。天津市艺术博物馆按照先前的约定,举办"周仲铮画展"。对天津来说,这是开风气之先,第一次办印象派画展;对姑母来讲,也是从来没有过的。画展的作品,在展出之后就全部留下来,捐赠天津市艺术博物馆,体现了她爱国爱乡之情，与当场看画卖画截然不同了。另一个不同是，姑母做的是向祖国和家乡的汇报展出，从 20 世纪 50 年代至 80 年代，对她的画从形似到神似，从细致到豪放的发展过程，可以一目了然见到。天津画展是姑母最有意义的画展。

画展也成了天津文化界一大盛事。开幕式，不仅天津文化界人士参加，北京还来了许多知名人士。我为姑母请来两位作家。梁斌为画展题了"奇丽"二字。这两个字题得好，点出了画的特色；方纪当时已是只能左手写字的病人了，他为画展题了"胸中自有逸气发"。辞句虽是现成的评语，都也说到点子上，文如其人，画如其人，姑母有她的独特气势，在构图、笔调、色彩上都闪闪发光。开幕式的下午有个画家座谈，稍后天津美术学院有个座谈，但我都没参加，无法说清楚了。

画展的盛况还在延伸，天津侨联出面招待，请姑母和克本参观市容。天津市妇联组织座谈会，请姑母和克本参加，李崎山的后人没能够找到，马千里的女儿马翠官被妇联找到，她也应邀参加座谈会。经过马翠官的述说，姑母这才清楚，马千里帮助姑母求学，自认为是一生中做的大事。马千里一生办教育，小学校长，中学教师，大学干部，又做社会活动，积劳成疾，45 岁就病故了。邓颖超为马千里组织编了一本纪念文集，但马翠官手头没有。姑母当然也见不到，本来她也应该写一篇纪念文章的，可惜写不成了。唯一能做的是把手指上的戒指套在马翠官的手指上,也算纪念,也算报答,也算寄托吧。这是个非常小的细节,却是小中见大,体现了姑母的性格、姑母的感情。

最难忘的评价

1988年,国家的和平崛起已经光芒四射。国家图书馆于1983年开工,在1987年落成,又经过将近一年的安排整理,1988年全部就绪,对外开放。这是藏书两千万册,日均读者七千人的亚洲最大书籍最丰富的图书馆了。图书馆馆长当然不能忘记从德国源源不断捐书来的姑母和克本,这也成了国家图书馆的一大亮点,哪一家图书馆有这样长期捐书的人士?于是,国图再次邀请姑母和克本回国观光。

据哥哥《周仲铮传》中的记载,姑母和克本被迎进大门,走过镶着壁雕的文津大厅,宛如走过一段心情净化的历程,然后走进接待贵宾的客厅。姑母异样兴奋,克本更是两眼大睁,客厅里不光是考究的沙发和香喷喷的清茶,客厅正中还摆着长桌,长桌上还放着十本精装又非印刷的书。这是克本从未发表,只是留给中国的《关于中国古代对梦的解释》手稿。图书馆非常重视,将散页装订成册,作为特殊书籍永远保留下来。

走出客厅,请姑母和克本参观收藏珍本古籍的书库。库内有空调设备,随时调整温度与湿度。馆长说:"这里的许多善本书,都是周叔弢先生捐的,你们周家,一位对旧书,一位对洋书都做了任何人都无法做到的贡献。"姑母自然十分高兴,说这是最难忘的评价。

他们被引进外文阅览室,姑母再次异样兴奋,克本再次两眼大睁。墙上挂着姑母捐赠的画,书架上摆满了他们寄来的德国书,每本上都留下了"周仲铮、克本"的印章,也就是每本书上都为他们的爱国行动做出了评价。

评价之后还有荣誉。他们又被请回客厅。客厅里多了工作人员,一个个直挺挺地立着,在参观聘任仪式。姑母又一次异样兴奋,克本又一次两眼大睁。馆长双手送来证书,一份是姑母的,一份是克本的,他们双双成了国家图书馆名誉馆员。这个荣誉可是大不一般,非常难得了。每当提及这事,我都觉得满脸生辉。

最难忘的接见

在满获赞誉声里,姑母说她报国有门,了却一生心愿,别无他求了。如果还有未了心愿,那就是没能见到当年支持她出外求学,又一起在女星社的旗帜下,为受气包的家庭妇女争取平等自由的邓颖超了。但想见邓大姐只能可望而不可即了。人人敬仰的全国政协主席,人人尊称的邓大姐,有多少大事要事缠身,还能和她这当年的小周坐下来,畅谈这几十年后的经历吗?

做梦也没想到,被当作终生遗憾的事,却被一串轻轻叩门声化解。那是姑母来到北京的第四天。她刚刚洗漱完毕,一位女士已经来了。她就是邓大姐的秘书赵炜,说邓大姐请姑母到中南海见面。如果没有其他安排的话,现在她就陪着姑母去;如果已经有了安排,那就订好时间,赵炜再来接。姑母没有安排,提起她的手提包,就跟着赵炜一起坐车进了中南海。

这个见面不寻常。新华社摄影记者早已等在那里,及时拍下邓大姐和姑母久别重逢、彼此双手大张的既亲切又激动的场面,这张照片太珍贵,也太难得了。哥哥在《周仲铮传》中留下了这张照片。

这次难忘的接见,对我们这些后代人来说,始终是个难解的谜。邓大姐怎么知道姑母来到北京,又怎么知道她住着的旅馆?有一种推测,周家的后人写信给邓颖超了。可是谁能写这信呢? 这信也来不及写,必须到了的第二天就写,许多家里人都还没来得及见面呢。还有一种推测,中国驻德国大使馆有报告发来,他们当然知道姑母应邀归国观光的详情, 也知道姑母想见邓大姐可望而不可即的心愿。姑母当时即是波恩华侨中的领军人物,大使馆和华侨的联系工作,绝对少不了姑母,关系太密切了。他们当然会帮助姑母完成这种心愿的。我同意这种推测。

从邓大姐和姑母见面的谈话中,似乎也印证了这种推测。她们的谈话翻过了几十年历程,邓大姐问:"为什么克本没来？"姑母说他是德国人,怕来了不合适。邓大姐说:"有什么不合适的。洋姑爷来了,我不见。岂不是失礼了!总该有个礼数。"当场决定还是今天这个时间,明天还是由赵炜坐车到旅馆去,把她们夫妻俩接进中南海,见上一面。

转天,邓大姐见到克本。对洋姑爷的招待同样是新华社摄影记者一阵正侧面拍照。只是我们拿到的仅仅一张。这一张照片非常亲切,邓大姐请姑母和克本坐在正面沙发上,她坐在侧面沙发上,娓娓而谈,无拘无束。这张照片也留在哥哥的《周仲铮传》里了。谈话的时间很长,有问有答,有说有笑。其中最重要的是,克本对中国的未来表达了这样的看法:"人类的希望在亚洲,亚洲的希望在中国。"邓大姐说:"难得你是汉学家啊,看得远也说得对。"姑母转述这话时很兴奋,我听了更是烙印在心,这是克本研究汉学、热爱中国的最深刻领会了。

邓大姐在连续两次接见之后,还关怀备至。在中国作家协会现代文学馆举行"周仲铮博士捐赠书画仪式"上,邓大姐又派赵炜前来,参加仪式,表示祝贺。当时的合影照片,哥哥在《周仲铮传》中留下来了,也留下姑母的致辞。记忆中她兴高采烈地讲:"我还有什么话可说？无话可说了,能做的都做到了,想见的都见到了。"应该说,姑母这次归国,是她一生中的光彩的顶峰,报国的心愿得到了实现,怀旧的心绪也得到了满足。

《海外心声》

自 1978、1980、1982 到 1988 年,姑母四次回国,也在国内留下了名声。许多刊物都向她约稿。姑母燃烧着一腔热火,有求必应。回到德国,尽管绘画是第一任务,把时间占得满满的,她还是挤时间写出了一些零零碎碎而又实实在在的文章。文章都不长,但资料性很强,名为《海外心声》。这也是姑母一生中,唯一一部用中文写下的随笔集。

在这些文章中,最吸引我的是姑母的《我的小传》。这也是她唯一的一部小传。我一直以为姑母生在扬州。她太爱扬州了,说扬州话与吃扬州菜,读了她的小传,才知道她生在福建延平。当时外曾祖徐兆雄是延平道知府。她是出生在姥姥家的。同样吸引我的是姑母关于国画大师张大千的两篇文章,最能体现姑母在德国与法国之间为中国文化奔走的业绩。她在友人郭有守家中巧遇国画大师张大千,有相见恨晚之感,就在越谈越亲切的时刻,姑母听从郭有守的建议,也称张大千为八哥,有了交情。岂止有了交情,姑母还为八哥帮忙,在德国开了第一个画展。那是她从巴黎回到波恩之后,见到了有着中国名字的德国友人李必喜。李必喜在中国住过几年,喜欢中国文物,回来之后就开了一座专卖中国文物与商品的小店。她问姑母到巴黎干什么去了。听说姑母见到了张大千,她喜出望外,问能不能请张大千到她的商店开个画展？姑母也喜出望外，如果八哥的画能在德国展览并卖出，那可是文化交流的大事，也是美化中国人的大事。

这事还真办成了。张大千和他的夫人应约来了。在李必喜的画廊里开了画展，组织了记者会，还举办了招待晚宴。这个晚宴非常别致。张大千先前的厨师，是后来落户美国的陈先生，特地赶来，做了拿手的扬州菜。画展正式开幕那天，当着来自各国的汉学家和收藏家的面，张大千穿着中国长袍，用文言文致开幕辞，姑母同声翻译，自然又流畅，开幕式非常圆满。姑母作为译员，一直陪着张大千夫妇，直到画展结束。这个交情不浅。张大千临别邀姑母和克本到他的巴西家中小住，游山玩水全由他八哥包了。这是多么难得的文化交流的盛会，但姑母没有去。她舍不得时间，还要自己作画。

一件未了的心愿

姑母不仅要作画，而且还要写书。她在接待张大千时，看到他那样红火，就想到了无依无靠的女画家潘玉良。难道人世间竟然如此不公平吗？她要打抱不平。

潘玉良是个苦命的女子，十岁时被卖进妓院。这座妓院是高等规格。妓女必须在琴棋书画方面有一特长，增加嫖客的雅性。潘玉良在绘画上表现出色，一位以风流名士自居的嫖客惊其为天才,把她买出来,纳她为妾,进一步培养她的画才,然后将作品作为礼品,送到方方面面的大人物手中,成了他走后门的利器。潘玉良的名声大振,名妓的名画成了雅谈。后来风流名士呜呼了,大太太就把名妓与名画统统端出门外。

潘玉良的名气有,画也摆在那里。她自立门户,独立生活了。北京艺术学院校长,一位知名的画家把她请进了学校,登上了讲台,于是又有了名妓名画与名教授的美谈。传来传去美谈迅速变成奇谈,奇谈迅速变成恶语,难道妓女也能进象牙塔,还登台讲课?上上下下,压力全来了。校长在压力下顶不住了,抓了个话题,辞退了潘玉良。这个打击对潘玉良实在太大了。人言可畏,她在祖国待不下去了,一怒之下来到巴黎,靠卖画为生,住在包吃包住的公寓里,无依无靠,连个画展都没开过。

姑母来到巴黎,用电话找到潘玉良。两个人是熟极了的朋友。潘玉良惊呼:"你怎么回巴黎来了?"姑母说:"回来找你呀,了却我的心愿呀。"潘玉良明白了,说:"你怎么还想为我打抱不平?打不了,我是苦命人,苦命人又不止我一个!"姑母说:"我只是为你写一部传记。"潘玉良又惊呼:"你们周家人多事多,你不写他们却写我呢?"姑母说:"我已经写得没有可写的了,只能写你这奇女子了。"潘玉良惊叹:"我还奇女子呢,就靠站在街口上卖画谋生了,你可千万别写。写了我连巴黎也待不住了。还到哪里卖画谋生!好吧好吧,我们在经常散步的公园见上一面,我们叙叙难得的友情,然后我请你吃顿饭,然后我们再分手,你还是去画你那别具一格的画。"

姑母好生失望。她本来走的是画家兼作家之路,从此断绝了。姑母说她对法文是下了功夫的,最想写一本法文书,可惜没能留成。

最沉重的一击

比起断绝作家之路,没能用最熟悉的法文写出一部书,姑母又迎来人生中最沉重的一击。

这天,也和往常一样,克本吃过早点,把钱包塞到裤袋里,把装书运书的小推车抓在手里,就要拉开屋门,到书店看书买书了,忽然"扑通"一声倒在地上。姑母并不在意,还抱怨一句:"怎么这么不小心,摔倒了呢?"克本没有应声,姑母急去扶他,这才发现克本两眼紧闭,已经不再呼吸了。他死得太突然了,丢下姑母,连一句临终的遗言都没留下。转眼之间,姑母成了孤独的老人!

丧事是在驻德国大使馆工作人员与姑母和克本委托的后事代理人,一位搞旅行社的中国商人帮助下共同办理的。姑母接受朋友的劝告,以保重身体,完成未了事务为重,重要的是继续绘画呀,她没有亲自送葬,克本的家族也无人前来送葬,似乎还在保持永断瓜葛的誓言。亲属送葬

的,只有我的已在德国打工的女儿周启曼。后来她和我说,
虽然送葬的人并不多,仪式也很简单,但波恩新闻局对克
本这位职员的评价却极高,说他从 1953 年到职至 1975 年
退休,负责翻译《人民日报》的重要文章,也兼及其他国家
中有关中国的文章,本来这些文章并无限量,可以多译,也
可以少翻,但克本总是多译多翻,绝对不闲着,是个非常尽
职尽责的人,是个从来不表现自己的人,是个精通德、俄、
中、英、法、荷兰六国文字的人。克本无儿无女,视启曼为他
的后代人,只要见到她,他就无所不谈,而且没完没了,却
从来没谈过他自己的经历和本事。启曼听了悼词,这才知
道姑爷爷在什么单位,使用六国文字做翻译工作。

克本是汉学家,也是语言学家,更是实干家,做了很多
有益于文化的工作。

第五次归国

1995 年秋天,也是克本逝世后的第一个秋天,姑母又
一次应国家图书馆之邀归国,这次可不是欢天喜地而来,
而是默默带着克本的骨灰盒回来。护姑母一起来的,是她
委托的遗产代理人,一位搞中德旅游的华侨。

姑母老了许多,走路一步一蹭的,好在哥哥为她安排
了轮椅,她是坐着轮椅,把克本的骨灰盒送进了早已准备
好的万安公墓墓穴。将骨灰双双埋在这里,既是姑母的心

愿,也是克本的追求。双双永远在这里"生无离,死无别"。姑母一直望着把骨灰盒埋好,含着眼泪,似乎在嘱咐克本,先孤独地守在这里吧,稍后我就来陪伴你。

克本在北京的葬礼比波恩的葬礼隆重多多。我们在京津两地的家族和亲属,多数都来送葬。相关单位,国家图书馆、天津市图书馆、现代文学馆、天津市艺术博物馆、南开大学、天津美术学院都有代表前来参加。这是对克本在中德文化交流中的贡献做出最后惜别的敬意,也是对悲伤中的姑母做出的最大安慰。

更大的安慰是,国家图书馆还举行隆重仪式,向姑母赠送用紫檀木镜框镶着的"感谢证书",感谢姑母赠书多达一万多册,现在克本远行了,买书寄书的人远离了,这段书缘结束了,但这已是海外捐书最多的纪录,不能不做这样的表示。馆长再三表示感谢,姑母再三表示歉意,以后再也无法捐书,报国无门了。

必须继续报国,不能捐书那就捐画,那么又将捐给谁家呢?再巧不过,国画家黄胄,他是作家梁斌的堂弟,到波恩开画展了,姑母当然要尽地主之谊,不仅看了画展,还拿自己的作品进行交流,问他怎么评价。黄胄的回答是:"有气势,有特色。"并建议姑母在北京开个画展。黄胄用他卖画的钱建立炎黄艺术展览馆,这是当时北京唯一一家私人展览馆,为一些画家展现才华。姑母回得爽脆,她捐一百幅画,这也许是北京的第一个印象派画展吧。

　　说了就做，姑母借这次回国的机会，实现了"德籍华人周仲铮女士作品百幅展"。炎黄艺术展览馆修建得相当讲究，开幕式还设有酒会，人很多，会很隆重。姑母喜形于色，这是归国的第二次画展，相当成功。开幕式结束，贺客都已走散，姑母又坐着轮椅，在她的画作前面看个不停。这都是姑母晚年巅峰之作，她舍不得离开呢。

　　这次画展的最大成果是，北京市艺术博物馆一位女士到旅馆找到姑母，她原是天津市艺术博物馆的，和姑母相识。先对克本的葬礼未能参加表达歉意，因为她是后来才知道的。后表达来意，问姑母能不能在北京市艺术博物馆也开个画展？爽朗而又豪放的姑母立刻应允下来，说一百幅吧，下次来展览。这应是她在祖国开的第三个展览，她将全力以赴。遗憾的是这个应允落空了，她没能来！

在波恩得到的荣誉

　　姑母回到波恩，许多朋友都说："大家担心你不回来了。在波恩住了四十年，你忍心离开这座给了你荣誉的城市吗？"

　　说到荣誉，据我所知，姑母迎得了三种荣誉。我女儿周启曼到波恩，就在报纸上见到用整整一版篇幅介绍画家兼作家周仲铮。可惜她没保存下来这篇报道，更没翻译过来。但已说明姑母是波恩名人了。

另两次荣誉,在哥哥的《周仲铮传》中都有记载,一在"波恩金书"中留名。何谓"波恩金书"?就是世界名人在德国波恩的留言簿,世界著名的社会活动家,作家和艺术家,才有资格执笔留言。姑母可以名登"波恩金书",是波恩市议会于1995年3月30日通过的决议。波恩市第一任女市长说得好:"这是给予不寻常的波恩市民的不寻常的荣誉!"二是1995年12月20日,波恩国家艺术馆为姑母颁发了一枚纪念章,并附有德国一位艺术家博士为姑母写的生平介绍与艺术成就介绍。这枚纪念章与这篇文章也都来得不易。这也是哥哥《周仲铮传》一书的正名是《波恩的中国人,中国的波恩人》的缘由。

不慎跌了一跤

作为孤独的老人,摆在姑母面前的是两难选择:是叶落归根,回到祖国,还是留在已经住了四十年的给了她极大荣誉的波恩?她决定先完成一百幅作品,在北京开了画展再说。

这天,她从画架前离开,腿被绊倒,痛得厉害,多亏有一位打扫卫生的钟点工还在,急忙送她进了医院。诊断结果:左腿骨折。治疗方法:打上石膏,卧床静养。

八月盛夏,绑着石膏卧床静养实在够呛。姑母依然爽朗而又豪放,笑对慰问的友人,腿摔坏了不要紧,手没摔坏,还能绘画,还能开画展。第二天,姑母的精气神已经败下来了,但信心依然十足,笑对慰问的友人。奋斗了一生,大灾大难都顶住了,还顶不住一摔吗?第三天,神志不清了,仿佛睡着了似的。第四天,弄不清楚是什么时候,也无人在侧,姑母悄悄画上了一生的句号,和克本一样,没有留下临终的话,享年八十八岁。

本来女儿启曼应该守在姑母身边,在波恩,她是姑母的唯一亲人了,偏偏她去了加拿大,由于那里谋生也不容易,这才又返回波恩,才知道姑奶奶已经逝世两周,赶紧帮忙料理后事。姑母的家具还在,只是仅有的三枚戒指已不翼而飞。这三枚戒指,一枚是祖母在她第一次出国时给的,一枚是七伯祖母鼓励她留学给的,一枚是李家婆母的见面礼。三枚戒指都很贵重,姑母曾说,万一回到祖国,生活没了着落,三枚戒指可以支撑她生活下去。还有一段麻烦事,姑母曾和一家印刷厂签订合同,出版《周仲铮画选》,制版费已付清,印刷费还没着落,结果成了空谈。制版费是一笔大钱,是不是卖戒指换的钱,这就说不清楚了。姑母倒是也留下一份遗嘱,只是对这些事全无交代,只交代了一件事,这就是把留在身边的画全部捐给中国驻德大使馆。姑母一生追求艺术,一生热爱祖国,这是最后也是最好的体现。

逝世后的哀荣

在波恩的各界人士,特别是文化界人士,举行了"周仲铮女士追思会",发言人从各个不同角度做了论述。

姑母逝世三个月之后, 她的骨灰盒被护送到北京。1996 年 11 月 3 日,由哥哥主持仪式,在万安公墓,与克本的骨灰盒双双并骨,永眠地下,实现他们"生无离,死无别"的誓言。葬礼隆重,由四部分人组成。周氏家族与亲属,此其一;来自北京的国家图书馆、现代文学馆、北京市艺术博物馆、炎黄艺术展览馆的代表,此其二;来自天津的南开大学、天津美术学院、天津图书馆、天津市艺术博物馆的代表,此其三;来自中国驻德国大使馆的已经回国的人员,此其四。

我记忆犹新的是这几位在波恩和姑母成了好朋友的使馆人员,他们谈起姑母来,异口同声称赞,她可不简单,奋斗一生,奉献一生,那么有名,在上流社会来来往往,没有自己的车,穿戴也不讲究,可是人人都对她很尊敬。

难忘姑母! 难忘克本!

速写『良』字辈

周珏良

　　曾祖从抄抄写写的文书到高级幕僚，再到国之干城，不失书生本色，这就铸成了周氏家族的最基本家风。传到我们良字辈，还有良字辈后面的启字辈，文化人士层出不穷，令外人瞩目。由于人多了，天南地北，海内海外已无法相见相识了。只知有航天工程家、电机工程家、建筑工程家、医学家、史学家、翻译家、教育家、植物学家、地质学家、文物收藏家、比较文学研究家、作家，等等，称得上枝繁叶茂，五花八门，无法写细写全。我知之有限，只能为良字辈十三位人物做出粗线条的速写。

周煦良

　　伯父周达的次子。这位伯父，俗称邮票大王，我没见过；这位堂兄我也只有一面之缘。他生在上海，长在上海，那年忽然来到北京，顺便来拜访我父亲。他见面就熟，极为

周煦良与周珏良

健谈，对中山公园建了一些格式不一的建筑大为不满，说古建筑必须风格一致，不然就破坏了本色。我当时还在家塾中读书，中山公园的新建筑不搭调，被他上升到艺术规律了。这话让我终身受益。更使我振奋的是堂兄的经历。他生在大富之家，却在上海爆发"五卅运动"时挺身而出，后来还参加了共产主义青年团，还在十九路军组建人民抗日反蒋政府时，奔往福州，参与筹备人民大学。抗日反蒋政府失败后，他逃到香港，然后又回到上海。虽然从此失去组织联系，但作为进步的文化人一直在奋斗，抗战时期，又在四川大学任英语系教授，并参加老舍在成都成立的文协分会，抗战胜利后任上海光华大学外文系主任，并同好友傅雷一起编《新语》半月刊。从刊名就可看出这是一份进步刊物。更进步的表现是中国民主促进会筹建时，他就是骨干分子，1949年后民进恢复活动，没有集会地点，他就把自己住宅提供出来。后出任民进中央常务委员，上海民进副主任、上海市政协副秘书长、全国政协委员、全国人大代表等。他几十年来从未停笔翻译，在文学名著《福尔赛世家》三部曲之后，还兼及于哲学与社会科学，门类之多、贡献之大实在惊人。

周一良

叔弢伯父的长子。叔弢伯父鉴于中国和日本是无法分开的近邻，所以研究日本是必不可少的课题。周一良在家塾中读书时，中文之外兼修日文，十几岁时，他就能读能写了。在堂兄弟当中，我和他见面机会较多。他为人谦虚，从来不高谈阔论，更不表现自己，说来说去，说的都是别人，所以我在这里为他留笔，也只能根据人们对他的评说而来。

他是辅仁大学历史系、燕京大学历史系的高才生，后赴美国留学。在中文、英文、日文之外，又兼修梵文。获哈佛大学博士学位后归国，先后在燕京大学、清华大学任教。同时还发表不少学术论文。涉及面之广，已经令人侧目了。

1949 年后，在院系调整中入北京大学历史系任教授直至系主任，开课的种类之多更令人侧目了，有中国通史

周一良和夫人

周一良

的前半部分、魏晋南北朝史、亚洲史、日本史、历史文选，等等。他成了中国史学界重量级人物。他作为知名学者在教学与学术研究之外，还有个文化交流的任务，以知名学者身份先后去了法国、荷兰、摩洛哥、加纳、坦桑尼亚、埃塞俄比亚、日本、美国、韩国。在"文化大革命"中，绝大多数学者教授都受到批判，进了牛棚，唯独他和几位教授却进了"四人帮"的"梁效"班底，成了活字典，随时供造反派提问，给了特殊的待遇，很多专家学者自然冷眼斜视。堂兄的压力好大，"四人帮"垮台，他也受了牵连，成了不是帮夫的帮夫了。好不容易这才又能来到天津省亲。他和我说，骂他的可是不少，有苦难言，有话难说，我说谁对你有意见，你就送谁一本你的书，写上"赐教"二字，也许就冰释了。果然这个办法有效。收到书的人都是复信给他，本来堂兄是个读书、教书、写书的老实人，怎么会跟着"四人帮"乱说乱批，乱打乱闹？一介书生，概不由己啊。他有书《毕竟是书生》，应是他对那时处境的最好自白。他的的确确就是一位书生。

周珏良

叔弢伯父的次子。叔弢伯父对他的寄托是学习俄文。因为俄罗斯紧贴边界，是无法分开的近邻。但俄文教师难寻难找，所以他一生和俄国文学无缘，而是一生致力于英

周珏良

国文学。他的英文好,有口皆碑。我印象最深的是,1949 年初,他从美国匆匆赶了回来。祖父约他在三五俱乐部吃饭,我列席作陪。他满怀激情,要为新中国建设出力,传承周氏家族的爱国精神。究竟在哪里工作,要到北京看看再说。结果是到了北京就被留下来了,先是出任外国语学院教授;后是在抗美援朝战争中出任停战谈判翻译,并出任外交部翻译室副主任;再后是回归外国语学院任教。

除了教课之外,还做比较文学研究。这是相当吃力的学问,必须中文外文都有功底,他也是家塾出身,中文有根底,能对叔弢伯父的藏书有所论述。季木伯父的金石收藏已是冷门学问，很少人提及了，珏良兄长也有论述，说明他的中文根底之厚。他在比较文学上的成就，自然也是高水平的了，留有《周珏良文集》一部。王佐良在序言中有这样评价："中西结合的另一好例子是英文文章《红楼梦研究评述》。他把 1936—1982 年间我国研究《红楼梦》的书目、作者和续作者传记、作者真伪问题、脂评和其他评点、影印古本、新出版书、译本、评论性书籍和文章，以及关于曹雪芹的佚著和遗物发现等方面做了一个批评性的总结。其中脚注 109 条，涉及书籍文章 120 种。珏良研究《红楼梦》有年，对于红学界的情况也有内行的了解，而文章用英文书写，又使他能用英美文学研究界十分重视的新目录学的方法来整理这个学术领域的复杂情况，做到全局在握，条理分明，评价适当而客观。此文发表后产生了极好效果，国外对《红楼梦》这部世界文学名著有兴趣的学术界朋友看了它，没有一个不说好的。"单单这一篇文章就能说明他的成就了。他曾任中国比较文学会常务理事、中国翻译工作者协会理事、中国外文文学会理事、中国美国文学会理事。这些职务也是他的学术成就的一个体现。

周绍良

伯祖父周学熙的长孙，伯父周叔迦的长子。他一直在家塾中读书。小学没上过，中学没上过，大学也仅仅是北京

大学在沙滩时,是校门打开的,任何人都能去旁听。他悄悄
走进去听过课。他是家塾培养出来的没有任何文凭的学
者,国学底子雄厚,在良字辈中谁也比不了,够得上博士水
平了,所以我们戏称他"家里蹲大学"博士。这位特殊博士
有个特殊的想法,要把中国"五四运动"以前的旧式章回小
说一网打尽,写一部中国俗小说史,他在这方面下了工夫,
搜集了不少市面鲜见的文本,但在动笔时还是被最大的名
著《红楼梦》拦住脚步,非对红学界的争论也发表意见不
可。红学家周汝昌说,他俩有一段时间天天都见面。有趣的
是两位好友观点并不一致。绍良有一天说:"曹雪芹已有提
纲,没来得及动笔就辞世了。高鹗据以续写,两副头脑,两
副文笔,自然有了意外与不同。"他撰文提出例证,还在研
讨会上发言。一家之言说来说去,他也成了红学家,留下一
部《红楼梦研究论丛》。这就使他那部别开生面的中国俗小
说史不能动笔了。当然更重要的原因,是叔迦伯父的辞世。
叔迦伯父对中国佛教的贡献巨大,留下了一部《中国佛教
史》,将佛教从印度传来、如何在不同朝代形成不同流派,
梳理得清清楚楚。另外还有涉及敦煌学的著述。还有他的
组织工作,从最初的居士林到后来的中国佛教协会,由谁
继承?难找难找。在后学无人的情况下,从红学家一变而为
佛学家。他担任的职位不小,是中国佛教协会副会长兼秘
书长。稍后佛学家又一变而为敦煌学家。好在他国学底子
雄厚,能拿得起来,而且还有极大兴趣,从事碑帖、宝卷、墨

宝等多方面的收集,也就成了中国文物的多方面专家。先
后任全国政协委员,国家古籍整理出版规划小组顾问、学
术委员会委员,文化部文物鉴定委员,中国日本友好协会
理事,中国宗教学会副会长,中国敦煌吐鲁番学会顾问、语
言文学分会会长,中国《红楼梦》学会顾问,《敦煌遗书》编
委,中国佛教文化研究会会长。

周艮良

叔弢伯父第三子。南开中学毕业,入交通大学唐山工
程学院读书,没等拿到毕业文凭就迎来抗战。他一腔热血
奔赴大西南,在滇缅公路的云南保山至缅甸密支那第一工
程局做技术员,后调任战时运输管理局第一公路总工程队
当工程师兼第一工程队副队长。这应是他一生中的第一个
亮点。他在建筑工程中,从设计到施工样样精通。从滇缅公
路归来,他不愿再回母校,就只为拿一张毕业文凭了。修滇
缅公路的工程师,天津就他这么一位呢。这条公路在抗战
中起了大动脉的作用,太有名了。凭这名气,他开办了永平
建筑师事务所,从建筑设计到建筑施工全包。他还兼任津
沽大学土木工程系教授,只开一门滇缅公路的课程,结合
实际,讲了建筑工程的方方面面,很受欢迎。但永平建筑师
事务所却经营不善,大大砸锅。他会设计和施工,不会发
财。1949年以后这才一帆风顺了,在天津建筑设计院任主

任工程师、室主任、副院长。他还是中国建筑学会建设设计委员会委员、天津市建筑学会常务理事与建筑设计委员会主任委员,还是天津市政协委员。但我觉得他一生最大亮点,和修滇缅公路齐肩并列的,是唐山大地震之后,他带队参与了唐山灾后重建的设计与规划,建成了一座现代化的城市。

周岱良

志辅伯父的长女。她以周映清之名闻世。1942 年毕业于北京医学院。1942 年"珍珠港事件"爆发后,美日宣战,

周岱良

日寇将全国著名的协和医院封闭，为了保住这批医学精英，北京社会人士集资捐建了中和医院，天津各界名流集资捐建了天和医院。天和医院是由天和饭店改建而成。房间有限，绰号"骨科圣人"的方先之迟来一步，他的骨科门诊室与手术室容纳不下了，急得他团团乱转。不能应诊又怎么生活？映清只知其名，未见其人，就和志辅伯父说："我们周家能不能做一件天和医院做不了的事，保住这位骨科圣人。我也可以不在家里待着闲着。"伯父同意出资并出面集资，这个资金可不在少数，终于买下一座楼房，装好应有设备，中国第一家骨科专门医院在天津诞生了。院长自然是方先之，周映清自然是副院长。两位本不相识的人成了搭档。方先之以门诊与手术为主，堂姐以院务为主，病人多的时候，她也伸手帮忙。方先之自然对她格外关注，所有的技术与经验全都传授给了她，无意中成了骨科圣人的第一传人。1949 年后，方先之骨科医院并入人民医院，她也随之进入人民医院。作为专家，她成了方先之辞世之后骨科的台柱式人物。但成了人物，也就成了"文化大革命"中在劫难逃的人物。红卫兵揪出她来，要在当街批斗。她的老保姆挺身而出，说："怎么批斗她呢！她治好多少骨折的病人，不计其数啊。"红卫兵说："她周家有钱。"老保姆还是据理力争："可是她捐建了医院，这座楼也捐献出来，她应该贡献的都贡献了，还斗她什么？"红卫兵无言以对，只好不批不斗。这在批斗成风的当时，是罕见的一件事。

周骏良

　　祖父周学煇的长孙,父亲周介然的长子。他大学毕业以后,到社会上创业,以周慰曾闻世,这个别号是曾祖为他起的。他特别珍惜,以示他对曾祖、对家族历史的重视。有人就说,研究周家历史,第一个要找的就是他。可惜他留下来的资料不够多。我有一次问他,周氏家族从大银行到小银号共有多少家?有些只知其名,有些连名字也不知道,都是怎么兴衰的? 他回答:"现在一家也没有了,你还问这些干什么?"他的历史沧桑感特别强,也是良字辈中历经风雨的一位。在大大小小的良字辈中,唯独他进入经济界,一手创办源盛证券行,一手接办建华贸易公司,红红火火,盛极

周骏良

一时。他发了财，后因走货香港，人生地不熟，被黑社会掠夺，他又破了产。最后还是回归文化人行列，先后写出《周叔弢传》与《周仲铮传》，还编写《周仲铮画集》与父亲周介然的《晚年诗抄》。由于他是天津文史馆馆员，《天津文史》杂志还为他出过一本专集，都是一些掌故文字。可惜这本杂志，我没找着。他不仅能写周家往事，而且能写袁家往事。他是良字辈中唯一一位还和袁世凯的后人有来往的人。他还能写孔家往事，和孔子的后人孔德成是连襟。他写孔家的事自然也信手拈来，可惜他都没动笔。

周与良

叔弢伯父的次女，是最能体现周氏家族中典型女性的一位，勤学而又贤惠，忍让而又负重。她在辅仁大学生物系毕业后即赴美国留学。获博士学位后，在美国一家大学执教，已是副教授待遇。中华人民共和国成立，她和穆旦夫妻俩拐弯抹角，辗转回到中国，双双进入南开大学。穆旦原名查良铮，是著名查氏家族后人，属南查一系。在西南联大学习时，基于爱国热情投笔从戎，进入缅甸战场。由于他英语好，成了美军翻译。抗战胜利后，随青年军进入东北战场，他在沈阳办军报，结识邵寄平。老邵是著名被枪杀的报人邵飘萍的族人。两人都反对抗战胜利以后还打内战，自然在文章中有了体现，也自然瞒不过青年军的高官。有人就

穆旦与周与良

劝告穆旦与邵寄平,赶快逃走吧,抓起来可就要吃黑枣丸了。两人双双回到天津,穆旦的英语好,他考上了公费留美。老邵则留下来,做了中学语文教师平安终老。穆旦以这样的经历上讲台,在极"左"思潮的年代自然令人冷眼侧目,偏偏他又在翻译上反对鲁迅的直译,终于在一场讨论中被打了下来,成为思想改造的典型人物。但他无论是在乡下劳动,还是在图书馆打杂,居然还挤出时间,译了许多大部头的著作。据老邵讲,普希金的诗,他译全了。当然这里更要说的是与良一直对他细心照顾,整个家庭的负担全落在这位贤妻良母肩上。还要说的是,在落后教授与家庭生计的双重压力下,她还有求必应。经我介绍,向她请教微生物问题、解决产品困难的就有几起。需要说的是,她从教学的岗位上退下来,孤苦伶仃。穆旦虽然平反,却早已远行了;儿女成才,却在国外。但她仍然发热发光,领了个研究课题。这个课题太吸引人了:人造猪肉。如果研究成功,那将节约多少个猪场。但研究尚无成果,研究经费已经用尽。她是继煦良、绍良之后的第三位全国政协委员。我建议她在全国政协做些呼吁,她说如果要下来一笔有限的经费,还是没出成品,又怎么交代?何况工作助手已经各奔前程,也找不回来了。她只好带着遗憾去了美国。原本是看望儿女,住些日子再回来。万没想到竟然一病不起,再没回来。据说她的房子一直空着,那些研究用的瓶子也一直摆着。

周榘良

伯祖父周学熙的第四个孙儿,志俊伯父的次子。生在天津,长在上海。我在上海时见过他几面。他最能体现周氏家族的和善与柔中有刚。他没有一星半点富二代的骄气与傲气。他追求进步,在交通大学读书时参加了电联社活动,那是党的地下外围组织。在蒋介石政权败守台湾、疯狂抢运设备和物资之时,他将电机系的贵重仪器悄悄运进新安电机厂仓库,保存下来,立了一功。大学毕业之后,他本可

周榘良

随新安电机厂迁津,但他却响应党的号召,奔赴佳木斯,从事电力设备编网工程。稍后又响应党的号召,带领一支电工队伍前往兰州,为甘肃拉起了一张电力网。他从技术员一直升到总工程师,最后终老兰州。他大概是良字辈中开拓西北的唯一一位。他好写旧诗,走遍甘肃,写遍甘肃。1949年以后,我们未见一面。

周以良

叔弢伯父第五子。先后在辅仁大学生物系、清华大学生物系学习。1949年毕业后被分配到黑龙江,在东北农村植物研究所工作直至终老。一生和树木结缘,走遍东北的森林,有更新植物的研究成果,也有论文及专著发表,从此成为国家森林学科的重量级人物。遗憾的是他的学术成就,我写不下来了,只能为他留下一段耳闻。传说大兴安岭森林大火之后,他立即奔赴现场对过火的树木进行抢救。仅仅几年光景,火海一片的灾区重又编织起枝繁叶茂的绿色海洋。由于贡献巨大,他曾任黑龙江省委委员、黑龙江政协常委,是专家兼高官了。

周治良

叔弢伯父第六子。天津大学建筑系毕业后分配到永茂建筑公司,永茂建筑公司稍后改称北京建筑设计院了。他从一名技术员做到室主任、副院长、院长、总工程师。北京在1949年之后的众多有名的建筑,或多或少都留下了他的身影。据说他的代表作有首都体育馆、十三陵水库、密云水库风景区、国际展览中心、亚运会场馆,等等。他还带队出国,在几个发展中国家的支援建筑中做设计工作。但我觉得他的最大贡献，还在传承与支持中国传统建筑与园林方面。在《建筑师周治良先生追思纪念纪实》一文中，他的好友、中国文物学会传统建筑园林委员会会长付清远先生有这样一段话，应是对他的最恰当的评价了："周先生是我们传统建筑园林委员会的第二届会长……在他在任期间，工作非常认真……1978 年 11 届年会在吐鲁番召开，周会长提议大家一致拥护吐鲁番申报国家历史文化名城的建议；2000 年与深圳规划局合作的年会上，为深圳大鹏所城的保护与规划提出了宝贵意见；2001 年山西会议上，周会长了解到当地文物保护工作的困难，回京后以学会名义实事求是地向国家文物局反映了山西的情况，获得文物局在财力上的支持……"他对中国古建筑的热爱与贡献，在这段文字中已经充分展现了。这当然也是周氏家族传承中国文化中的另一个亮点。

周景良

叔弢伯父最小的儿子。我们只有一面之缘。他在清华大学哲学系毕业，又在北京大学物理系攻读了四年，后在苏联科学院晶体学研究所进修研究生。归国后在地质研究所工作，有科学贡献。他在离开工作之后，以余光余热投进周氏家族研究中来，成为中坚人物，是周氏家族文化研究会第一任会长，还有《曾祖周馥》一书出版。这书有他谈叔

周景良

弢伯父这一支的资料；有收集到的有关曾祖的文体与资料；有他撰写的《周馥一生》。最重要也最吃力的是这部分，他引用了很多有关资料，写成了一篇论述型传记。有写周馥传记的人找过哥哥周慰曾，还有人找到我，都未写成，但周景良写成了。

周之良

父亲周介然的最小儿子，也就是我最小的弟弟。他在辅仁大学读书时迎来解放，被提拔上来做学生会工作。辅仁大学并入北京师范大学后,仍在学生会挑大梁,反右运动中受到冲击,但他在劳动改造中没有丢下书本。他理论基础扎实,平反之后,登上讲台,成了没有文凭的教授,以后又兼做党务工作,最后升任北京师范大学党委书记直至退休。退休后仍发挥余光余热,针对大学生思想动态,写出三部著作《德育新论》《思想道德修养》《学习与人生》,其中有的书已成大学生必修课本。但作为他一生中最有影响的事,还是挺身而出,支持推广新的普及教育的思路。北京市学习科学学会简介中有这样的话:"学会由北京师范大学教授、博士生导师,原北京师范大学党委书记周之良先生

周之良

和北京师范大学、北京教育学院、北京市夏罗拉国际教育文化交流中心自愿联合发起成立……进行'友善用脑'的研究与推广，开发'友善用脑'相关教育软件和出版图书。开展对外交交流与培训……新西兰教育家克里斯蒂·沃德女士，在她的著作《教会学习》中，她惊喜地发现，很多发达国家已经将脑科学、心理学、神经学研究成果成熟地应用到教育教学中……李荐先生凭借对教育事业的满腔热忱，通过与克里斯蒂的深入交谈，在其许可下将这三本书正式引进中国。他结合对中国教育体制及现状的思考，于次年将三本书合编，并把这种国际上先进的教育科学理念正式命名为'友善用脑'……由于能够帮助学生轻松记忆快乐学习，帮助教师了解学生，成功教育。"

这种新的教学方法正在阻力下一步步开展。之良已经步入高龄，将许多事都谢绝了，但这个名誉会长的名义还一直挂着。他忍着腰痛之时，还坚持做支持友善用脑的学术报告。

周容良

父亲周介然三女，自幼受家庭熏陶，喜好文学与艺术。1961年于河北北京师范学院中文系毕业后，与同窗学友刘鑫全结为伉俪。先分配到中学做语文教师，后调入天津市财经大学讲授大学语文。工作之余先后参与了《二十六

周容良

史精粹今译》《中国历代文献精粹大典》等大型工具书的编纂工作。并在国内外刊物发表论文十余篇。曾被教卫工委评为优秀党员,并荣获"天津市三八红旗手"称号。她始终坚守在教学第一线,不仅教中国学生,还积极参与学校开创外国留学生班的工作。1997 至 1999 年,夫妇二人公派前往日本千叶县经济大学讲授汉语课。其间,结识了许多爱好中国文化的日本朋友,冈井礼子女士就是其中之一。其舅公山田良政兄弟,曾经追随孙中山先生致力于中国的民主革命事业。在容良夫妇归国后,冈井女士与之常有书信往来,内容多半是读《聊斋志异》的心得与疑问。容良夫妇也是有问必答,有信必复,还经常涉及中国文化的方方面面,历时长达十一年之久。嗣后,整理出版了《十年书简话〈聊斋〉》一书,促进了中日文化交流。

良字辈在国内有成就的远不止所述十三位,在国外有成就的更是一位未提,由于知之有限,力所不及。良字辈下面的启字辈也是人才涌现,更是知之有限,力所不及。遗憾遗憾!